后浪

二つの庭

小径分岔的庭院

[日] 宫本百合子 著

唐楠 译

贵州出版集团

贵州人民出版社

目录

小径分岔的庭院

一

邻居家的矮竹长势喜人，一路蔓延过来，连路这边都长出了纤细的竹笋。沿着竹墙转个弯，只见正对面的车库门敞开着，似乎有人正在洗车，却看不到人影。铁皮墙上有一盏光秃秃的灯泡，发出昏暗无力的光芒。

伸子一脸诧异，走在通往便门的石板路上。在交错的树枝的掩映下，江田的身影突然出现在庭院一角。他头戴一顶陈旧的细格鸭舌帽，穿着长筒胶靴，衬衫袖子高高卷起，手里拿着一块皮革上光大抹布。江田抬头看到伸子来了，忙把帽子摘下来，向她点头示意："啊，小姐，您好。"

"你好，忙着洗车呢？"伸子问。

"是的，想趁您父亲不在的时候稍微收拾一下……"

"今天他不在办公室吗？"

"昨天傍晚坐火车去山形县[1]了。"

"啊？这样啊……"

1　位于日本东北地方的西南部。——译者注

伸子的声音里满是失望。

"今天是父亲的生日，我特意过来的……"

江田回答："那我就不知道了。"

他一脸木讷地看着伸子失望的表情，又说道："夫人在家，好像正在招待客人……"

"谁来了？"

"嗯……好像是越智先生吧。"

伸子觉得自己大老远从驹泽[1]跑过来，真是太不值得了。她垂下了方才一直捧在手里、用牛皮纸包好的鲜花，呆呆地站在那里，望着江田擦拭着小汽车。过了一会儿，江田说："伸子小姐，您先进屋去吧，过一会儿客人大概就回去了。"

"和一郎他们在吗？"

"阿保少爷在家。"

伸子想，自己特意绕道去买来的这束玫瑰花怕是无人欣赏了，便怅然若失地走进了宅子的便门。左手边的门紧闭着，从那里可以通往客厅。伸子的母亲平时总爱在那里和客人高谈阔论，今天却听不到里面有任何声音，气氛有点不寻常。伸子转向右手边，从只开了一侧门的餐厅走进房子里。

火盆上装饰的花纹是秋熟的柿子，用古拙的红漆来描绘的，四周则用铁和熏锡惟妙惟肖地雕刻出了枯朽的叶子。火盆上面架着一个铁壶，下面白色的木炭整整齐齐地排列着。这个房间给人

---

1 东京地名。——译者注

感觉仿佛已经很久没有人来过了。

"您回来了！"女佣走了出来，就像对待外面来的客人一样，向伸子客气地鞠躬行礼，为她倒上茶。

"听说我父亲去山形了？"

"我不太清楚……"

这个女佣，伸子连她的名字也不知道。她大概觉得不知道一家之主的行踪也不是自己的错，边说话边扭动着身体。

"父亲昨晚就走了吧？"

"嗯……"

"算了，谢谢你。"

餐厅的榻榻米上铺着地毯，正中央放了一张大桌子。房间的装饰风格一半是和式，一半是西洋风。角落里有一个贴着深红色瓷砖的壁炉，壁炉的左右两边摆放着佐佐一家喜爱的英式沙发，沙发上放着一件叠好的和式棉袍。伸子一眼就认出那是她父亲的棉袍。

伸子把牛皮纸包着的花束拿到浴室。她在洗脸池里接了水，直接将连带包装的玫瑰花浸在了水里，然后便对着墙上的镜子开始梳理头发。

梳完了头发，伸子突然不知道接下来该做什么了，一阵虚无感涌上心头。越智应该就在客厅，直觉告诉她绝不能进去。越智圭一是一名年轻的教育工作者。伸子的弟弟阿保准备高中入学考试期间，曾经请过他做家教。最初在佐佐家的时候，越智对于家里的所有人来说并无二致。到了后来，不上课的时候，越智就在餐厅聊天，在客厅翻翻画册，阿保和年幼的艳子更是总爱黏在他身边。

前年春天，阿保考上了东京的高中。那年夏天，年轻的越智夫妇去了佐佐家乡下的房子住了一阵子。母亲多计代后来给伸子看了那时候拍的照片。越智的妻子名叫纯子，照片中的她穿着大花纹的浴衣，顺滑的头发从正中间左右分开，梳成两条辫子。她身形瘦削，看上去神情忧郁。站在她旁边的丈夫穿一身白衣，身姿笔挺。妻子面色阴沉，表情让人感觉非常不安；越智则把白色夏装的领子扣得板板正正，一副装腔作势的样子。伸子看了都觉得浑身不自在。就连那副并不挑人的无框眼镜，一旦被规规矩矩地架在越智那张毫无情趣的脸上，伸子也不由得觉得那上面映射出他内心深处的冷漠和固执。

多计代凑过来，似乎想和伸子一起看照片，眼神频频朝这边瞟着。

"小伸呀，你觉得纯子是个什么样的人？"

听到母亲突然这么问，伸子一时无言以对。

"可是我从来都没见过她……"

"话是这么说，不过你就看这张照片嘛！小伸你觉得她怎么样？怎么想的就怎么说。"

听到多计代这么说，伸子觉得更加难以回答了。伸子当然明白恋爱的滋味，也多多少少了解夫妻生活是怎么一回事。虽然现在她是和一位女性朋友住在一起，过着独身的生活，但是从母亲的问话里，她还是嗅到了一些女性内心隐秘的情感。作为一个成年的女儿，伸子的内心不禁有几分苦涩。

"她好像很爱她的丈夫，从某种意义上来说也算是个漂亮的女人……她没什么问题吧？"

"不是说有没有问题……"

多计代歪着头，她的檐发[1]蓬松高耸，流露出独特的古典美。她又盯着照片说："纯子那个人，真是奇怪，经常会突然歇斯底里地发起狂来。越智君想要出门的时候，她就冲出玄关把大门都锁上。听说有时候好像精神不太正常的样子。"

这样的话究竟是谁说的？又是怎么传到多计代耳朵里的呢？伸子在心中暗暗思忖，眼前浮现出越智夫妇两人发生争执，还有越智和多计代凑在一起谈论纯子的场景，顿觉厌烦。

"他怎么可以到处说自己妻子的坏话呢？母亲你也真是的，连这种事情也要打听……"

伸子一副转身就要离开的样子。多计代沉默了，然后她把那张照片收了回去，放到桌子下面的小箱子里。

也就一个多月前，伸子回家的时候，多计代黑色的眼眸里闪烁着兴奋激动的光芒，她兴高采烈地对女儿说："越智君真是一个单纯的人。"

"是吗？这话怎么说？"

看到伸子一脸怀疑的样子，多计代丝毫不在意，继续说道："他对我说：'如果我没有和纯子结婚的话，那我一定已经向夫

---

1 檐发是日本明治时代（1868—1912）末期流行的西式发型。女人把刘海和鬓发均匀地膨起，刘海更是向前突出。——译者注

人您求婚了。'"

看着多计代毫不避讳地露出陶醉的表情，伸子震惊到难以自持。

"他竟然——"

那父亲怎么办？这句诘问在伸子的心中高声地回荡着。

"简直是不可理喻……他怎么能说这种话！"

伸子瞪着眼睛，一眨都不眨地望着自己的母亲。多计代瞥了她一眼说："所以说嘛，只不过是假设而已。"

但是，越智这个人厚颜无耻的言行已经深深刺痛了伸子的内心。尽管多计代本人似乎并没有觉得有什么不妥，可是在伸子看来，越智说的话表面上是在恭维母亲，实际上严重侮辱了她的父母。越智应该也已经察觉到了伸子对他的敌意。当母女之间意见不合，发生了争执，多计代就借着越智的话，咬牙切齿地宣泄自己的不满情绪："之前越智君还说呢，伸子你这个人，就是为了破坏而破坏……"

那时候，伸子气得嘴唇都没了血色，反感至极。

客厅的门紧紧地关着，把伸子对越智的不满阻挡在了客厅之外。她觉得自己的手已经再也无法旋动手柄，打开那扇紧闭的门了。

心情烦躁的伸子起身上了二楼，准备去阿保的书房。

二楼的走廊光照充足，榻榻米上铺着红色的薄毛呢扎染坐垫，年幼的艳子正缠着保姆志保给她讲故事。伸子望着志保的背影，只见她弓着背，双手撑在膝盖上，正拿着书认真读着。

"啊！是姐姐回来啦！"

艳子快乐地大叫了起来。能见到姐姐，她非常高兴。

伸子此时还不知道艳子病了，关切地问道："怎么了？又咳嗽了？"

佐佐家最小的女儿艳子患有哮喘病。

保姆志保回答道："两三天前不是下了场雨嘛，那天小姐从学校回来的时候淋了雨，就病了。"

"你在读什么书呢？"

"《一千零一夜》。"

艳子晃着小脑袋，左右两条短短的小辫子垂下来。她抬起头望着伸子说："姐姐，来这边坐！可暖和了。"

艳子穿着一件和坐垫一样花纹的薄毛呢扎染睡衣。伸子把她搂过来，让她靠在自己的膝盖上，逗她说："小艳，你是不是把'红辣椒'脱掉了，所以又咳嗽了？"

身体孱弱的艳子从隆冬到初春都一直穿着一条红毛线织成的裤子，它被家里人戏称为"艳子的红辣椒"。已经上小学三年级的艳子听到伸子这么说，觉得很害臊。

"本公子早就不用穿'红辣椒'了，很早之前就脱掉了！"

从小和两个哥哥一起长大，艳子对自己也经常会使用男性的称呼。坐垫的旁边放着盛串珠的盒子和五颜六色的纸。在各种明艳色彩的衬托下，艳子稚嫩的面庞显得尤其瘦小，也格外苍白。

"大哥哥呢？在家吗？"

"嗯！"

"估计已经在回来了，刚才我已经给饭仓家打过电话了。"

志保莫名其妙地特别强调了一下"饭仓"这两个字。那位姓饭仓的姑父家里有两位表妹——冬子和小枝，和一郎经常去他们家留宿。

"阿保呢？在学习吗？"

"嗯！"

艳子赶紧点着头答应。她自己生病了，请假没去上学，听到姐姐的询问，脖子不由自主地缩了起来。

"那我先去看看阿保，然后咱们再一起玩，好不好？"

二楼北侧有一个四帖[1]大的长方形房间，那里是阿保的书房。刚要打开拉门，伸子就看见门楣上贴着一张细长的纸条。那是一张按门楣大小，被整整齐齐裁剪下来的白纸，上面用法式细长字体写着"Meditation"（冥想）。不经意间，伸子的内心好像被什么触动了，那上面的每一个字母都敲击着她的内心。Meditation，冥想。这样一个单词，贴在阿保书房的门口。是阿保自己写下来贴在这里的，他就在这个房间里埋头苦读。到底是什么意思呢？她不由自主地浮想联翩。高中的生活？看待问题的方法？和同龄人相处的方法？她在脑海中设想着阿保贴这张纸时的心情。那些充满青春活力的、年轻人独有的梦想和意志，不断在她的想象中涌现。之前听说京大[2]社会科学研究会的三十多名

---

1 在日本，1帖相当于1张榻榻米的大小，等于1.62平方米。（如未标"译者注"，均为编者注）

2 指京都大学。

学生被检举的时候，伸子并不明白那件事情意味着什么。伸子个人的生活和文学创作都与那些事件相去甚远，她对时局可以说是一无所知，但是当时紧张的形势也让她产生了些许的恐惧。阿保的生活与那些学生运动毫无瓜葛，伸子对此没有什么意见。但是贴纸上的文字唤醒了她，让她意识到自己的心灵深处似乎在抗拒着什么。

伸子把手放在用唐纸¹做的拉环上，问道："阿保，你在吗？我可以进去吗？"

"啊，是伸子姐吗？请进！"

阿保坐在书桌前，在他面前摊开的纸上写着一些法语。朝北面的高腰窗户敞开着。透过窗户能看见隔壁茂密的树木和深深的庭院，还能看到银杏树梢上的嫩叶和枫树柔软的嫩芽交织在一起的美妙场景。

"姐，你是什么时候回来的？我都不知道。"

阿保的眼皮厚厚的，鬓角和嘴唇上方还长着细细的绒毛。

"我刚回来，"伸子沉默了一下，接着问他，"家里来客人了，你知道吗？"

"嗯嗯。"

"那你怎么不下去说说话……"

"我之前刚去他家里玩过，也没什么可聊的。"

阿保一副少年老成的样子。他穿着一件蓝白色碎点花纹夹

1　一种有金银粉花纹的纸。

衣，坐在椅子上，膝盖在宽大的衣服下面摇晃着。他抬头眺望隔壁的庭院。

"姐，今晚住在家里？"

"我来的时候是这么打算的……"

不管伸子的心情最终如何，这会儿她已经失去了头绪。

"那我先做完作业，咱们再聊？"

阿保的书桌上除了学校的课程表，还有一张自制的学习进度表。进度表按照周来划分，密密麻麻地写满了学习计划。

"那你先学习吧……一会儿再说。"

伸子说完默默走了出去，关上身后的书房门。此刻她深切地感受到，偌大的佐佐家里，已经没有她的容身之所了。

二

　　伸子在家里坐立不安，到处游荡，不知不觉走到了有着怀旧
风格的典雅客厅。庭院里种着香榧、枫树、石斑木等植物，装点
得非常幽静古朴，周围的环境也十分闲寂，让人难以想象这里竟
然处于市中心。竹篱笆的外面，江田还在用软管冲水刷着汽车，
能清晰地听见水流哗啦哗啦的声音。

　　换鞋的地方由石头砌成，庭院里还铺着布满青苔的踏脚石。
石头之间的缝隙里长出了蕨类植物的嫩叶。烟熏竹节搭成的濡
缘[1]前面放着一个朴实无华的圆石洗手钵，周围长满了南五味子，
枝叶间透出新叶的嫩色，格外明艳动人。木蜡树耸立在房子旁边，
树荫罩在按照茶室风格建造的宽房檐上。

　　换上一双在庭院里散步用的木屐，伸子穿着白袜并起脚，望
着客厅外头有些荒芜的庭院。

　　一个人静静地看着家里的庭院，伸子才深刻地意识到，这些
年来佐佐家的变化真是太大了。

1　日式住房里的一种廊子，是设在防雨板外的窄廊，在屋子外面。

这些变化从她眼前的这座庭院就能看出来。伸子小时候，整个家是茶室风格的建筑。从大门到房前，还有通往厨房的小路，极具风雅，质朴可爱。而这几年，因为庭院里要停放汽车，大门口的小路被铺上了石板，还根据车库的位置，把通往厨房的路也拓宽了。因此，客厅外头庭院的进深缩小了不少。原本庭院设计得很周密，在石灯笼和枫树、松树等植物背后，有一块能够容纳一个人的砂石地。而现在，为了让汽车通行，这些区域都被破坏了。园丁重新布置了庭院，将石灯笼向庭院中间的方向搬了一点。失去了松枝的庇护，直接从枫树下枝露出来的石灯笼，孤零零地立在那里。为了追求视觉上的均衡，又随意地栽了一些常绿植物。而石灯笼就那么形单影只地竖在庭院的正中央，好像在哀叹自己的处境多么悲哀。

伸子的父亲是一位建筑设计师。这可真是医者不养生。建筑师自己家里弄成这副样子，大家竟然毫不在意。伸子觉得，佐佐夫妇已经失去了早年对生活的重视与热爱。这间回廊上方带屋檐的八帖大的简陋房子，以及屋外的庭院，正是他们当下心境的写照。

伸子二十岁左右的时候，尚未出阁，还是这个家里的大小姐。那时候的客厅里总是人来人往，高朋满座。墙上贴着浅蓝色和白色条纹的壁纸，浓浓英式风情的飘窗下放着做工精细的木椅。那时候还是明治四十年代[1]初期，伸子的父亲也还是个四十多岁的

1　1907—1912 年。

建筑师。他极尽所能，将金钱都花费在打造自己设想的西式客厅上，对每根柱子都非常讲究。每到树木长出新叶的季节，飘窗上的玻璃就会映出沉静浓郁的新绿，这一美景让少女时代的伸子醉心不已。

过去家里到处都放着带海绵的坐垫。时光荏苒，房间的布置已经不复当初。有一段时间，佐佐家里摆放着一个专门展示陶瓷收藏品的柜子，还有镶嵌着美第奇家族纹饰的豪椅等。第一次世界大战之后，日本的经济急速发展，全国各地都开始兴建各种大型建筑。面朝丸之内广场的左右两角，东京最早的钢筋混凝土高层建筑建了起来。那个工程就是由佐佐泰造和今津博士合作经营的建筑设计事务所设计和建造的。

伸子二十岁的时候，父亲带着她去了纽约。促成这趟旅行的首要条件，就是建筑师父亲借着日本经济腾飞的东风，能够在更广阔的领域施展拳脚。当时年仅二十岁的伸子无法理解其中复杂的关系，她只是一心想摆脱父母的管束，成长为一个独立的人。她在纽约结了婚，对方是一个学习东洋语言的学生，名字叫作佃。这场婚姻并没有经过深思熟虑，但是当时符合伸子想要独立生活的迫切愿望。更重要的是，她一直对母亲谋划的"门当户对"的社交式婚姻心存恐惧。伸子想要认真从事的文学创作，无法在那样的婚姻生活中有所产出。对于这点，作为女人的伸子心知肚明。但是如果不结婚，那么不知道要持续到何时的"大小姐"生活的痛苦和尴尬，也让伸子无法忍受。从十八岁到二十岁的两年间，她已经有了深刻体会。

伸子从前年开始和女性朋友吉见素子一起生活。她和佃的婚姻破裂了。现在她住在驹泽；但之前结婚的五年，那段充满了痛苦挣扎的时间，伸子从她和佃一起生活的家里逃出来的几天或几个月里，她也并不总是在养育自己长大的佐佐家度过的。自从和佃分手，开始写自己的作品之后，伸子第一次拥有了属于自己的书桌，就在老松町的巷子深处，一家裁缝铺的二楼。小庭院里的南天竹结出的白色果实落在根部，就像许多小纸屑掉落在那里一样。庭院的另一边可以看到寺院里的松枝。每天早上都能听到住在附近的人们使用公共自来水的声音。到了夜深人静的时候，晚归的路人踩着木屐走过水沟盖板的声响，久久地回荡开去。伸子经常在起居间里品尝女房东做的土佐烤鱼。里屋是个八帖大的裁缝间，并排坐着五六个来做工的姑娘，她们手中针线飞舞，时不时小声聊几句。就在这间铺子的二楼，伸子决心真正开始创作生涯，不停地写着小说。疲惫的时候，她就换上棉睡袍，躺在火盆旁边。铺在身子下面的漂亮薄毛呢垫子是素子送给她的。屋里堆满了从佃那里寄过来的书。伸子写小说的收入，加上素子作为某家杂志社的编辑拿到的月薪，支撑着两人开始了共同的生活。

最近这两三年里，伸子的生活状况发生了翻天覆地的变化。一帧又一帧，变换着生活情景。在这段时间里，佐佐家也发生了很多变化。但是这种变化的方式，是不知不觉间一些琐碎的细节在慢慢改变，等回过神来，才会惊讶地发现早就不是原来的样子了。

佐佐泰造很健康，生命力旺盛，拥有那种奋力拼搏的男人身上特有的恬淡。他虽然把那张带着美第奇家族纹饰的椅子视若珍宝，经常抚摸擦拭，但是绝对不会将其束之高阁。有时伸子来家里，全家人围坐在一起聊着天，泰造就会坐在那张十五六世纪的椅子上。

"真是敬佩过去那些人的忍耐力，能忍受这么不舒服的椅子。这么看来，技术的进步还是非常重要的。"

不知是用怎样的工艺制作的，扶手前端圆形的部分嵌有好似一圈一圈缠绕上去的细致纹饰。泰造一面说着话，一面把玩着那里，弄出清脆的声响。

"爸爸，给我们表演一个《哈姆雷特》吧，您不是得了欧文老师的真传嘛。"

泰造把和式棉袍脱了下来，斜挎在一侧肩膀上，继续坐在椅子上，一脸沉痛地单臂抵着前额，然后念出了那句耳熟能详的著名台词："To be or not to be。"这位"哈姆雷特"身体蜷缩着，圆圆的脑袋顶部已经秃了。他脚穿一双藏蓝色的毛线袜，两条小短腿交叉着。他面色红润，还能看到刚刮完脸后的胡茬。一副东北[1]人的长相，却见他微微歪着头，烦闷地念叨着"To be or not to be"，那个样子实在让人忍俊不禁。伸子也忍不住掩面大笑起来。

"该奥菲莉亚出场了吧？爸爸，奥菲莉亚来啦！我来演奥菲莉亚。"伸子弟弟妹妹们起哄道。

---

1 指日本的东北地区，即本州岛东北部，包括青森、岩手、秋田、山形、宫城、福岛六县。——译者注

"真是不巧呢，我就学到了这些，然后欧文老师家就来客人啦。奥菲莉亚还没出场。"

"哎呀爸爸！怎么总是要我玩呢！"

多计代坐在沙发上，露出一脸可笑且略带不忿的表情。穿着白袜的脚趾动了动，她也附和着责难道："你们的爸爸呀，就是会糊弄人。"

母亲多计代偏爱那些悲壮而沉重的故事情节，她完全无法理解泰造是怀着怎样的心情，竟然能用这种游戏的姿态表演《哈姆雷特》。她也不懂为什么女儿会乐得前仰后合，只觉得这两个人对人生都抱着玩乐的态度。

关东大地震[1]之后，日本政府为了促进经济复兴，有一段时间取消了汽车购置税。

"如果要买车，现在可真是个好机会。"

那时经常回家的伸子也和父母、弟弟们凑在一起，翻看了好几家汽车销售公司的产品目录。

"光是多计代出门包车的费用就很厉害了，而且我也不知道会不会经常开……不过，一定不能买豪华轿车哦。咱们家的大门太窄，豪华车开不进来。"

经过好几个晚上的讨论——伸子不在场，不甚清楚，他们最后决定购买一辆英国产的比恩轿车，又雇用了身材矮小、做事规矩的司机江田。江田原本是个机械工人，他的样子和性格都与小

巧又低调的黑色比恩轿车相得益彰。不过，江田也是个非常有原则的男人，刚来佐佐家的时候，他坚决不收雇主家给他的工作服，约定穿泰造的旧衣服就行。每天早上八点，小个子的江田都戴着陈旧的鸭舌帽，踩着非常悠然自得的步伐来佐佐家上班。

现在，看着在竹篱笆外面手拿软管清洗汽车的江田，伸子莞尔一笑。她又想起了一件父亲的好笑逸事。泰造出生在米泽[1]，在那里，i 和 e 的发音与标准发音是相反的。虽然写出来一样，念出来却是相反的发音。家里刚刚雇来江田开车的时候，泰造对伸子说："这个新司机，人真不错，他姓井田[2]。"

伸子就认为江田的姓是井田，也一直这么叫他。

直到有一天，伸子收到父亲给她的红包。

"把这个给井田。"

伸子一看，发现袋子上写着"江田"，便问泰造："啊呀！爸爸，咱们家司机不是叫井田吗？"

"对呀，井田嘛。"

"……"

伸子笑得直不起腰来，她伸手越过父亲的肩膀，把手里的袋子放在他眼前给他看："父亲，你看看这个，怎么念……"

"不就是念'井田'嘛。"

这件事一时间成了佐佐家的一个笑谈。要是谁闹出了乌龙，

1　米泽市位于日本东北地区南部、山形县东南部。——译者注

2　按日语标准发音，"江田"的发音为 eta，"井田"的发音为 ita。米泽方言中 i 和 e 的发音是颠倒的，所以才有此误会。

其他人就会笑话道："你看，又来个井田。"

对于一个家庭来讲，有车这件事会给整个家庭的生活带来很大的影响。像日本这样的国家，并不是每个家庭都可以为了出行方便而购置一辆福特汽车的。家里有一辆汽车，哪怕是非常不起眼的比恩小轿车，那就不仅仅是给自家用的代步工具，还是拥有一定社会地位的表现。

佐佐还是一直都把江田叫成井田。不过为了在车多嘈杂的地方让江田容易分辨喊他的声音，佐佐特别准备了一个像警笛一样的小哨子。他一吹，江田就把车开过来。从早到晚坐着小轿车出行，佐佐的活动范围越来越大了。

每天一早，江田先开车把佐佐送到建筑事务所，然后把车开回家，接下来就是多计代用车的时间。等到把外出的多计代接回家，江田又要开车去事务所接佐佐。小轿车自是稀罕，多计代几乎每天都要用车。但是今天这个时间，江田却在轻松地洗车、做保养。对于江田来说，这也许是他偶尔想要的午后休闲时光吧。

伸子独自一人，望着那个突兀地摆放在客厅院子里、几乎被人遗忘的石灯笼，心中暗自回味着这家人生活、感情的变化。江田是个守规矩的司机，但是也有种老派的虚荣心。有一次，他竟然称呼家里的长男和一郎为大少爷。伸子几乎不敢相信自己的耳朵。她都不知道，这个家里竟然还有一位大少爷一样的人物。于是她有些无奈地对江田说："江田先生，请你还是叫他和一郎吧，那么叫实在是太不像话了。"

之后，她还特意对多计代说了这件事。

"哎呀……还有这种事……"

多计代的脸色有些难看，美丽的睫毛上下忽闪。但是，事情也就这样不了了之了。江田后来还是一直这么叫，伸子也知道。

另一方面，在佐佐家的家庭生活方面，一种像是自发而刻薄的氛围开始发酵。

这个家庭的种种变化之中，多计代的情感也逐渐不正常地向越智倾斜。

伸子垂下眼眸，看着夕阳的余晖映在庭院里的苔藓上。车库门此刻已经关上了，小轿车绕过车库一角开了出来。车子在女佣房间的格子窗外停下。伸子听到那边有一个年轻男人小声说着什么。接着，突然响起一群女人"呀——""哇——"的娇嗔声。年轻男人故作老成地压低声音调侃，然后又说了些什么，再次把女人们逗笑了。那笑声张扬跋扈，毫无顾忌，似乎根本没有把这家女主人放在眼里。那种声音也像是表明了这些女佣过的是这样一种生活：只要没人去提醒她们，她们就可以理所当然地对这个家里的事情毫不关心。伸子的视线更加紧盯着地上的苔藓。

三

远处传来豆腐店的叫卖声，厨房门前人来人往，开始热闹起来。伸子拿起给父亲祝寿而特地买来的黄白玫瑰，无精打采地插进了雕花玻璃花瓶里，然后将花瓶放在了搁着父亲棉袍的壁炉前的小桌上。

阿保从楼上走下来，看到伸子一个人呆立在那里，不禁环视四周问道："怎么了？姐姐是不是饿了？"

"我不饿……"

电灯的灯影照在玻璃上，反射出耀眼的光芒。阿保的目光越过房间，望向整个下午都紧闭的客厅房门。伸子能理解阿保此刻的心情，不由得一阵难过。

"差不多快结束了吧。"

阿保只是默默地收回视线，转向了放在壁炉前的玫瑰花。如果是平时，阿保一定会马上走过去，兴致勃勃地点评花的种类和开花情况，但是今晚他只是远远地站着看了一眼，问了一句："这花是姐姐带来的吧？"

"今天其实是爸爸的生日，你记得吗？"

"嗯。"

阿保站了一会儿，又折回去上了楼。

用人们开始将晚餐搬上餐桌。伸子直勾勾地看着她们做准备，不由得脱口问道："为什么只有两个人的份？我母亲的呢？"

"夫人和客人在那边单独用餐。"

"……"

伸子终于忍不住了，用克制的声音向女佣命令说："今天是我父亲的生日，我特意从驹泽远道而来，所以我会一直等到家人们过来和我一起吃饭。你把这句话去告诉我母亲。"

穿过狭窄的走廊，女佣敲了敲门，旋即走进了客厅。不久后，她鞠了个躬，从门里退了出来。

"夫人说，请您不用等她了。"

伸子感觉自己的眼泪几乎要夺眶而出了。

"不好意思，请你再去叫一次。就说我会一直等她……"

阿保原本兴冲冲地从楼上跑下来，欢快的脚步停在了餐厅的门外。大餐桌上孤零零地相对放着两个人的餐具，见状，他慢吞吞地走进来，缓缓坐在餐桌旁。

"阿保，咱们等妈妈来了一起吃，"伸子的口吻斩钉截铁，对弟弟诉说道，"这样比较好。"

"我怎么样都可以。"

阿保生来就是这样的性格。

此刻，女佣用盘子端着母亲的饭菜走了过来。

"她说她会过来吗？"

"是的。"

汤已经慢慢变凉了。过了好久，客厅的门才打开，同时传来多计代的自言自语："哎呀，这边怎么这么冷呀……"

多计代穿着一件碎花的和服外褂，她双手环抱在胸前走了进来。看到她的一瞬间，伸子就感觉自己的气势已经被完全碾压了。多计代脸上的皮肤光滑细腻，蓬松的檐发微微遮盖着血气上涌的红润面庞。与平时相比，此刻那副闪烁的睫毛更加浓密，身材高大的多计代全身都散发着一股灼热的馨香。她洋溢着光彩，还有一丝慌乱，走到女儿和儿子正坐着等她的餐桌旁。

"等很久了吧。"

多计代只对他们说了这么一句话，就马上吃了起来。她也顾不上品尝食物的味道了，只是急不可耐地咀嚼着。母亲就像一朵绽放的花，根本不知道自己的花骨朵开得有多大，也完全不去掩饰，而是一大朵在那里毫无保留地绽放着。多计代的右手戴着她心爱的钻石戒指，那是丈夫泰造送给她的，与她的整体气质十分般配。炫目的灯光照射着餐桌，多计代的手每次微微移动，那宝石就会闪耀出如蓝紫色火焰一般的光芒。

三个人几乎没有对话，就这么匆匆吃完了饭。用人端着从越智那边撤下来的餐盘穿过走廊，回到了厨房。

多计代像是无视阿保和伸子的存在，一边远望面前的门，一边开始喝茶。忽然她把茶杯留在桌上，起身去了洗手间。她走后，空气中还是残留着些许燥热和馨香。阿保似乎在嗅闻那股味道。长着纤细绒毛的这张青年的脸，缓缓转向伸子。

"妈妈怎么每次都是这样呢？只要越智先生一来，她就要去洗手间涂上香粉。"

阿保表情十分诧异，像个不谙世事的孩子一样发问。伸子一瞬间无言以对。但是母亲是否知道呢？她知道她珍爱的儿子清楚她的这份心思吗？

"我们去你的房间吧，阿保，好不好？"

心中怀着对母亲、对阿保的怜悯，以及对越智的憎恶，伸子觉得自己像是马上要发烧一样浑身发冷。

阿保坐在书桌前，伸子打开一把折叠椅坐在桌子的一侧。电灯的位置摆放得非常慎重，用一张小小的纸垂放在灯下，避免灯光对眼睛的直射。这样的布置一看就是阿保的风格。仔细一瞧，书桌上不仅有阿保自己的日程表，后面书橱的门楣上还贴着一张细长的纸，上面记录的是日程完成的情况，纸上用蓝色和红色的铅笔画上了长短不一的横线。

"阿保，你为什么要画这些线呀？"伸子有些吃惊地看着那张纸，"一般不会这么做吧？我之前来的时候还没有这个呢。"

正在专心削铅笔的阿保回答道："我最近深切地觉得时间真的不能浪费。"

"话是没错……"

伸子想到了阿保日日夜夜在这个家里生活的复杂心境，也能理解他作为一名青年对此的严苛评价。阿保竭尽全力，想要在自己的生活里、在这个家中创造出满意的生活方式。回想起阿保房间入口贴的"Meditation"，伸子感受到了一种新的含义。

阿保的书橱里几乎都是教科书和有关园艺的书籍，伸子看到其中夹着一本剧作书《出家与其弟子》[1]。看着那本书的书脊，再想到 Meditation，她的心中又对这个座右铭产生了些许警觉。

"那本书你是从哪里找来的？挺老的书了，我之前也看过。"

那时候这个剧本确实颇受好评，而且是名噪一时的感人戏剧。

"你觉得有意思吗？"

"怎么说呢……里面的有些东西我还挺赞同的。比如像书里说的，我觉得对万事万物怀有宽恕之心是很宝贵的事。"

"我说，阿保……"

伸子像是被什么触动了一样，把手搭在阿保的飞白花纹筒袖和服上。

"你应该多和朋友们交往。像你这样性格的人容易钻牛角尖，而且咱们家的环境也有问题……这也没有办法。所以你要多与人交流，和别人一起商量着解决问题，要不然只会越来越糟糕。"

"嗯……不过我也不是那种什么话都能说出口的人呀。"

伸子不由得自我检讨起来。她和佃结婚的那段时间，阿保正好升入了麹町[2]一所法国人开办的中学读书。从那时候开始，到她离婚的好几年时间里，佐佐家几乎不停在争论"伸子的问题"。母亲和姐姐都忽视了少年阿保，她们整日以泪洗面，争吵不断。

1　《出家与其弟子》是日本剧作家仓田百三（1891—1943）的代表作。——译者注
2　地名，位于东京都千代田区。

阿保穿着浅灰色的制服，领口上装饰着金线织成的橄榄叶，他叹息着问伸子："姐姐，你为什么要结婚呢？"

那语气听上去，就好像他觉得结婚是和旅行或者生病一样的事情。也许阿保厌倦了多计代和伸子永无宁日的论战，已经变成了一个讨厌争辩的年轻人吧。伸子也再次意识到，阿保并没有全盘接受姐姐的生活态度。当年伸子离家之后，佃曾经生病住过院。阿保好几次独自一人带着自己种的花，特地去医院探望佃。直到很久以后，伸子才从多计代那里知道了这件事。

"我和阿保的性格确实不太一样，而且现在也没有一块儿生活，我的担心可能无济于事。不过……阿保呀，你现在有没有可以真正畅所欲言的朋友呢？"

"最近我和冲本经常见面，聊聊天。"

"不是那种朋友！"

伸子有些焦躁地抬高了声音，看着眼前个头已经长高，却耷拉着肩膀，身形稚嫩的弟弟。此时阿保的表情温和。冲本是他中学时代的朋友，父亲是某家地方医院的院长。冲本父亲每次来东京，都会带着阿保和他儿子在帝国饭店的西餐厅吃饭。有时是佐佐夫妇和冲本夫妇加上两家儿子一起聚餐。都是那种程度的交际。

"可能是我想多了吧，现在你上高中，一生的挚友不正是在这个时候结交的吗？"

"……"

电灯照在阿保前额的发际上，能看到几颗小小的青春痘。他的膝盖在飞白花纹的料子里摇晃着。过了一阵子，他才终于像是开诚布公似的开口说："我完全无法理解周围的人为什么那样一直为了争论而争论。"

"因为，因为就是会那样呀。一个问题还没来得及解决，其他问题又接二连三出现……"

"并不是这样的，"阿保用他特有的天真烂漫的口吻否定了，"我觉得那不过是为了炫耀自己知道得多，或者读过很多书，只是为了让其他人觉得震惊，故意说些难懂的话……"

"是吗？……也许有的人是这样吧……"

伸子靠在椅子的靠背上，稍稍斜眼盯着阿保。她回忆起了一件往事。那是阿保刚上小学不久，大约二年级的时候，他每天都戴着一顶饰有缨子的红色毛线帽。有一次，多计代面露吃惊和佩服的表情对她说："阿保真是个聪明的孩子！"

阿保读的是师范附属小学，从春日町出发去大塚，要经过一条长长的上坡路。那条坡道在本乡台变成下坡，然后紧接着几个上坡，电车行驶到这里都会减速慢行。[1] 某个早上，阿保坐上缓慢爬行的电车，几个同年级的学生看到车子，觉得很有意思，就开始追着电车赛跑，结果他们几乎同时到了学校。男孩子们一边喘着粗气，一边朝老师喊："老师！老师！我们是和电车一起赛跑过来的。"老师闻言夸奖他们很了不起。阿保回家后，却对多计代说："但是妈妈，我觉得老师夸他们真的很奇怪。难道不是吗？人们发明电车，就是因为电车肯定比人跑得快嘛。和电车赛

1　春日町、大塚和本乡台均为东京地名。——译者注

跑，纯粹是在糟蹋自己的心脏，是不是这样呀？"还是小孩子的阿保已经能那样思考了。

伸子和阿保聊着天，关于小时候的电车的往事历历在目。对于男生们和电车赛跑这件事，当时还是孩子的阿保给出的判断，却有着非常老到的思考。但是，现在悠闲地坐在书桌前的青年阿保，依然在批评同龄人。他的批评与过去一样，一方面确实有一定道理，另一方面却让人觉得有些离题。

伸子立即联想到阿保和越智的关系。也许阿保并不认为越智喜欢卖弄学识，只觉得他是一个不会为了争论而争论的人。和越智没有师徒关系的伸子是以年轻女性的视角去观察越智的，她觉得越智不仅浮夸炫耀，而且矫揉造作。

多计代曾经问伸子："小伸，你知道斯坦因夫人吗？"

"斯坦因夫人？"

伸子露出一副困惑的表情。

"您是说被称为'驯马师夫人'的斯坦因夫人吗？"

那时候，艾克曼辑录的《歌德谈话录》[1] 刚刚被翻译成日语出版，社会上形成了一股崇拜歌德的浪潮。多计代此时提到和歌德有过情人关系的宫廷驯马师的妻子，到底是想说明什么呢？

多计代简短地总结道："她真是一个绝代佳人。"

伸子闻言不禁笑了出来："把歌德当成太阳神阿波罗来崇拜的那些人，大概也是爱屋及乌吧，连带着歌德身边的女人们都被

1　艾克曼（1792—1854），德国诗人、作家，其所著的《歌德谈话录》讲述他与歌德的交往，记载了歌德晚年思想创作等方面的内容。

他们视为女神了。"

"你净说这种讽刺话。"

"不过，您为什么要提斯坦因夫人，她怎么了？"

"也没什么，就是越智君曾经说过，歌德和斯坦因夫人那样的交往是最理想的关系。"

多计代的天真让伸子觉得可悲。她是不是觉得自己和丈夫就是宫廷驯马师夫妇，而越智是她生命中的歌德呢？

越智的那些卖弄和争论，多计代并不太懂，但对于激情亢奋和爱好文学的她来讲，越智充满了性感魅力。然而，对青年阿保来说，越智的出现又起到了什么样的作用呢？若是对这个问题刨根问底，伸子难免会被一种发自内心的痛苦所俘获。她认为把越智这样的人选作阿保的家庭教师是一个巨大的错误。越智伪装出一副严肃的学究样，他不仅没有将阿保原本的性格从青春期的忧闷中解放出来，反而使阿保以为青年人混杂着夸耀、锐气和成长力的那种争论，只是为了争论而争论，令其感到厌恶。越智就这样以一种奇怪的、背道而驰的形式将阿保引入了思想的歧途。

伸子内心充满了对弟弟的痛惜和无力感，不禁眼眶一热。她也一直以自己的方式尽全力实现自我成长。因此，她没有时间过问为阿保挑选家庭教师的事情。那时候，她和佃的生活陷入了痛苦的挣扎，每日备受煎熬，她根本无暇思考中学四年级的阿保需要一位怎样的家教。越智圭一当时在大学当助教，他是被同处一个研究室的、泰造的一位博士老乡推荐到佐佐家的。伸子想用自己内心的力量推一把阿保。她说："阿保，你与和一郎哥哥的性格完全不同，也并不像我。我们兄弟姐妹不仅要在这个家庭中长大，还必须自己冲出束缚，寻找全新的天地。所以，你要去努力结交朋友。越智先生当了你这么久的老师，却连这个道理都没有教给你，实在是太不称职了。"

"越智老师也教了我不少东西。"

"可是……"

正当两个人即将开始激烈争论的时候，门外传来女佣的声音："打扰了，夫人有请。"

"……"

阿保问道："请谁过去？"

"请伸子小姐……"

"就说我马上过去……"

伸子言毕站了起来，阿保也跟着站起来。

"我可以一起去吗？"

"当然啦。"

姐弟两人一前一后走出书房。阿保在后面对着比自己矮一些的伸子低声说道："其实每次我和姐姐聊天之后，妈妈一定会问我咱们都说了些什么。"

四

　　第二天一大早，伸子心情郁闷地回到郊外的家中。一进门，就听到从厨房的方向传来鱼店年轻伙计的说话声。

　　"哎呀夫人，您给的价格也太低了吧！您快看看，这么活蹦乱跳的，多新鲜呀。就是在河岸边上，也没几个人能弄到这么好的货啊。"

　　素子似乎在讨价还价，想要买点鱼。她是个有些挑剔的人，喜欢亲自买鱼。

　　伸子上了玄关，穿过客厅来到厨房。

　　"我回来了。"

　　"啊，回来啦。"

　　素子正抽着烟，一缕烟雾从她嘴边袅袅升起，伴随着微风消散在阳光下。

　　伸子走到玄关旁边六帖大的房间里，开始换衣服。这时素子也进来了，问道："动坂那边怎么样了？"

　　对于伸子的娘家佐佐家，她们两个人习惯了用那里的地名来称呼。伸子一边把解下来的腰带挂在衣架上，一边含糊地说："就那样吧。"

"一切都没变，是吧……"

素子带着几分讽刺微微一笑。多计代和素子是两个性格截然不同的女人，动坂那边的家庭气氛和伸子她们现在的生活氛围更是格格不入。每次去动坂过夜，伸子的心中总是像压着千斤大石，回来也是心愁不散。不过，伸子从没有全部透露给素子，尤其是多计代的感情状况，还有她自己对母亲的感受，她都三缄其口。素子是学外国文学出身的，但是对于现实生活中身边错综复杂的男女关系，她总是抱着尖刻且不屑一顾的态度。正是素子的讽刺和尖刻，将伸子从她与佃生活的泥沼中拉了出来。但是，站在做女儿的立场上，伸子并不希望素子以那样的态度介入来评价多计代的心思。尽管伸子不能理解多计代的激情，也为此深感痛苦，但要是把一切告诉素子，素子必定会嗤之以鼻——她也并不只是这样看待母亲感情上的风波。

"小伸，"素子坐到窗边，呼唤着伸子的昵称，意味深长地看着她说，"你每次去动坂，回来的时候总是臭着一张脸。"

"有吗？"

"……不过哪里的父母都是如此。"

从关西某座古都的女子高中毕业之后，素子考入了女子大学，随后就一直在东京独自生活。素子的母亲嫁到了吉见家，丈夫是个经营水产品批发生意的资本家。母亲生下素子及其兄妹后就去世了，父亲又娶了母亲的亲妹妹做续弦。素子通常称呼自己的继母为阿泽夫人，有时候也会直接叫阿泽。她对后来继母和父亲诞下的弟弟妹妹没有丝毫偏见，偶尔提起父亲，她也会眼泪汪汪。然而，素子对父亲的那个家非常抵触，她决不改变这样的自己。

"令尊一定非常喜欢你带过去的那些花吧？"

"唉，说起来真扫兴，他出差了。"

"啊……"

素子马上露出心领神会的眼神，不过看到伸子着实有些垂头丧气，她也不好再多说什么。伸子也立马意识到了素子想要说些什么。因为"出差"也可能是指在市内出差。伸子和素子共同生活了三年多的时间，对她的思维方式已经非常熟悉了。

"阿丰，阿丰呀，"素子一边往面朝庭院的屋里走，一边喊道，"帮我把昨天人家送来的五家宝[1]切好拿来吧，再泡点茶。"

终于在自己的家中放松下来，伸子脸上露出孩子一样的表情，开始吃她喜欢的点心。

"你的口味还真是独特。"

素子又拿出一根烟来，点上火，眯起眼睛看着飘出的烟雾。

"对了，阿端来信了。"

她说着话，从房间一角的西式大桌子上拿过来一个漂亮的手抄纸信封。

"你快看看。"

伸子没有伸手去接，而是问道："信里面说了什么？"

"她说最近会来一趟东京。这次会多待一阵子，想让我们带

---

1 一种日本传统糕点，用面粉加淀粉糖浆制成，外面裹有黄豆粉。

她玩玩。"

"她是想住在咱们家里吗？"

伸子有些不情愿地问。阿端是祇园一座房子的女主人，和素子是多年的好友。去年早春，伸子和素子去关西旅行，在阿端的介绍下，住进了高台寺一家非常有特色的旅馆。素子几个做绸缎生意的年轻表弟，还有叫里荣、桃龙的一行人每天都跑到旅馆来，一群人在一起很是热闹。当时伸子还是一副学生打扮，穿着白领的衣服。只有自己操着东京口音，她觉得有点不自在，局促不安地坐在那群衣着华丽的人中间。素子笑话她说："就你这样还想成为小说家？算了吧！"于是，素子带着连路边摊的寿司都没吃过的伸子和大家一起玩闹，试图让她融入新的环境。伸子一直以来都习惯性地否定自己从小到大所接受的道德教育，也发自本能地抗拒强加在女性身上的传统生活方式。不过，对于素子那种已然习惯于同阿端他们闲聊、嬉闹的应酬方式，伸子却没有办法融入其中，很快就觉得厌倦了。

"阿端除了咱们这里之外，就没有别的落脚的地方了吗？"

伸子明显非常介意这件事，又问了一遍。

"住的话肯定会住外边吧，她是什么样的人你也知道。况且这次她又不是一个人来的……不过来都来了，咱们也不能坐视不管吧。"

不知这个家中会不会吹入阿端从京都带来的气氛呢？伸子记得在高台寺的时候，有天晚上素子喝醉了，桃龙他们围绕在她身边，里荣穿着一件华丽的青竹色花纹和服，扎着一条用金泥描绘出竹子纹样的暗红色腰带。素子黝黑的枣形脸素面朝天，醉酒后满面的油光黑乎乎的。桃龙衣服的蓝底衬领上，缀满了圆乎乎的白色线菊刺绣。那艳俗之美映衬着素子醉酒的痛苦表情，让她看上去异常丑陋。素子的嘴里嘟囔着："这都是些什么嘛！"一边楚楚可怜地央求他们去叫阿泽夫人，一边拽着里荣的青竹色和服下摆，踉踉跄跄地下了梯子，在那个小房间里深一脚浅一脚地来回转悠着。桃龙他们嘴里喊着："黑蛋媳妇，黑蛋媳妇！"声音大到二楼都听得清清楚楚。伸子在乱糟糟的客厅里，独自坐在壁龛的木框上。素子那副样子，只要是正经人都会觉得是丑态。她成了他们眼中的一个笑话，被他们讥讽和嘲笑。忍受这种不愉快似乎已经成了这个愚蠢世界的一项惯例。想到这里，伸子不由得从心底感到一阵彻骨的厌恶。

"等阿端来了，还是拜托聪太郎，让他帮忙给她找个住的地方吧。"

她的表弟聪太郎在日本桥的荞麦面店工作，那是家里在东京开的一家分店。

"不住咱们这里……"

"她说要过来玩，估计是没法拒绝了。"

"只是来玩倒没什么问题。"

素子定定地望着伸子，说了一句："是吗？"

说罢，又添了一句："她来东京，自然应该是聪太郎接待。"

素子手上拿着阿端的信，回到了自己的桌子边。

五

素子宽阔的书桌上放着一本厚重的外文书。书摊开在桌上，已经看了三分之二左右。书页上的文字有很多处都用铅笔标着下划线，还有密密麻麻的笔记，书角都卷了起来。旁边放着从松屋买来的每页一百字的稿纸，她的文章正写到一半。

在隔壁六帖大的房间里，伸子在西式书桌的脚下席地而坐，展开报纸阅读起来。铺着草坪的庭院正中央，还有之前租客家的孩子们留下的土俵[1]的痕迹，只有那块圆形的地方没有长出草来。与其他郊外分割出售的住宅一样，这里的大门和庭院之间也没有围墙，而是种上了栎树和石榴树之类的树篱笆来划定大门到玄关的道路。伸子坐着看报纸的地方，正好可以从石榴树的空隙看到庭院另一边，那丛茂密的胡枝子。比起动坂那个家的庭院——一眼就能看出没有精心打理的荒废样以及生活的一种变迁感，租住的这个清清爽爽的小院子，连杂草都伴随着季节变换带来的热闹气息，这让伸子感到身心舒畅。去年乘坐夜行大巴从京都回来

1　日本相扑使用的比赛场地，一般是一个圆形的空地。——译者注

的那个早晨，伸子从二楼的楼梯上滑了一跤，力道之大，差点折断了台阶上的木板。那时候她们也住老松町，但不是在裁缝铺二楼，而是住在从前就非常有名的老洋房附近，那里曾经住过一群美国传教士。那座房子的台阶非常狭窄，伸子穿着拖鞋下楼的时候，脚后跟没踩稳，脑子还没反应过来就已经摔到了楼下。从那时候起，伸子的左耳开始出现轻微的耳鸣，就像有个小发动机在耳边震动一样。于是素子提议说，去找一个不用爬二楼的房子，最好还能安静一些。后来她们就搬到了这个门口种着栗树的地方。

这一天的《朝日新闻》上刊登了一整版冈本一平[1]的漫画广告，题目是《福助袜子的诞生》。上面用漫画的形式，将袜业大亨福助从小商贩开始白手起家的创业历程娓娓道来。太阳从南边晒过来，温暖的阳光下，油墨散发出些许清新的香气。伸子在铺开的报纸上猫着腰，保持着刚坐下来的状态，木屐被她踢到了一旁。

素子这时候从外面回来了，气冲冲地吼道："竟然敢耍我！"

她一边说着，一边把手里的小钱包砸在了伸子的书桌上。

"电话没打通吗？"

这附近没有可以打电话的地方。为了给聪太郎打电话，素子一直走到了电车站那边。

"打通了，不过阿端那个家伙又不来了。"

"……"

1　冈本一平（1886—1948），日本大正时代、昭和初期的知名漫画家。

伸子却没有表现出任何的遗憾。

"是不是突然有事，不方便过来……"

"哼，谁知道出了什么事。也不知道又是哪根筋没搭对，变卦了。"

素子揣着双手靠在走廊的柱子上，又恶狠狠地说了一句："竟然敢耍我！"

说完还是一脸不高兴的样子。

"这不是挺好的嘛，我的小说还没写完，你的翻译也还差最后一点就要完成了……"

"小伸，你是打心眼里看不起那些人，所以才会这么想的吧？不过，她真是太不把我放在眼里了！她明明知道给我写了信，我肯定不会不闻不问的，我的为人阿端清楚得很……她给阿聪发了电报说不来，那么理所当然也应该给我一个信儿吧？"

"她给聪太郎发电报了？"

"是啊，说是昨天就收到了。以阿端和我的关系，现在都干出这种事情来了，真是让人气不打一处来。"

阿端和素子有多年的交情，这一次却没有重视素子的感受。在来不来东京这件事上，对聪太郎这个男性亲友交代得清清楚楚，对素子这个女性朋友却含糊其词，正是这一点让素子火冒三丈。素子在人际关系上很容易受到伤害。她曾经说过："我真是接受不了你那个住在动坂的母亲，她那种过分的热情让我全身都不舒服。而且也不够细腻，这种人有什么优点啊。"

在她们日常的生活中，素子也让伸子感受到了之前从未有过的体贴入微的情感。

在廊柱上靠了一会儿之后，素子转身回到隔壁自己的房间里，在透明的胭脂红烟斗里放上烟丝，缓缓吸了一口，坐到了书桌前。看样子，她是要开始校对原稿了。

"小伸，你在吗？"

"在呀。"

"我问你呀，这种在书信的末尾经常出现的套话，就是向某人鞠躬问好之类的，似乎只能直接翻译过来，但总感觉不太对味。"

契诃夫晚年疾病缠身，几乎都是在雅尔塔度过的。而他年轻的妻子奥尔加身为剧团的首席女演员，在戏剧上演期间居住在莫斯科。契诃夫给妻子写了很多封信，为帮助她磨炼演技给出了不少中肯的建议，同时作为丈夫不断地鼓励和支持她。这些信中充满了契诃夫式的平实稳重的幽默感，又渗透了父亲般的慈爱和艺术家的气韵，因此深得素子的喜爱。她翻译这些家书已经快一年时间了。

"如果直接用日语表达，应该是'请多关照'吧……"

"但是仅仅写'请多关照'，似乎就是动动嘴皮子而已。如果是俄国人，可能会真的向对方鞠躬问候，那动作可有趣了。"

伸子马上回想起一月的时候，她在筑地的小剧场第一次观看果戈理的《钦差大臣》，真是妙趣横生。当时舞台的布景明暗对比鲜明，形式新颖，给她留下了深刻的印象。

"这样的表达有点弱……"

伸子在这边的房间里，也正坐在书桌前阅读着自己长篇小说的合订本。那是她最近刚刚完成的一部小说。从她离开前夫佃，在外租住二楼房间开始，到后来搬到驹泽这个房子的第二年冬天，一直在写这部小说。小说从纯真少女伸子在纽约的生活开始，细数了与佃结婚到两人感情破裂的来龙去脉。伸子重新审视这五年来充满苦楚和不断追求人生价值的道路，发现如今的自己也只是在回顾过去，还没有向前踏出新的一步。至于动坂的那个家，他们终于把伸子完全看作一个独立出去的女儿，这也与创作这部小说有关。多计代一行一行地仔细读过女儿写的作品，并且将书中女主人公的母亲与现实中的自己相互对照。每次读到书中觉得伤害到了她的情感的情节，她就会把伸子叫回动坂去。伸子每次被叫回去，都露出伤感的表情，静静地倾听多计代的指责。多计代对伸子说："你太冷漠了。"甚至还谩骂道："像你这么自私的人，只要能够满足自己就可以了是吧？"随着与越智关系的越发深入，多计代的抱怨有了越智的撑腰，变得更加强词夺理和不近人情。老好人父亲佐佐疲于应付她们母女俩的争执，干脆对女儿说："伸子，你还是试着写一些更有想象力的幻想小说吧，好不好？你是有文学天赋的人，你的文字里总能看到美丽的色彩。"

伸子听到父亲这么说，眼眶中盈满了泪水。她把温热的手掌按在父亲厚实的手上，感受着他手指上的汗毛传来的令人怀念的温暖。被父亲夸奖的那篇名为《美丽的色彩》的作文，是伸子十五六岁的时候在小学的同窗会杂志上发表的，确实是一篇充满幻想的作品，深得父亲的喜爱。现在伸子已经二十九岁了。她已经失去了十五六岁少女纯真的心灵。伸子像是被烟呛到了一样感

到窒息，因此决意要穿过这个烟雾弥漫的隧道，开始自己的写作
生涯。她的小说以在某位前辈女作家那里与素子邂逅的场景作为
终结，最后还描写了与佃离婚的结局。

她用左手撑着面颊，右手翻看着从杂志上剪下来的小说连载
片段拼接成的装订本，逐渐陷入深思，无法抑制。

写完这部小说之后，伸子才认识到一个非常重要的事实：无
论是佃还是女主人公的母亲，或者是女主人公本人，在这段关系
中，并没有哪一个人是纯粹的恶人。即便是前夫佃，如果不谈时
间和地点，仅仅将他作为一个角色来看，其实可以发现他是一个
非常正派的人。伸子会以多计代喜欢什么样的男性特质来采取行
动，也会为了让佃对自己的情感表达能称多计代的意而进行粉饰。
这些佃都不知道。正因为看到了越智对多计代的影响，并且将其
与自己和佃的关系对比之后，伸子如今终于明白了佃的笨拙和源
于他内心深处的诚实。而在这之前，佃的诚实是伸子通过女性独
有的聪慧感受到的。刚过二十岁的伸子下决心与几乎比她年长一
倍的佃结婚的时候，对做母亲这件事感到发自内心的恐惧。那时
候的她出于本能，对生孩子十分抵触，而佃面对伸子的这份不安，
郑重地许下了诺言，并且严格遵守到和伸子共同生活的最后一天。
想要分离又重归于好的夫妻两人，在心底的激情难以自抑的时候，
佃其实有很多机会打破诺言。但是，佃像一只扑火的飞蛾在伸子
的身边不断扇动着翅膀，却始终遵守与她的约定。佃原本可以通
过把伸子变成自己孩子的母亲，将她拴在自己身边，他却没有那
么做。

伸子从佴的家里出走半年之后，佴的一个朋友对伸子的行为感到十分愤慨，于是给佴介绍了一个他认为可以给佴带来幸福的女人，而佴也确实与那个女人结了婚。这一回，佴下定决心，一定要生个孩子。这件事后来辗转传到了伸子的耳朵里。

"那也不错嘛。"

素子说这句话的时候，脸上带着讽刺的笑意，仿佛是觉得这也挺符合佴的俗不可耐。伸子只是沉默着，眺望庭院里被微风轻轻拨弄的竹叶。

佴一心守护着自己婚姻家庭的幸福，想将伸子置于其中，但这并不是年轻的伸子所追求的。他俩追求的生活并不一致。而且，多计代热切地盼望佐佐家与伸子都能拥有荣华富贵和令人艳羡的名望，这既不是佴的生活目标，也并非伸子自己的愿望。三个人对生活怀着不同的愿景，汇成了一个翻滚的旋涡。

与佴离婚后，伸子着手创作这部长篇小说，同时也是为了记录这段生活历程。至于什么再婚呀，组成新家庭之类的，联想到她与素子共同生活之后遇到的男人们，伸子实在不想考虑。在她的心灵和身体里，有一股力量令她无法停在同一个地方，她不知道该如何去定义这股未知的力量，也不知道应该如何处理。社会通常将结婚和家庭生活作为一个人进入安定生活的标杆，但是一个无法被既定的安定感所控制的女人，有什么必然的理由不断寻找下一个对手，不断重复家庭生活呢？

素子生来就容易与人亲近，而且像孩子一样天真无邪、不拘小节。伸子将日常生活中的一切琐碎都交托给素子照料，过上了现在这种生活。伸子依赖着素子。素子的谈吐像个男人一样，实际上家里任何一点小事都要亲自动手，伸子因此可以继续心无旁骛地创作小说。

"小伸这个人呀，到底是什么性格，我真是无法理解。"

在老松町住的时候，多计代曾经来访过。看到伸子和素子的生活状态，她不无苦涩地说："那位吉见小姐，简直像个一家之主，家里事无巨细都由她发号施令，就连两个人的收入和花销估计也是她在支配。小伸你这孩子呀，一旦信任了别人，就变得盲目了。"

伸子闻言只是苦笑。她确实将所有家计都交给了素子管理，自己的收入也给了对方。

"我觉得这样没问题。她持家比我更得心应手，这些事情本来就是谁愿意做谁来做。"

翻看着小说的剪报装订本，伸子脸上的表情逐渐凝重起来。在这个宁静的郊外庭院里，两个女人的生活日复一日地进行着，伸子的心中不知何时萌发了一丝怀疑。

好似平静的心绪持续了太久，突然之间，就会感觉到些许不安。

"小伸，"隔壁的房间传来素子的呼唤声，"在吗？"

"在。"

"要是再不给斋藤送新挖的竹笋，他老婆又该说三道四了。"

她们现在住的房子，房主是一位叫斋藤的军人。

"……是呀。"

"就明天吧，让阿丰给他们送过去。"

"那也可以。"

素子快人快语，当机立断。伸子却沉稳持重，少言寡语，问什么就答什么。从地平线的彼端升起一团云雾。湛蓝的天空一望无际，相比之下，那团云朵是那么渺小。在风儿还没有将它吹散之前，云朵落下了一个小小的影子，伸子可以向它倾诉些什么呢？郊外那一尘不染的阳光沿着石榴树树干，一路照耀过细叶，又遍洒草坪。伸子眯起了眼睛，抬头望向高照的艳阳。她托着腮，一直凝视着那团好似在内心的地平线升起的小小云彩。

六

星期六的下午。

在伸子她们居住的驹泽家中，最里侧四帖半的房间里正在上俄语课。

当时她们借住的裁缝铺位于老松町一间袜子店旁边的小巷里。伸子租的是二楼，当时那个房间的东西两侧都有两间[1] 宽的玻璃窗，不仅冷，而且光线太强了。伸子就买来了暖色调的厚窗纱，上面印着风铃草的花纹。那块窗纱现在改成了小坐垫的套子，放在涂了清漆的长椅上就变成了可爱的靠垫。伸子和浅原蕗子像一对规规矩矩的女学生一样并排坐在长椅上，素子坐在一旁的藤椅上，她们中间放着一张小桌子。三个人面前都放着绿色封面的教科书和笔记本之类的文具。教科书上印着"外国人俄语入门"的字样。书才翻开了几页，素子用有点儿沙哑的独特嗓音，慢慢示范着简单的俄语对话："那是什么？那是铅笔。是什么样的铅笔？"

1　长度单位，1 间 ≈1.818 米。

"浅原同学，请你读一下。"

素子很有教师的派头，她对蕗子发出指令。蕗子拿起摊在膝盖上的教科书，张开圆嘟嘟的白皙小嘴，以不熟练的发音大声地朗读着。尽管有些紧张，她还是仔仔细细地一个音接着一个音地读。她的樱桃小口颇有少女独有的娇羞，吐出那些外语单词的时候微微颤动。

"好的，接下来轮到你了。"

伸子也非常认真地读着简单的短句。不过，她一直没法熟练地发出 R 的翘舌音，即便摇着头拼命用力，还是只能发出与 L 相似的轻音。

"不太对呢，应该是这样。"

素子一头浓密的头发束起，为了让伸子能够看清楚自己发音的口形，她把脸转向北面窗户的明亮处："R，R，R。"

"我的舌头是不是有点短呀。"

伸子试了很多次都没有成功，有些不甘心地为自己辩解："我念英语 R 的时候也发不好音。看来不是我听力不好，是舌头的动作不对。"

"也许你这个舌头发其他的音都没问题，就是发不出 R 呢。"

蕗子听到这句话，一下子被击中了笑点，晃动着身子笑了起来。那副年轻的大个身子裹在素雅的浅色和服里，那是她家乡的母亲亲手为她做的衣服。

三个人在接下来的一个小时里，以铅笔为中心不断变换着句式，练习俄语问答。

"今天的课就到此结束吧。"

蔷子抬起手腕，看了看时间说："刚才跟两位说过的，我的那位朋友今天会过来。看时间应该也差不多了，能不能再多打扰你们一会儿？"

"啊，是吗？没关系啦。"

伸子起身去倒茶。俄语课是以浅原蔷子为主，伸子只是一个陪读。素子在专科学校的后辈把蔷子介绍给了她，说有个女孩子想来她家里学习俄语。蔷子身材高大，举止端庄，沉默寡言，无论素子还是伸子都想不通这个年轻人为什么想学俄语。蔷子在那所专科学校读日文高年级。她初次来上课的时候，素子就调侃说："你想学俄语肯定有你的理由，只是不屑于告诉咱们罢了。"

即便开玩笑问她，蔷子也只是害羞地笑着，什么也不说。除此之外，蔷子身上并没有让人感觉到固执己见的地方，反而给人留下一种平易近人的印象。每周六的下午一点半，蔷子都会来上课。在她准备教科书的时候，伸子也拜托她帮自己买了一本。

开始翻译工作以后，素子联系上了一个叫菲利普夫的俄国人，两人时不时地交流一二。她们刚开始住在老松町的那阵子，伸子就被素子带去菲利普夫家中拜访过。一九一七年俄国发生革命的时候，菲利普夫和父母生活在远东的某个小城市。一片暴乱中，父母双亡，他自己逃到了日本。菲利普夫已经二十八九岁了，身材非常高大，稍稍留长的亚麻色头发梳在脑后，眼眸是清澈的水蓝色。他的妻子穿着俄式多褶短裙，身材壮硕，他们还有一个刚出生不久的孩子，一家三口租住在神田一栋房子的二楼。楼下住着一个额头总是贴着头痛膏药的老婆子。上二楼的时候，本来从某个角度可以看到一楼的房间，不过伸子她们去的时候，那房间的拉门外面已经被一块脏旧的大布帘子遮住了。那帘子就跟曲艺场的幕布似的。菲利普夫将二楼两个小房间的日式拉门去掉，在屋里摆上椅子、桌子、大书橱、婴儿摇篮、缝纫机、婴儿用的铁皮洗澡盆和餐具柜等生活必需品。一家人就在那样一个房子里生活。一盏微弱的电灯照亮了这个收拾一新的小家。在日本人的生活中，这么昏暗的灯光几乎是无法想象的。墙上挂着一条美丽的俄国刺绣手巾，由红、黑两色丝线编织出来，整个房间都充斥着一股油腻的味道。

伸子也是在见到菲利普夫之后，才第一次听到真正的俄国人说俄语。与此同时，她在东京这一个小小的角落，也切身感受到了曾在库普林[1]小说里读到的那种闲散却又浓厚的生活氛围。

可是，对于素子所期待的良好教育背景，菲利普夫似乎无法满足。尽管俄语是他的母语，但是一谈到文学和一些深奥的词汇，一身黑衣、又高又瘦的菲利普夫，那双水蓝色的眼睛就会流露出绝望的神色，他还会不停地用他硕大的手掌抚摸着头发。

正好在那个时候，一位日本的理学家娶了一位俄国音乐家。那位夫人带着自己的母亲和姐姐一起来到东京生活。素子费尽心思终于搭上了关系，开始与夫人的姐姐瓦尔瓦拉·德米特里耶

1　亚历山大·库普林（1870—1938），俄国批判现实主义的代表作家。

芙娜[1]来往。与菲利普夫家里一切都是平民化的风格相比，那位被称作瓦拉的俄国妇人的生活样式，则让伸子联想到了俄国知识分子的日常，也就是俄国首都还被称为圣彼得堡的那个时代的生活。瓦拉的家建在小石川[2]一处幽静的高地上，客厅结合了日本和西洋风格，电灯上罩着绢布制成的灯罩，日式寝具旁边放着半旧的安乐椅。瓦拉的母亲一身黑衣，正襟危坐，与前来拜访的素子和伸子一行亲切交谈。在与伸子说话时，老夫人使用的是英语。

瓦拉本身是一个画家，厚厚的栗色头发剪成一个蓬松的蘑菇头，刘海齐眉。她有一双美丽的褐色眼睛，虽然身材不高，但是肌肉结实，脸部轮廓也非常立体。与她聊天的时候，丝毫感觉不到她是个外国人。她嫁给了一个德国人，婚姻幸福美满，但是爱人已经撒手人寰。瓦拉和素子去二楼书房查找资料的时候，客厅里只剩下老夫人和伸子。两个人聊着俄国的音乐和戏剧，老夫人严肃的脸上终于绽放出了生机和活力，就好像昨晚的她还坐在台下欣赏着舞台上精彩的演出。好几年前，俄国舞蹈家安娜·帕夫洛娃[3]曾经来日演出，她表演的《天鹅之死》精美绝伦，给伸子留下了不可磨灭的印象。"也许我今生再也不会回俄国了吧。但是，祖国的冬天、音乐和舞蹈是我一生不变的挚爱。"老夫人一

---

1 瓦尔瓦拉·德米特里耶芙娜·布勃诺娃（1886—1983），俄国画家，1922—1958年搬到日本生活，对日本艺术产生过重要影响。妹妹安娜·德米特里耶芙娜·布勃诺娃·小野（1890—1979），俄国小提琴家、教育家，1917年嫁给小野洋子的伯父小野俊一，在日本一直生活到1960年，被称为"日本小提琴家之母"。

2 东京地名。——译者注

3 安娜·帕夫洛芙娜·帕夫洛娃（1881—1931），俄国芭蕾舞演员。

边让伸子尝一尝俄式果酱，一边表达着自己心中的遗憾。

菲利普夫夫妇和瓦拉一家人的生活，让伸子窥见了俄国社会从古至今不断变迁的一个小片段。那些逃亡到日本、被称作白俄的俄国人，都不约而同地对一九一七年前后发生的事情保持沉默。对于随后俄国社会和艺术环境的变化，他们也抱有与众不同的看法。红极一时的卢那察尔斯基[1]或者梅耶荷德[2]的名字，绝对不会出现在老夫人的口中。流亡的白俄们依旧活在契诃夫的戏剧所营造的生活氛围和风俗习惯中。这让伸子对自己在以前看过的文学作品中而了解到的俄国倍感亲切，同时也对如今俄国焕然一新的走向产生了好奇心。蓤子要来学习俄语的时候，素子想，反正都要教，不如让伸子一起学习。伸子就顺势买了书来一起学，这其中也有她对俄国感兴趣的缘由。

伸子端着茶送到上完课的房间，素子正叼着红色的透明烟斗，开心地笑着说："原来如此呀，说起来还真是那么回事。"

"什么事情呀？"

"浅原说，瓦拉的眼睛和别的外国人不太一样，直直地盯着看，也不会觉得奇怪。"

"觉得奇怪……"

伸子有点不得要领，又追问了一句："哪里奇怪呀？"

蓤子圆鼓鼓的小嘴微微张开，笑着说："看了那么多金发碧

1　卢那察尔斯基（1875—1933），苏联教育家、文学家。

2　梅耶荷德（1874—1940），俄国导演、演员、戏剧理论家。

眼的外国人，慢慢就搞不明白那些人究竟在想什么了。感觉自己
都要融化在那一汪眼眸中似的。但是我前几天第一次见到瓦拉，
发觉她的眼睛和我们的并没有什么不同，我才发现了这个区别。"

"还真是这样呢！比如说多丽丝小姐，只要看着她的眼睛，
就会觉得有点迷糊。"

多丽丝小姐是蕗子现在就读的专科学校的英语老师，非常受
学生欢迎。她有一头金色的头发和淡淡的蓝紫色双眸。

"菲利普夫的眼睛，也是那样的呀。"

"他可不是因为眼睛颜色的关系。"

看着素子笃定的样子，蕗子和伸子都笑了出来。

"那个人呀，他的人生本来就捉摸不透。"

这时候，从玄关传来一个男人的声音："请问有人在吗？"

伸子出去一看，一男一女两个客人站在水泥地上。

"你好呀……"

伸子对摘下网球帽的竹村英三说："这位……和你一起
来的？"

女客人赶紧上前解释自己并不是和竹村英三一道过来的：
"抱歉，蕗子是在这里吧？"

听到她的声音，蕗子从房间走了出来："等你好久了。"

"欸？原来这么巧呀，我们是在大门那边遇见的……"

竹村一边说着，一边打量了一下身边的年轻女客人。素子
站在客厅里对他说："竹村先生，请先到大房间等我们一下可
以吗？"

蔻子的朋友是来咨询就业问题的。她姓吉川，是个身材瘦削的姑娘，比蔻子大一届，去年刚从专科学校的英文科毕业。

"这也是个常见的问题……"

素子直勾勾地盯着吉川端端正正的白领子，问道："你的家庭条件是不是还不错？"

"倒是不太为生计问题发愁……"

"要说现在呀，很多要养家糊口的男人都失业了。而且你又是有钱人家的小姐，他们可不希望工作的机会就这么被你抢走了。明白吗？"

吉川坐在刚才伸子的位置上，侧头和蔻子相互交换了一下眼神，似乎在说："果然是这样啊。"蔻子也谨慎地说："我现在也有这种感觉……"

年号变为"昭和"之后没多长时间，从专科学校毕业的青年能找到工作的都是些幸运儿。另一方面，像 ARS、第一书房[1] 这些出版社开始争先恐后地进行出版书籍的提前征订活动，甚至会用报纸的一整版来做广告宣传。出版社之间的恶性竞争愈演愈烈，菊池宽[2]、山本有三[3] 等作家纷纷联名抗议，将义正词严的抗议书发表在报纸上。尽管伸子此时也在创作小说，但是她感觉那和自己的生活没什么关系，只是远远地观望。

1　两者均为日本老字号出版社。——译者注

2　菊池宽（1888—1948），小说家、戏剧家，日本大众文学推手，芥川奖和直木奖的创设者。

3　山本有三（1887—1974），日本剧作家、小说家，新思潮派代表作家。

在就业方面，少言寡语、温婉稳重的蕗子已经默默地为自己年轻的朋友考虑了很多。看到刚满二十岁的蕗子，伸子不禁想起了曾经的自己，她也是这么一路跌跌撞撞走过来的。

素子像是做总结陈词一般说道："好了，不如趁现在这段时间好好学习吧，正好可以多读一些新的俄国小说。不管怎么说，这个世道一时半会儿是不会变的，人们想读的还是那些陈词滥调的东西。"

"告辞了。"

蕗子和她的朋友吉川点头致意，一起回去了。

八帖大的客厅紧挨着走廊，竹村从廊柱下面拿出一个坐垫，独自坐在上面吸着烟。

"久等了……"

素子一边说着，一边坐到紫檀木的矮桌旁边，穿着铭仙绸[1]夹袍的手肘枕在桌上。

"……现在的年轻女孩可真是不一样了。"

竹村和素子曾就读于同一所大学，他既是素子在俄文专业学习时认识的前辈，也是和素子交好的男性友人。

"无论怎么说，想要经济独立就要工作，连年轻的女孩子们都开始这么想了，就是一个很大的进步。"

现在几乎所有的女性杂志都在倡导女性经济独立，却没人关

1　一种平织丝织物，用色、纹样鲜艳大胆。

注实际的失业率有多高，而是像厨川白村[1]频繁发表的恋爱论那样，将经济独立作为获得浪漫爱情的先决条件，去鼓吹女性要争取经济上的自由。

竹村和素子一个坐在走廊，一个靠在桌前，两个人隔着不远不近的距离，各自吸着烟。烟雾在空中飘散，两人有一搭没一搭地闲聊两句。伸子一边静静地听着，一边望向庭院角落里的竹丛。不知道哪家的公鸡带着母鸡跑了进来，在庭院里追逐着。公鸡咯咯咯地高声鸣叫，厚重的深红鸡冠耷拉下来，随着叫声不断震动。公鸡一边叫，还一边扒拉院子里堆积在一起的落叶。已经是五月末了，竹子的颜色越发青绿，白色的鸡在绿色的竹丛中穿梭，构成了一幅闲散轻松的午后图景。

与竹村说话的素子总是带着一种特别的腔调。和其他男性朋友在一起的时候，素子总是一脸淡然，这同她和其他女性朋友及瓦拉说话时一样，显露出来的是她真实坦荡的一面。不过，与竹村说话的时候，她却有些不一样。素子是个率真而直接的女人，因此她拥有很多男性朋友。但是，在和这些男性朋友的交往中，素子通常会刻意避免被人当作女性来看待，总是表现得格外有男子气概。不仅是在说话方式上，而且她几乎不和男性朋友聊那些人尽皆知的话题，常常选择男人不会主动对女性朋友发表看法的一些生活上的事情来讨论。

素子有个朋友叫加茂，是信州某个禅寺的年轻住持。他在离

1　厨川白村（1880—1923），日本文学评论家，著有《近代文学十讲》《印象记》等。——译者注

伸子她们住地不远的一所宗教大学研究生院读书。有一次,伸子
对刊登在杂志上的道元[1]大师的传记产生了兴趣,于是和加茂讨
论起来。聊着聊着,也不知道怎么的,谈话内容就从信州的雪和
被炉说到了颜色的搭配,最后又转移到和艺伎宴游的话题上。他
们甚至还具体到了一晚上要花多少钱的问题。加茂穿着低裆的小
仓织布[2]裙裤,完全是一副僧人的打扮,在说完道元大师的话题
之后,继续用同样的口吻聊艺伎。

　　竹村对近期年轻女性的积极性表示了赞赏,素子却认为,态
度再积极也要适可而止。对此,伸子的心中有些疑惑。刚才在与
蕗子和吉川商谈就业问题的时候,素子表示,很多需要养家的男
人都失业了,那么衣食无忧的女性确实没有必要再出去工作。蕗
子也同意她的观点,按下不表便回去了。当时伸子确实也觉得她
说得有道理,但是回头仔细一想,素子的理论多多少少有些站不
住脚:虽说衣食无忧,但是那些小姐实际上是在依靠父母生活,
在她们的心底也许和她一样,同样有着身为一个"大小姐"的苦
恼。伸子的母亲在伸子与佃结婚的时候曾经声明,如果她随随便
便就嫁了人,那么今后就要完全自食其力,不再依靠家里的任何
经济援助。伸子从那个养育她的家里连一条新被褥都没带走,就
和佃住进了小巷深处的房子。夕阳能晒到那房子的各个角落,一
览无余。刚才那位叫吉川的姑娘端庄优雅,估计也是想过上脱离

1　道元(1200—1253),日本佛教曹洞宗创始人,日本佛教史上最富哲理的思想家。——
　译者注

2　一种棉织布,用粗线织成,质地厚实,常用于制作男子的腰带、裙裤和学生服。

父母管束的生活吧。既然女人想要就业，就不应该用"这样会加重男人的失业率"这种强词夺理的说法来打消她们的念头。用这种理由让向往着自我成长的女性放弃就业，实在是太残酷了。当然了，吉川若找到工作，必然有某个人失去工作，这个人是男是女，是不是比吉川更需要这份工作来维生，这都不好说——伸子也不知道该如何解决这个现实生活中的棘手矛盾。

竹村从女性的经济独立聊到了女性的文化。迄今为止，日本都是一个不折不扣的男权社会，他认为女性应该更多地发挥自己的力量。

"不过，我觉得还不能光停留在那个层面。女性凭借个人的努力挣到钱，按照自己的意愿生活……如果仅仅是这样，似乎还缺少了一些东西。究竟是为了什么才要按照自己的意愿生活，这个问题必须搞清楚。"

竹村的这些话，自然是被素子和伸子的生活方式所触发的感想。素子咬着并没有点上火的红色烟斗说："你这样的观点我还是第一次听到。"

她的声音和表情都有些奇怪，但只有伸子能够察觉到她的异样。

"这样的话，你从来没有对我说过。"

大家一时都陷入了沉默。过了一会儿，伸子缓缓说道："打个比方，比如说出版一本杂志吧。大家都不知道为什么要出版这本杂志，只是女人们说要把它办出来。不能光因为这一点，就说这件事有真正的价值吧？"

虽然用了杂志的例子，但是说出这些话的伸子心里想的是自己的小说，以及写小说这件事。

又过了一会儿，竹村开口道："这真是个难题呀。"

为了舒缓有些紧张的空气，他在坐垫上挺胸伸了个懒腰，说道："这个问题无论怎么思考都没有尽头。像我家那个压根儿就不会考虑这种事的女人，和她说什么也说不通……"

竹村站了起来："话说，今天好不容易来一趟，不如一起出去走走？"

他说完，望向伸子。

"去哪里？"

"去温室里看看怎么样？"

去年与妻子离异的竹村也住在驹泽，只是比伸子她们家更偏远。他独自生活，以园艺栽培为乐。

"现在正是康乃馨开得最好的时候，去看看吧！"

"现在就去……"

素子一时不好做决断，她的视线望向庭院，默默计算往来竹村家的距离和时间。

"回来的时候我送你们嘛。离天黑还有些时间。看最近的天气，白天也不冷，晚上才需要烧锅炉取暖哩。"

"……小伸，你说呢？"

"我觉得去也可以……"

"那就去吧，我有好吃的干货，拿上一些到时配饭吃。"

"去吧！一定让你们不虚此行，那些花真的特别漂亮……"

七

出了家门，爬上右手边的缓坡，穿过一条两侧种着樱花树的道路。从玉川车站下车，正对面又遇到一棵樱花树。要到伸子她们家去，就要从这里通过。这条路上从头开始数，有卖鱼的小店、杂货店、卖菜店，还有木工师傅带格子门的家等。它们像现在这样一字排开的样貌，是伴随着住宅区的扩建才出现的。穿过那条小街之后，视野里逐渐出现了一些矮树篱笆或者石墙围绕的洋房。尽管路边同样种着樱花树，但是在这条路上感受到的是工薪阶层的生活气息。为了出来购买日用品，住在附近的居民每天都要来回走好多遍，路上总是熙熙攘攘的。

坡道上方也是一条樱花路，左右两旁的树木都已经有些年头了，枝叶重叠交错。被大门和绿植隔绝在道路两边的住家，无论是西洋风格还是日本风格，也都很是讲究。有几栋西班牙风格的建筑物，外墙装饰着颇有新意的唐草纹样铁窗，在这条樱花路上却不太起眼。每逢下雨的日子，细密的雨滴从樱花树梢上滴下，水声便充斥着整条道路。繁茂枝叶构成的隧道一般的道路只容一人通过，隐隐还能听到钢琴声从不远处传来。

　　竹村、素子和伸子排成一列从枝叶的隧道中穿过，来到住宅地外面开阔的农田道路上。零星散落的几户农舍笼罩在茂密的杂草和浓绿色灌木丛的阴影中，农田沿着山坡缓缓倾斜，前方的视野一望无际。十来只鹅正聚集在开着白色小花的灌木丛中和腐朽的木架子上，听到三个人的脚步声，它们都伸长了脖子大叫、喧闹。

　　见状，素子笑着说："这可真不错，要不咱们家也养一只狗吧，用来看家。"

　　路两边的景色开始变化，竹林逐渐茂密起来，一直通向驹泽偏远的乡村，农舍的茅草屋顶也映入眼帘。三个人走在小路上，啪嗒啪嗒的脚步声逐渐消失在道路的拐角。枝叶繁茂的竹丛缝隙间显露出小小的地藏菩萨石雕像，身上还系着红色的布条。在幽暗的竹林中看到这一幕，伸子不禁小声说了一句："有点瘆人……"说罢，就抓住了素子的手。

　　一行人加快脚步走出了竹林，明亮的风景再次在前方展开，由连成片的坡地组成的农田，脚下有一条直道，傍着一条水流湍急的小河。河边生长着垂柳，鹅晃动着黄色的喙寻觅着食物。山丘上的耕地对面，能看到一个高高的木造西洋小屋，如果再配上一个风车，就更有异域风情了。

　　"那是什么呀？"

　　"我也不清楚。"

　　听到伸子这么问，竹村才开始注意到那个奇异的建筑物，抬头多看了几眼。

"你家是在那附近吗？"

"方向不太一样，更靠这边一点。"

一辆平板车放在耕地之间杂草丛生的道路上。竹村指了一下那个方向。

"是不是快到了？"

"能看到那棵栗树吗？从那里拐弯就到了。"

周围原本都是农田，竹村的家却像是一个迥异的空间。在没有围墙和任何阻隔的地方凭空出现了一座巨大的温室，隔开一段距离还有一栋住房。竹村沿着小路走到房子的玻璃窗边，查看了一下拉上的白色窗帘，然后回到温室的入口处等待落在后面的素子和伸子。

"先带你们参观下温室吧。"

他从裤兜里掏出钥匙来，打开了温室的门。等素子先进去之后，伸子也走了进去，然后两人不约而同地喊出声来。

"哇！"

为了有效利用每一缕阳光，建造这里的时候最大限度地考虑到了采光，此时夕阳正照进整个温室。玻璃反射着耀眼的阳光，红色、白色、粉色、浅黄色等各种颜色的康乃馨花朵在室内盛开着，这番景象从温室外面根本看不到。潮湿温暖的空气中飘荡着甜美的花香，凑近一看，美丽的花冠之下，纤细强韧的花茎绿油油的，格外美丽。柔软有弹性的嫩叶卷曲着，绿色中还带有一点白色。不必经受风吹日晒，在温室里肆意生长的康乃馨花朵缀满了枝头，实在是美得动人心魄。伸子甚至觉得，从外面进到温室里的人们身上所着的衣物都太过粗粝，没有资格与这些美丽娇艳的花儿为伴。

"只栽培一种花的温室……还是第一次见到。感觉快要晕过去了。"

温室并没有多大，不过由于花卉单一，要是在里面转一圈，会让人产生一种空间十分广阔、花海绵延不绝的错觉。伸子在馥郁的花香中被熏得眼泪都快流下来了。

两个人在竹村的带领下参观完温室的另一侧之后，素子开口问道："为什么没有种其他的花呢？"

"这是我第一年种花……不能急于求成嘛。"

"真没想到你还有这个手艺！"伸子对走过来的竹村说道。

此时他正以一个专业园丁的锐利眼光观察着花托："意外吧？是不是对我刮目相看了？"

素子也提了一个很像是她会提的问题："这些花里面，现在有多少枝可以剪下来去卖了？"

"这个嘛……"

像是在估算数量似的，竹村环视了一周。

"这边加上那边，有四五十枝吧。"

这里的康乃馨要趁清晨剪下来，运到涩谷的花市去。

伸子走出了温室，对竹村说："趁这些花还开着，我可以带上我的弟弟再来参观吗？"

如果让热爱花卉的阿保看一看这样的景象，他该有多高兴呀。阿保的那些花只能栽种在花盆里，他已经逐渐失去兴趣。之前回娘家的时候，她还看到阿保用水培的方式培育出了漂亮的紫色风信子。

"没问题呀，欢迎！"

"我去叫他快点来。"

"那是最好，花期毕竟就这么几天。"

竹村掏出另外一把钥匙，打开了自己家的门。进门的小院里放着桌子、椅子，还有几件零散的园艺工具，右手边分别是六帖和四帖半的两个房间。书橱、书桌、餐桌都放在大一点的房间里，另一个房间用作卧室，放着一个五金已经非常老旧的旧衣橱。小院的旁边是厨房和浴桶，木炭和柴火堆放在一边，颇有田园风情。小青菜和细萝卜像是刚从地里采摘回来的，放在土灶旁边。看到如此明快简朴的生活环境，伸子觉得非常诧异。刚和素子一起生活后不久，她们曾经拜访过一次竹村。那天她们先是四处转悠了一圈，黄昏时分才去了竹村家。竹村夫妇住在一栋独户住宅里，大门是两扇朴素的柴扉，踏脚石后面就是住宅。庭院里的树木茂密得有些过分，长长的房檐显得气氛更加阴森。那时候的竹村脸上带着难以取悦的表情，蹙着一对浓密的眉毛，盘腿坐在房间里。一本翻开的书摊放在二月堂的矮桌上。就连这张用朱漆描绕细线的长方形桌子都像是有灵气一样，更加衬托出整个房间的沉闷。

竹村的妻子和素子打完招呼之后，两个女人就聊得火热。见状，竹村对妻子命令道："喂，你去倒茶。"

那声音干涩得很，一对浓眉下面闪过凶狠的眼神。这对空有其表的夫妻已经对彼此没有任何情分了，伸子不明白为什么素子要带自己来这里拜访,气氛实在是太别扭了。那时候的竹村身着和服。在伸子眼里,他身上的和服样式有些奇怪,看上去同桌子的品位非常和谐。一只陶瓷烟斗放在书的旁边,但见他眉头紧锁。

如今,竹村套着一件胳膊肘处已经开线的鼠灰色夹克衫,脚上穿着一双网球鞋,正蹲在这个像工作室一样的杂乱简陋的小院子里给小炭炉点火。尽管眉间刀刻一般的两道竖纹还是一如从前,但是回想起那个坐在幽暗房间里表情阴郁的竹村,他在生活上的变化让人震惊。如果没有和那位妻子离婚,竹村的生活大概不会发生这样的变化吧。之前那个搭在庭院树木深处,像洞穴一般的房子,也不是他前妻张罗的,最开始是竹村按照自己的喜好选择的,恐怕就是想要营造那种质朴沉郁的气氛吧。

现在的竹村一边经营温室、贩卖鲜花,一边翻译俄国文学作品。如今选择过独身生活,应该也是他自己喜欢这样吧。

住宅的外面有一个水泵,从那里可以观赏到梯田的起伏和远处的森林。夕阳为温室的玻璃外墙染上了火焰一般的光泽,像是融化了似的天空下,浮现出远处黑黢黢的树林。

"你在发什么呆啊?"

素子走了出来。

"是不是走得太累了?马上就有茶喝了,来这边休息一下。"

伸子来到六帖的房间门口,坐在门框上,看着竹村在小院里忙里忙外。

素子笑着对竹村说:"无论怎么说,一个人生活,这样未免也太惬意了吧。"

"这样的生活确实也挺不错的……"

"本来就是嘛，就看你那双手，实在也不好再找老婆了。"

竹村每天摆弄泥土，做的都是体力活。此刻，他低头看了一眼自己拿着火筷子的手，只是简短地"嗯"了一声。

"那些天天要求男人的手要这样那样的女人，谁会和她们结婚啊。"

这么说着，他把头转向斜后方，看着坐在门框上晃着双腿的伸子，确认似的问了她一句："你说对吧？"

伸子沉默着没有说话，但是摇晃的双腿突然停了下来。这么说似乎也没错，可是对于回头向自己确认的竹村，伸子心中还是无法全盘认可。

竹村燃起炉灶，素子在小院里用小炭炉烤腌竹荚鱼，伸子把竹笼里的饭碗拿出来摆放好。裸露的电灯下，三个人开始吃晚饭。

吃完饭之后，竹村提议一起听唱片。伸子正百无聊赖，突然听到小院的角落里有什么活物发出的声响。

"那边是什么？黄鼠狼吗？"

"是鸽子。"

瞥了一眼小院，竹村回答道。

"抓了两只，雌鸟跑掉了，只剩下了一只。晚上我有时会把它放出来，让它飞两下，蛮有趣的。可能是因为那边的镜子里映出它的样子了吧，它就以为镜子里是自己的同伴，所以总是一遍又一遍地啄镜子。"

一面复古的大装饰镜靠在壁龛上，此时上面模模糊糊地反射着电灯的光线。在这座只有一个男人居住的房子里，一只雄性白鸽对着镜子扇动翅膀，把镜子里映出的身影当作雌性，费尽心思地想要去接近。想象着这样的场景，伸子的心中又起了波澜。

比起康乃馨的美，夜晚对着镜子轻啄自己白色影子的雄性白鸽更让人心驰神往。但是伸子既没有把这份心情告诉素子，也没有告诉竹村。竹村拿着手电筒送两个人回家。她们一起穿过阴暗的竹林，到家的时候天才刚刚黑下来。

八

第二天，伸子打公用电话给阿保，对他说了竹村温室的事情。后天正好是周日，她和阿保约好了十点左右在自己家集合，然后出发去看温室的康乃馨。

"你们来这里集合，那谁来带路呢？"

素子坐在椅子上，抬头看着打完电话回来的伸子，一脸的不乐意。

"我可是不会去的。"

伸子有些不解，在素子的椅子旁边换只脚站着。

"……我又没想让你去。"

"那小伸你又要特意陪他过去一趟吗？"

其实那也不一定。伸子之前只是单纯地想让阿保看一看正在绽放的美丽康乃馨。她以为让阿保去温室这件事总有办法解决，其他事情就没有多考虑。

素子悻悻地说："什么嘛！就那么一个温室。"

她故意扭过头去看向一旁。素子觉得伸子这么煞有介事，实在是太夸张了，于是表现出明显的不快。素子一向如此，直来直去就是她表达感情的方式。

"也不是我没事找事呀。之前不是对你说过嘛，记得吗？阿保贴在书房门楣上的那个单词？"伸子一本正经地说，"我是真的担心阿保。当姐姐的，一定要为他做点什么，所以才想带他去看看花。"

"好吧好吧，我反正不去了……"

到了周日约定的时间，阿保穿着东京高中生的黑色制服，几乎是分秒不差地来到了伸子家。他带来了母亲多计代准备的礼物——虎屋的羊羹点心。

"阿保还是第一次来吧。"

"嗯嗯。"

阿保好奇地环顾了一圈庭院和竹丛。

"今天可以好好玩一天，晚上再回去吧？"

"我晚饭之前就要回家。和妈妈说好的……时间来得及吧？"

"倒是来得及……那我们赶紧出发吧。"

伸子走进玄关旁六帖的房间换衣服，素子也跟了过来。她揣着手，对正在整理和服的伸子说："最后还是要去呗。"

"一起去嘛，我们一块儿不好吗？阿保孤零零的太可怜了。这件衣服是怎么搞的……"

伸子回想起一段激荡的往事。她和佃在赤坂一起生活的时候，有一次，弟弟和一郎正好赶在要吃晚饭的时候来到她的家里。那时候刚刚发生过大地震，佃正在用纸糊着崩裂的墙面。和一郎信步走进来，问了一句："姐姐在家吗？"伸子对修缮房子完全不起劲，佃正在生她的气。这时候看到和一郎来了，佃就把气都撒在了他的身上。佃话里话外都在讽刺和一郎什么忙都帮不上，竟然还好意思跑来蹭饭吃，这让和一郎非常难堪。待了一会儿，和一郎就对伸子说："姐姐，我回去了。"也不等伸子出来送他就离开了。从那以后，和一郎再也没有去过佃的家里。

伸子只是想让阿保去温室看看花，并没有掺杂任何对温室主人竹村的兴趣。虽然嘴上不说，但是素子的别扭和不快正是因为对伸子的误会。伸子觉得没有必要替自己辩解。她做的一切都是出于疼爱自己的弟弟，并没有顾及素子怎么想。她收拾停当，再次向素子发出邀约："一起来吧！"

伸子说完就回到客厅，阿保正在等她。

素子的脸上带着犹豫的表情，来到玄关门口看着伸子他们出门，最后还是没有跟来。

伸子还想带阿保去看鹅，就沿着前天走过的路，带他去到开着白色小花的灌木丛深处。

"有鹅，在这里呢！"伸子高兴地叫起来，指着一群大叫的鹅对阿保说，"看，好多只呢。"

"樱山那边养了火鸡，不过鹅真的很少见呀。"

樱山是一个村子的名字，阿保暑假会去那里的乡间房舍住一段时间。姐弟俩并排站在路边看着鹅群。阿保边走边在栅栏外面啪啪地拍着手，鹅顺着声音跟过来，沿着道路和他们平行前进。

"今天能看到鹅，真不错。"

　　远远看到在温室外面劳作的竹村的身影，伸子心中涌起一股感激之情。为了特意过来的阿保，他今天没有出门。漫步在康乃馨花丛中，阿保问了竹村一些土壤混合比例、温度之类的专业问题。年岁渐长，竹村的皮肤已经逐渐干瘪，眉间的竖纹也符合他温室养花人的身份。不过，竹村的上眼皮已经耷拉下来，那张没有丝毫光泽、却显出一丝锐利的脸庞，在没有温度的美丽的康乃馨中间，让伸子感受到一种实实在在的人类肉体的温热和内心的厚重感。前天第一次来的时候，伸子最大的感受是温室里香气扑鼻；而今天，则是真切地感受到了这间温室是由人的双手创造出来的。

　　阿保问："您不打算种些仙客来吗？"

　　"今年种不了了，需要盆栽。"

　　"对，说得也是。"

　　两人的对话伸子完全听不明白。

　　不过，看着他们两个你一句我一句，伸子已经很满足了。三个人在温室里待了很久。过了一会儿，阿保向竹村告辞，他们这次并没有去竹村家里做客，就直接踏上了归程。

　　看着阿保一脸平静的表情，伸子也不知道他在温室的这一天是不是过得开心。

　　"阿保，"沿河边的小路走着，伸子忍不住开口，"怎么样啊？感觉一般？"

　　"我觉得温室的花，他种得已经很不错了。不过呢，如果只是想养好一种花，其实很简单的。"

于是阿保说起之前父亲带他去大矶[1]某位富豪家的温室参观的事。那里主要种植了蜜瓜和兰花。

"姐姐，种蜜瓜太有趣了，虽然很难。我也想种一种试试！"

在圆形天井的巨大温室里，挂在绳网上的大大小小的蜜瓜按照成熟的顺序被编了号，泛着青翠欲滴的光泽。阿保一提起那番情景就刹不住车了。

"个个都长得很好。连外皮的纹路也非常细。"

最后，阿保像个小孩子一样说道："真想种蜜瓜呀！"

他长满细密绒毛的嘴角绽开了笑容。

不管怎么说，阿保似乎很高兴。伸子看到他的笑容也就放下心来了。不过，她又联想到了别的事情。对伸子来说，她希望在自己的能力范围之内让阿保觉得快乐，这才邀请他参观竹村的温室。阿保接受了她的好意，来是来了，但是他心心念念的还是此前伸子并不知情的那场假期之旅。他和父亲开车兜风的时候顺路去拜访的大矶富豪家的温室，估计是日本数一数二的奢侈花房吧。

此情此景，伸子的心情就和每年盂兰盆节[2]或者过生日给母亲送礼物时一模一样。多计代总是能收到很多贵重又稀有的礼物，所以伸子送给她的那些不值钱的小东西，其实并不能真正打动她。之前在为父母庆祝银婚纪念日的时候，伸子咬了咬牙，买了一个小小的银制花瓶送给他们。当时父母都很高兴，马上摆在了家里

---

1 地名，位于神奈川县。

2 每年农历七月十五举行。在日本，盂兰盆节是一年中比较重要的节日，人们一般会向平日照顾自己的亲人、朋友和同事赠送礼物以表感谢。——译者注

显眼的地方。但是过了十来天她再回家的时候，发现那个花瓶已经不见了。

"您把花瓶放到哪里去了呀？"

听到伸子问起，多计代回答道："不就在那边放着吗？"

她坐在椅子上，并没有起身，只是看了一眼客厅的角落。那里堆满了点心盒子和食品罐等杂物，她在用目光搜寻着花瓶。

"真找不到了呢，这是怎么回事？那可是你特意给我们买的啊……"

但是听她的口气，与其说是在强调自己对女儿特意送过来的礼物的珍爱，更像是在说："不管怎么样吧，那个礼物也是你送的。"给母亲送手提包或者钱包的时候也是如此。伸子从多计代十分礼貌的感谢中有同样的感觉，而且会让她心里一阵阵地发凉。

伸子小的时候，佐佐家的生活还很朴素。不过，阿保成长的环境与伸子大不相同，从经济条件到社交氛围都已经大相径庭了。多计代几年来一直对周围的变化非常迟钝，而从少年长成青年的阿保，在每天的生活中压根儿没有考虑过这些问题。之前，伸子曾经像是开玩笑似的打趣说："以我的能力，根本买不起能够让母亲高兴的东西，我就是想孝敬父母也力不从心。既然如此，那我也别无他法，至少掰扯一些道理出来，用那些母亲并不买账的道理来孝敬父母。"

阿保的生活无忧无虑，这与离开家独自生活的姐姐的处境完全不同。想到他们之间种种的差异，又想起阿保房间门楣上贴的那张"Meditation"的纸条，伸子觉得有些心酸。阿保可以跟着父亲坐私家车兜风，还可以去那样豪华的温室参观，却会贴"Meditation"那种纸条。他那颗年轻稚嫩的心灵，有着怎样的挣扎呢？原本应该在生活中守护他健康成长的成年人，却没有在精神上给过他真正的关怀。阿保的身边就没有这样的大人。

上次在动坂留宿的第二天早上稍迟的时间，就伸子和多计代两个人一起吃了一顿早饭。当时伸子把阿保门前贴纸条的事情告诉了多计代。多计代反复强调说，阿保是个纯真且认真的孩子，不会有任何问题。对于伸子的不安，她置若罔闻，就好像在说："我非常清楚阿保的心里都在想些什么。"

"这样啊……"

伸子眼神黯淡。阿保前一天晚上说过的话又跃上心头："妈妈怎么每次都是这样呢？只要越智先生一来，她就要去洗手间涂上香粉。"

他像个小孩子一样询问自己的姐姐，却无法开口问自己的母亲："妈妈，这是为什么呢？"阿保二十岁的青春年纪，有太多母亲无法理解的复杂情感。多计代又为何会有这样的自信，觉得自己已经了解儿子的方方面面了呢？

但是，阿保和伸子的性格本来就大不一样。尽管姐弟之间有血缘关系的纽带，可阿保还是和伸子保持着一定的距离。

素子看到姐弟俩比她预想的时间早回来了，不禁问了一句："怎么这么早就回来了？竹村不在家吗？"

"不是的，阿保看过温室了，但是没有去家里面坐。"

与送他们走的时候一脸别扭的样子不同，素子殷勤地为两人准备了饭菜。

吃完饭，素子拿出最近特别流行的钻石跳棋，提议三个人一起玩一会儿。阿保拒绝道："我从来没玩过……"

"没玩过吗？"素子眼睛睁得大大的，说道，"这个简单得很！"

说着，她直接把红色、黄色、蓝色棋子和小色子放在他面前。

"这是小孩子都会玩的游戏，怎么可能不会呢？"

"可是，我真的从来没玩过……"

阿保最终还是没有和她们一起玩游戏，很快就告辞离开了。

"这个孩子是怎么回事啊？实在是太奇怪了吧？"

送他回去之后，素子一副吃惊的表情站在走廊。

"都是高中生了，怎么还那样呢？以后可怎么成为一个顶天立地的男子汉？"

伸子也同意素子的意见。但是还有一个素子并没有意识到的原因，也影响了阿保的心情。就在刚才，素子嘴里叼着烟斗，侧着头对阿保说："去给我盛碗饭来。"说话的时候，她的双手还插在袖子里，环抱在胸前。这样的口吻，在已经开始对少女特征有了萌芽意识的阿保看来，一定觉得很不舒服。

九

温室之行之后第四天下午，竹村突然来访。那天滴滴答答下着小雨。素子正在桌边翻译，看到竹村来了，说道："怎么没提前说一声啊，怎么啦，有事找我？"

她一脸不耐烦的表情，看向走廊那边。竹村没有走到玄关，而是沿着石榴树的树荫，从庭院来到她的房间外。

"我去了一趟涩谷……又急急忙忙跑回来了，不过天气不好也没办法干活。"

伸子正在隔壁的房间伏案工作，她坐着没有动，只是说了一句："上次承蒙招待，十分感谢。"

她是对上次竹村让阿保去参观温室表示谢意。

"不用谢……"

素子并没有请竹村进屋，伸子也就没吭声。

"我是来讨口水喝的。"

于是，竹村一个人绕回玄关进了屋。他走到素子房间的门槛边，自己拿出坐垫坐下。素子自顾自地继续工作，伸子吩咐阿丰去沏茶过来。竹村拿起放在一边的杂志读了起来。

三个人谁都没有说话，就这么沉默了一阵子，伸子觉得有点尴尬。她们平时对竹村也不是这种不闻不问的态度。素子的口气和神情都表明了自己对竹村突然来访的不悦。而竹村那边又想把这种尴尬的感觉化解掉。坐立难安的伸子于是起身离开了书桌，走到隔壁的房间。

"最近如何？那些康乃馨是不是都剪下来卖掉了？"

"也没有，还剩下三分之一吧……那个男孩叫什么来着？你的弟弟。"

"叫阿保。"

"啊，对，阿保，他其实很了解花卉栽培，是个内行。一眼就能看出混合土壤的比例。"

"他从小学开始就非常喜欢园艺。"

这时候，坐在书桌前的素子突然发难："你们太吵了，我什么也写不出来。"

"对嘛，那不如一起来聊聊天吧。"

起居间和伸子房间后边那个放长椅的房间都空着，但是伸子并没有带竹村去那里。尽管有些吵，但是只有三个人同处一室，才能让素子感到安心。

"真是服了你们。"

终于，素子也来到桌边坐了下来。她与竹村都认识的一位前辈，某位俄语教授，最近出版了一本关于苏联文学的书。竹村和素子聊了聊关于那本书的逸事之后，又换了好几个话题，但是都聊得不怎么起劲，伸子中途离开了很多次。

她给阿丰送完缝衣服用的布块回来这边一看，竹村正盘腿坐着，膝盖前面放着一个折叠棋盘。

"这是什么？足兆足兆？"

素子厚重的头发随意地束起来，听到棋盘上的两个字被竹村读成了四个，她环抱双臂，面色有点凝重。

看到眼前这个场景，伸子觉得有些滑稽可笑，笑着对竹村说："把这个拿出来了啊？"

"足兆足兆是个什么东西？"

"那是两个字。"

"跳跳？"

"对呀。"

打开棋盘一看，竹村又看了素子一眼："什么呀，这不就是钻石跳棋嘛。"

"是呀。"

"是呀……也没有别的了。也可以吧，怎么玩来着？"

素子说明了一下游戏规则，伸子拿红棋，竹村拿蓝棋，她拿黄色的棋子。每次移动一枚棋子，需要间隔跳着往前走。竹村把蓝色棋子排成一列不断向前跳，已经逼近了素子的黄色阵地。

"怎么样？还是我比较厉害吧？接下来就不好意思了，我要进城啦。"

"还进城呢，你的阵地里还剩下那么多棋子呢。必须完全跳出自己的阵地才能冲进敌营啊。"

"什么嘛！有这种规定的话，一开始你就要说清楚嘛。是真的吗？"

"当然啦！"

竹村向一边的伸子询问："是这样的吗？"

"平时我们就是那么玩的。"

"好吧，那就继续前进吧！"

第一次玩的竹村，因为自己的蓝色棋子还有几枚停在原地，所以输了。第二局开始，竹村表示第一排的棋子应该可以直接越过对方阵地的边界。

"那不行，只能到前面的这根线。"

"这个不是钻石跳棋吗？"

"对呀。"

"钻石跳棋就是这样的规则。"

"虽然是钻石跳棋，但是这个规则不一样。只能走到前面的线上。"

竹村和素子的胜负心异常强烈，他们相互盯着对方手上的动作，互不相让。

"快看，小伸，你还可以走一步呢。"

"什么嘛，看把你能的。那我就这么走，跳，跳，跳！"

他们逐渐改变了正常的玩法，规定可以隔着两个棋子跳，还可以朝反方向跳，结果更加混乱了。

"可以跳两个棋子，那不就可以这样了吗？"

"那可不行，那是两条线上的棋子，必须在同一条线上才可以的。"

"就这样吧，你也太顽固了。"

竹村已经开始耍赖了。

"现在说什么都晚了，明明是你自己太固执己见。"

"你说什么？"

竹村闻言，拿起小小的棋子继续移动，力气大到像是要把棋子嵌入棋盘一样。

"你是属五黄星[1]的吧？"

"那又怎么样？"

"果然如此。我那个前妻也是五黄星。五黄星的人可不行，顽固不化。"

"你已经走了？还没走是吗？明明连规则都不清楚……"

轮到自己的时候，伸子沉默着移动棋子。她的圆脸和阿保有几分神似，此时已经浮现出疲倦和不耐烦的神色。伸子本来就不是那种会沉迷游戏的性格，刚开始可能会玩得起劲，但是她没办法和素子一样保持长久的热情。竹村和素子根本没在玩游戏了，就在那边相互怄气、争来抢去，这让伸子越发感到疲惫。

这时候，又输了一局的竹村把棋盘折叠起来说："我累了，不玩了。"

伸子连忙附和："那就不玩了。咱们看会儿画册吧。"

伸子的眼神一下子变得空洞无神。

"搞什么呀，在这里装模作样的！"素子却不依不饶，她用

1　九星占卜中的一种命格。一般认为命属五黄星的女性性格强硬，不懂得变通。——译者注

力划了一根火柴，点燃了卷烟，"伪君子！"

竹村回去了。素子看着正在收拾桌子的伸子，嘲讽似的说道："你就是个伪君子！竹村会怎么想随他去好了。"

"我其实无所谓。"

"那你为什么总想在中间调停？如果你感觉我不开心，就让我不开心下去好了呀。"

"竹村刚才也没做什么让我们不高兴的事情吧？有吗？"

"即便你没什么感觉，但要是我觉得不愉快，你就随我啊。只是为了让自己做好人，就什么都不干，太假惺惺了。"

阿丰在厨房里切萝卜丝。听着菜刀细密而急促的声音，伸子靠在桌上托着腮，望着淅淅沥沥的小雨中逐渐日薄西山的庭院。雨水淋湿了杂草中的胡枝子和远处的树篱。透过伸子泛着泪水的眼睛看过去，更显得氤氲朦胧。

到今天为止，素子已经有两三次指着伸子大骂伪君子了。伸子其实很明白，自己的秉性里面确实比素子多了一些对世俗的妥协。素子才不管别人会怎么看，她是真心坚持着那种生活方式。伸子对他人的评价确实没有办法做到丝毫不介意；但是对她来说，除了顾及别人的想法，自己主观上也会有好恶之分。这个选择和外界没有关系，完全是由自己的喜好决定的。

那还是伸子和素子一起生活后不久的事。素子的旧友——一个正在做记者工作的男人来家里玩，说起了当时某位著名女作家和女性友人同居的话题。

"我们男人都非常好奇，到底是怎么做到的呢……"

伸子反问道："怎么做到？什么怎么做到？"

那个男人长着一张瓜子脸，蓄着胡子。

"最近不是有好几对这样的女性开始一起生活了嘛，其实就是因为一直以来女性的生活方式有各种各样的问题。还有一个原因就是经济独立的女人越来越多了。"

"这个我也能理解。"

"那还有什么不明白的？"

"就是觉得很困惑。"

那个男人的东京话夹杂着秋田口音："你这么直接问我，我有点不好开口……反正我理解不了。"

之后他就顾左右而言他了。从那个并不年轻的男人半认真、半开玩笑的语气和眼神里，伸子看到的是一种不单纯的心态。两个女人关系如此紧密，究竟是怎么做到的？伸子隐约感觉到，那个男人的好奇心主要集中在性生活方面。她多多少少了解问出这句话的男人生活上发生了巨变。再加上他问这个问题时的感觉，其实他背地里认为那些都是不知所谓的怪诞之事。而伸子对那种趣味的取向深恶痛绝。她就是一个不拘泥于习俗的人，大胆追求作为女人自由的生活方式。正是为了探索那样的可能性，她才与素子生活在一起。伸子的天性就是容易依赖别人，在爱情中按捺不住孤独，因此她格外顺从素子，任凭她安排生活中的方方面面。与此同时，伸子也在一定程度上适应了素子独具一格的情感表达。不过，她并不觉得这样的相处方式在旁人眼中是不自然的。

两个人在生理上都是女性，也因为女人特有的自尊心，她们在感情表达方面自然而然保持着距离。伸子认为这种相处方式好似树木随风摇曳一样，或者说像是两只鸟用喙轻轻互啄。伸子和素子实际在过的日子与男人们妄想出来的庸俗生活大相径庭。

"你们这些男人真是奇怪，令人作呕。"伸子气愤不已，涨红着脸说道，"为什么你们对那些肮脏的事情更有兴趣？越觉得奇怪就越兴奋吗？"

"不不不，我绝对不是那个意思……"

"我的女性朋友没有一个会问我们这种事。"

伸子情绪激动，而素子异常地平静，用天生沙哑的嗓音说："你也不用担心，我这个人嘛，说不定也会像男人痴迷女人那样爱上一个女人……"

"实在抱歉……是我失言了……"

那个话题就到此为止了。

素子第一次说伸子"伪君子"，就是在那时候。

"什么意思嘛，小伸？为什么都说了咱们是像夫妻一样生活，你却不敢对他说少管闲事？伪君子！"

伸子不服气地想要反驳："可是……"

那个男人拐弯抹角，到底在暗示什么呢？这个疑问仍然盘旋在心头。伸子抬起头，眼神仿佛在控诉一般看着素子："不是那样的……"

"所以呀，像那种人，就应该给他泼一盆冷水。既然咱们两个人一起生活，要是不能尽情说出彼此的真心话，该怎么办啊？"

三年前，伸子偶然在一位文坛前辈楢崎佐保子的家里邂逅了

吉见素子。素子有着小麦色的皮肤，枣核形的面孔光滑细腻，眉
弓下面是一对圆圆的眼睛。她穿着条纹和服，罩着一件外褂，腰
带和束腰带的绳扣搭配也很雅致。伸子平日里没什么朋友，一下
子就被素子吸引住了。那时候她和佃的生活已经风雨飘摇，听到
佐保子说起素子独自生活的情形，女性成为一家之主的生活方式
让伸子印象深刻，不禁心生羡慕。伸子在家庭中无法平复的心绪，
十分单纯且迫不及待地向素子倾斜。伸子过去没有散步或者短途
旅行的习惯。在素子的邀约之下，她们在日比谷公园看仙鹤喷水，
畅谈源实朝[1]的和歌。因为那次的谈话，两人又相约去了镰仓游玩。
那时候素子的表现让伸子吃惊，世界上竟然还有这样的女人。她
不仅十分主动，而且任劳任怨，懂得照顾人。伸子开心极了。两
个人聊源实朝的和歌作品时，伸子错把他的名字说成了源为朝，
说了两三回之后自己才意识到。

　　"哎呀，我刚才是不是一直说'为朝'？"

　　伸子的脸一下子红了。

　　"叫谁都无所谓，我明白你想说的……只是搞混了而已呀。"

　　素子这样安慰着，伸子才从尴尬的境地解脱出来。

　　伸子决心再也不回佃的家之后，就去了东北农村的祖母家生
活。就在那时候，楢崎佐保子的明信片也寄到了她手里。上面写
着："吉见是不是已经在你那里了？如果她还没到，记得和她见
一面吧。现在她一定在路上了。"伸子那时候还没想搞清楚自己

1　源实朝（1192—1219），镰仓幕府第三代大将军，同时也是和歌诗人，著有《金
槐和歌集》。

对素子究竟是什么样的感情，因此难以理解这些话的内在含义。为什么佐保子特意向她预告吉见会跑到这个穷乡僻壤来？这个预告中又包含什么意思呢？伸子只是把这张明信片看作佐保子难得写给自己的一封信。楢崎佐保子是素子在专科学校读书的时候就熟识的朋友。

吉见素子真的像佐保子预言的那样来到了小乡村，住进伸子的祖母家。她在那里与伸子一起生活了四五天。五月里，几乎一整晚都能听到苇莺的鸣叫声。伸子那时二十六岁，一直沉溺于与丈夫佃的痛苦纠结之中，而泡桐花盛放的乡村生活又激起了她想要享受生活喜悦的欲望。单调乏味的乡下日子，即便吃个点心，素子都会变换不同的花样，伸子倒觉得自己才是客人。同时她也意识到，自己竟然可以过这样的生活。

后来素子回到了东京，然后伸子也回到动坂的家里。两个人开始计划搬出来一起住。

"小伸，总之我以后任你差遣。"

素子那时候住在牛込¹，租了一栋下町风格房屋的二楼。

"要这样吗……我没这么想过。"

"无论你怎么想，就这么定了。你虽然和佃离婚了，但是还有我在。我懂你想要什么。所以，要是你只是为了暂时的方便才和我生活在一起，那就算了。"

"就算我以后要和别人结婚，离开你也无所谓吗？"

1　东京地名。——译者注

"小伸，你不明白我的感受。如果明白的话就不会这么说了。"

素子总是一遍又一遍地强调"你不懂我，你不懂我"，反而让伸子有了心理负担，觉得自己必须理解她。

决定了要和素子一起生活之后，伸子回到佃的住处待了两三天。要是像逃走一样离开的话，伸子也于心不安。她想与佃见个面，两个人体面地分手，然后再和素子一起开始一段崭新的生活。但是回到佃的身边之后，伸子又动摇了。佃泪流满面地表示要改过自新，和她一起好好生活。看着这样的丈夫，伸子实在无法狠下心来拒绝他。为了换个环境，佃搬到了原来住所门前一条小路的对面，那是一座崭新的二层小楼。尽管伸子并没有想在那里继续生活下去，但是作为对佃最后的温柔，她还是帮他一起搬了家。搬家结束的那天傍晚，伸子来到了素子家里。

"啊，真是忙死了！我去搬了家。"

她一边说着，一边坐了下来。

"搬家？谁家？"

"我们的家啊。"

素子调整了一下坐姿，视线直直地落在伸子的脸上。

"所以我之前就说嘛，你根本不明白我的感受。简直是个笨蛋！"素子的眼泪涌上眼眶，她用充满了屈辱和痛苦的声音继续大吼道，"所以我最讨厌女人了！"

看到素子悲愤的样子，伸子有些害怕。但是，她的心扉依然对素子敞开着，并没有因为素子情绪上的起伏而退缩。意识到这一点之后，伸子发觉自己面对素子时更加自卑了。

"无论如何，你都是一个顺其自然的人。因为你的顺其自然，受伤害的肯定就是我。"

素子别过头去不看伸子，继续道："我之前不是说过的吗？我可以像男人爱女人那样爱一个女人。那时候小伸你一副理解我的样子，可实际上你到现在还是一点都不明白。无知的佐佐伸子！"

泪珠沿着素子小麦色的脸颊源源不断地滚落。

"我可是早一百年就理解了小伸你顺其自然的性格啊。"

伸子也哭了。素子痛苦的样子太让人揪心了，是自己亲手把素子逼到了这个绝望的境地，这让伸子十分难过。她把素子的手放在自己脸上，一边哭，一边想着：果然自己的内心并没有和素子在同一个时空绽放出同样的光芒。伸子明白了自己那颗想要真诚面对素子的心有多虚伪。而素子也看得清清楚楚，心里像明镜一样。但是素子竟会痛苦到说出"所以我最讨厌女人了"这种话。这份心情，伸子却无法切身体会。素子对着伸子发火，她厚重的黑色长发束在脖子上方，小麦色的脸庞因为悲伤而泛青色。看到这一幕，伸子深深地觉得是自己对不起她。

素子与伸子的感情生活是一种非常独特的形式。伸子对素子是真诚的平常心，而素子对伸子却过度地在意。理解到这一层差异之后，出于她们之间的爱，为了不伤素子的心，伸子采取了顺从的姿态。她没有办法客观地看待两个女人的共同生活中出现的矛盾和混淆。尽管无计可施，但是一旦遇到外人对她们的生活进行不怀好意的窥视和打探，她还是会抵抗。

伸子对竹村并没有特殊的感觉。纵使竹村对伸子表现出了理解，伸子真的会被他打动吗？之前一起去温室的那回，竹村一边准备晚饭，一边和素子说起了手的话题。她的直觉告诉她，那时候两人之间产生的微妙情愫，还不足以让她动摇自己当下的生活。那天吃过晚饭之后，竹村问伸子会不会做毛线活。

素子立即反问他："为什么这么问？"

"就随便问问，我家那口子过去从来不会干那些事情……但是女人不是都会做毛线活嘛。"

竹村像是在叙述一个希望在日常生活中看到的有情趣的场景一样。

"那我也不会。"

伸子生硬地回答他。那一刻，她盯着竹村的眼睛想道：啊，关于做毛线活这件事，佃也曾经说过和他同样的话。那时候她与佃的生活出现了诸多矛盾，就在自己一筹莫展的时候，佃的父亲从老家来到了东京。伸子实在不想让年近古稀的老人再为儿子和儿媳的感情纠葛而操心。但是一到晚上，在同一盏电灯下，伸子、佃的老父亲和佃三个人几乎无话可说，气氛非常尴尬。这时候，伸子想到了做毛线活。除了少女时代曾经用粉色的毛线编过荷包之外，伸子再也没有织过其他东西，而且她也只会用两根竹针打反针。尽管如此，伸子还是买来了各种颜色的毛线。佃的父亲在东京的那段时间，她每晚都在做毛线活。反针只要有一针织错，接下来全部都会一塌糊涂。她给佃家的小侄女和九岁的侄儿织了红色和茶色的围脖，给佃的父亲织了一个粗线带白斑点的护腰。

光滑的竹针在灯光的照射下泛着微光，有弹力又硬实的毛线被拉扯和编织时发出了轻微声响，手部重复着精细、迅速又单调的动作。伸子将自己烦闷又阴郁的心情织进了每一针、每一线里。眼见这一幕，佃竟然停止了激烈的言语，而是非常高兴地看着伸子坐在书架旁，搜着红色毛线球的样子。这才是他心中的家庭生活，而且他还夸赞伸子在这种居家的时刻看上去很美。而这句赞美比织毛线这件事本身更让伸子想流泪。

伸子曾对素子说起过当时的情形。

"所以呀，我觉得每个人如果只有先天的差别，并不成问题……无论看上去有多大的差异，男人们的思考方式都大同小异，这对我来说才是问题所在。"

"这个我也懂。对小伸来说，确实是这样的，这种事连我听了也会觉得不高兴。因为我是个女人，所以男人们觉得自己有权利在日常生活中无视女人的真实想法，这种自恋的做法真的让人反感。"

"他们从来不会换位思考。"

"我会在小伸觉得有必要的时候协助你的工作，在合理的范围内为你所用，还会满足你的虚荣心，这么完美的爱情你还能去哪里找呀。"

竹村在那件事之后就再也没有来伸子她们家里玩。伸子虽然没有对竹村的到来抱有什么特别的期待，但正是素子的感情让竹村望而却步了，他不再登门这件事便唤起了伸子对他的关注。

伸子和素子同居后开始创作小说，而素子也为了纪念自己开启更好的新生活，着手翻译大量的作品。素子的感情极其敏感，容易受到伤害，伸子希望借助这个机会让她逐渐建立起信心。在两个女人共同生活的过程中，彼此向着各自希望的方向发展，每天都丰富充实地度过。然而，素子以为自己的感情倾向很特殊，所以愈发地固执起来，非常容易大惊小怪。为什么她浑身是刺，总是那样抗拒呢？从伸子的角度出发，这明显是一种心胸狭隘的表现。而伸子非常痛恨她们的生活中包含着那样狭隘的情绪。也许那是虚荣心在作祟。或许正如素子所说，伸子真的是伪君子吧。

伸子有个翻来覆去也想不明白的问题：自己和素子现在的生活，真的和以往的生活经历有着全然不同的意义吗？她深表怀疑。在小说创作方面也是如此。伸子确实写出了一些小说，而且她不愁发表，经济上也宽裕了很多。已经写完的长篇小说也促使伸子向人生继续迈进。不过，从写完那篇小说之后，她已经到达了一个更高的境界。如果想要继续前进，伸子需要更加充沛的活力。她却开始隐隐感觉到，这种力量并不存在于她们两个人的日常生活中。按照素子的规划，日常的任何变化都只是发生在同一层面上、某一部分的改变。每当素子提出一个新的改变，伸子总觉得那并不能摆脱现在所处的状态，反而让她感到腻味。

总之，两个人达成了一个共识：到了夏天就去镰仓租个房子，哪怕比较简陋也可以，就搬到那边工作一段时间，看看小仲马的《茶花女》，去日本桥买美味的白味噌腌马鲛鱼，配上放在小盘子里的干贝和芥末一起端上餐桌享用。素子总是很在意食物，每次都吵着要吃这个吃那个。费尽心思买到以后，她也十分享受，认为食物可以体现出生活品质的高低。素子每天都仔细规划着生活的细节，而伸子则被动接受她的安排，一边也会暗自担心：素子是不是觉得这样做就可以让生活变得充实了呢？

日子一天天地过去，时常会让人觉得哪怕发生变化，这些变化本身也是单调的重复。伸子感到生活单调的同时，也开始发现自己的小说创作一直停步不前，这让她十分不安。这种感觉仿佛是在平静的池底凭空出现了一个旋涡。伸子面带微笑吃着素子烹饪的关西口味的饭菜，但是那旋涡却在心底无声地扩展开来，变得越来越难以忽视。

现在两个女人营造的生活，与之前佃和作为他妻子的伸子共同追求的平凡生活，究竟有多大的区别呢？对伸子来说，这真是一个辛辣的问题。佃是男人，也是自己的丈夫，和他在一起的生活，自己总在追求要保持精力充沛，还希望拥有充满生命喜悦的感动，而那种生活自己一个人就可以营造出来。也就是说，明明是同一种平庸，自己却想要在其中感受到某种意义。前几天蓈子上完课，替朋友咨询就业问题之后，伸子曾提到过关于女性经济独立的真正目的的一个疑问。她觉得这个问题其实早已根深蒂固，并非一朝一夕形成的。

此外，素子还认为女人应该以自己的感情为轴心驱动人生向前。不过，关于这一点也存在疑问。在日常生活中，素子远比伸子市侩得多。她是一个八面玲珑的当家人，掌管着两个人所有的收入和存款。她还重情重义，讲究原则，重视人与人之间交往的真情实意，这些方面无论哪一条都是再正常不过。但她由于十分反感男人，故意夸大了自己对待女人时那么一点点的特殊感情，而且还沉溺其中。

素子只比伸子大两三岁，她们二十岁左右的时候正是女性杂志《青鞜》流行的末期。在女子大学的学生和年轻的女性文学爱好者中间，斗篷和薄毛呢裙裤是最时髦的穿着。而且在当时，抽烟喝酒也是女性解放的标志。虽然两人只相差两三岁，但还是少女的伸子曾经见过素子穿着薄毛呢裙裤和斗篷的样子。她惊讶到睁大了眼睛，仰望着这个身材高挑的女人。那时，素子像男人一样用"吉"字做笔名，在《青鞜》杂志上很有名。伸子见到素子这副打扮的时候，是在小石川的电车终点站。

就算两个人能够提出关于相互之间的诚意的问题，对于伸子作为女人的情感来说，那也和普通男性常会小心翼翼试探的情形一模一样。这让伸子感到悲哀，难以释怀，对她们处处模仿别人的生活产生了矛盾的心理。素子排斥男人，外貌上也保持去女性化。如果说男人追求女人是自古以来的观念，那么女人和女人共同生活的意义又是什么呢？

这样复杂的心情，伸子并没有向素子直接表达过。她对自己的各种心情也并不是太明白，她担心会在循规蹈矩的日常生活里激怒素子。"所以我最讨厌女人了"，伸子实在难以感同身受，她只想躲避素子汹涌的怒火。

十

　　某家报社很早之前就开设了女性专栏，这已经成为其特色之一。该报社为组团来日本参观的中国女学生们组织了一场茶话会，也邀请了几位日本的女性代表，其中就有伸子。

　　原本不怎么参加会议的伸子听说对方是中国来的女学生，忽然就动了心。住在美国大学学生宿舍的那段日子，伸子见识到了中国女学生集体行动的团结，以及她们迫切希望外国人了解中国实际情况的热情，被深深地打动了。为了和大家一起娱乐，住在同一宿舍的几位中国女学生排练了一出叫作《中国的黄昏》的剧目。通过她们的演绎，伸子对中国女性的坚强和她们心中强大的政治力量有了深刻的印象。这样的中国年轻女性，带着锐利的眼光和心灵来东京视察，她们又会发现些什么呢？伸子从女校毕业后，上过一学期女子大学英文预科的课程，当时班上有一位中国女学生，叫小崔。小崔的脸看上去有些浮肿，她总是梳着传统的蓬巴杜发型，上身穿铭仙绸的和服上衣，下身是枣红色的裙裤。她用缠过足的小脚吃力地走着，上课的时候总是坐在教室的最后一排。伸子每次看到她，都想过去安慰她一下。让伸子萌生出这种想法的是小崔阴沉的脸色,还有她不通的语言和不灵便的走姿。这些都使她身上带着一种冷漠和疏离的气质。对中国的留学生来说,在日本的生活并不愉快,那时候伸子也察觉到了一二。被送到异国他乡来过这种不舒服的日子,中国的女学生们又做何感想呢?伸子对这个问题满怀好奇。

茶话会定在下午一点,伸子去了那家报社。活动在会议室举行,墙边放着一圈不知道是长椅还是沙发的座位,上面套着麻布罩子。室内正中间放着一张长形会议桌,伸子走进去的时候,桌边已经围着十六七位女学生,还有三个身穿西装的男领队。两个穿着打扮像是教育家的日本中年女人已经就座。伸子并不认识她们,她被带到了她们旁边的座位落座。

茶话会的主持人介绍了全体来宾。伸子原本期待着可以通过翻译轻松交流,来了才发觉会议现场中规中矩,似乎已经有设定好的座位安排。作为客人的中国女学生在椅子上规规矩矩地并排坐着,大家都是齐肩的黑色蘑菇头发型,穿着中式服装。脸上都没有化妆,脸色有些黑,着装简朴,一看就是师范学院的女学生。她们坐着一动不动,姿态和表情都没有什么变化,只有黑色的眼眸透露着些许好奇的神色,正在观察伸子她们几个日本女人。座位按照日本式的礼仪规则来定,此外也考虑了中国传统的长幼尊卑的次序。会议桌的正中央摆着一盆盛开的鲜花,粉色的风信子芳香四溢。

等大家都落座了,茶话会却迟迟不开始。过了好一会儿,日本方面的主嘉宾——某位评论家终于走了进来。他穿着条纹长裤搭配黑色上衣，身材高大。伸子见过很多次他的照片，下颚突出，灰白色的头发形成中分的发型。

"哎呀，真不好意思，来晚了……刚刚别处还有点事情……"

"哪里哪里，您这边请！"

那位评论家坐到了为他预留好的上座。

主持人是报社女性专栏的记者。他向来宾致辞，祝福这些为了新中国的教育事业积极活动的女性都能够有大好前途。说完之后，穿黑色西装的小个子领队用中文向女学生们传达了主持人的意思。女孩们从椅子上探出身子，点头附和时，浓黑的蘑菇头也微微晃动起来。

"接下来，有请早川老师为我们致辞。"

记者对着上座鞠了个躬。早川闲次郎站起身来，右手浅浅地伸进衣服口袋，似乎已十分熟练做演讲。他微笑着开始讲话。伸子梳着遮住耳朵的发髻，恭顺地转过头看向演讲者。早川爱猫如命是出了名的。他还是一名独身主义者，常常在综合性杂志上发表带有讽刺和进步性的论文和杂文。这位评论家会送给中国的女学生们一份怎样的思想礼物呢？最近的中国社会经历了比日本更加急剧的变化，女性的政治性觉醒也备受关注。要送给在此背景下来到这里的中国年轻女性的话语，应该也同样适用于身处同一时代的伸子及在场的日本女性。

"在你们国家，有一位叫孔子的思想家，他提倡儒教这套卓越的道德体系。日本在几百年间也都是以此为标准的。"

那位负责翻译的黑西装领队正一个劲地记着笔记。伸子明白，这是早川即将开始发表颠覆性观点的开头。

"优秀的孔子所倡导的道德，对女性的生活方向做出了明确的指导，应该说是非常具体且循循善诱地进行教育。比如像是唯女子与小人难养之类的，各种特别有益的观点。"

记笔记的小个子领队脸上露出讶异的表情，抬头朝早川闲次郎瞥了一眼。双手环抱、垂头站着的主持人也抬起脸望向演讲者。

"但是呢，最近中国的年轻人，尤其是年轻女性，却向孔子倡导的完美礼教发起挑战。她们主张男女平权。不过，以我的拙见，她们的反抗是不正确的，最后一定会给自己带来不幸。女子和儿童——我们在这里就说女人好了，反正一般都是些没什么见识的人，她们就应该乖乖地依附在男人身边，求个安生。只有安于这样的现状，对女性来说才是真正幸福的生活，不是吗？大家来到日本，估计也看到了，现在日本有很多男人都失业了，意志消沉。但是，那些指望男人养活的女人，只要让男人们去拼命就好了，自己没必要像那些男人一样辛苦操劳。我认为，男尊女卑这种制度本身就是女人的乐园，是天堂。大家既然有机会接受教育，今后也要成为教育者，那就应该好好考虑这个问题，最好不要再去追求什么时髦了。"

早川闲次郎的发言很快就结束了。他的演讲内容大大出乎所有人的预料，现场懂日语的人都不知道应该怎么解读他话里的真实含义，脸上露出被他耍弄了的尴尬表情。

伸子原本就觉得有些无聊，此时已经渐渐变得不愉快了。这位评论家曾经写道："猫不会像狗一样对饲主表现出谄媚，甚至不会感受到爱意和亲密，只会冷漠地享用饲主的供养，这种利己主义非常有趣。"反观他刚刚的讲话，却是一番带有讽刺意味的反论。表面上是让女人成为男人的"吸血鬼"，好好利用当下男尊女卑的社会现实去剥削男人。但是，稍微动一下脑筋就会明白，他说的话并非字面意思。而且，中国女学生们怀揣一颗努力求学的上进心和观察欲来到这里，他的发言无法引起她们丝毫的共鸣。更让伸子震惊的是，原来这个评论家就只有这点儿本事，只会把原本存在的现象反过来进行论述。她听了之后，气不打一处来。当下重要的是让女性树立起掌握自己命运的信心，以及让这些中国女学生更加坚定为了国家独立而贡献力量的决心。从这种角度出发，刚才那番毫无诚意的名人演讲，又能起到多少积极的作用呢？伸子冷冷地注视着那位知名评论家。作为会议的主宾，他本应该表现得谦逊和善，然而身为长辈，竟然如此为老不尊，还表现出一副自鸣得意的恶劣态度，这让伸子发自内心地感到失望。

黑色西装的小个子领队站起身，一边看着刚才的笔记，一边一字一句地翻译早川闲次郎刚刚的发言。伸子听着听着，从他的翻译态度里觉察出一种被压抑的情感。翻译到一半，女学生中间明显出现了一阵骚动。一位身穿茶色衣服的女学生从座位上站了起来。

"老师！"

她呼喊着举起了手。领队一边看着笔记本，一边用抑扬顿挫的中文继续翻译。他举起左手做了一个轻轻向下按的动作，示意那位女学生少安毋躁，等他翻译结束再提问。

"老师！"

"老师！"

"老师！"

那些呼唤的声音让伸子心跳加快了。中国女学生们迫不及待地想要提出自己的问题。伸子的眼睛里闪着光芒，她望着高高举手的女学生们，在心里默默地鼓励她们：说吧，大声说出来吧！

"好吧，你说。"

被点名的正是那位穿着茶色衣服、身材纤细的女学生。她等不及翻译结束，就一直在高喊"老师"。此刻她站起身，整理了一下面颊旁边的头发，摇了摇头说："早川老师！"

只有"早川"这个姓氏是用日语说的。然后，她将自己的身体正对着演讲者，用非常愤怒的口吻铿锵有力地说着中文。其间她又呼唤了两次"早川老师"。

黑色西装的小个子把她说的话用日语翻译了一遍。但是通过他的翻译，原本年轻的嗓音中那抑扬顿挫的激情不见了，那些话只是非常简单直白地被传达过去："我们这些年轻的中国教育者发自内心地希望我们的祖国成为一个文明的国家，人民能过上幸福的生活。早川老师对孔子思想的见解和我们中国年轻人对孔子的看法完全相反。孔子与儒家思想使中国女性陷入不幸，年轻人只得活在长辈的压迫之下。日本应该也是同样的情形吧？所以我反对老师您的看法。"领队翻译完毕，伸子也同意她的见解。

"老师！"

更多年轻女孩的声音迸发出来。早川闲次郎那张颚骨突出的长脸露出了自觉优越的微笑，就这样看着大家。听了女学生们的反驳，他脸上的笑容更深了，似乎觉得眼前的景象非常有趣。

早川闲次郎又一次慢慢地站起身，说道："你们为了国家同胞的幸福而积极努力，是非常了不起的。我对各位的诚意表示尊敬。但是，所谓文明，应该用来启发人的智力，要求人们具有理解复杂事物的能力。我希望你们除了诚意之外，也要具备对讽刺的理解能力。"

这些话又被小个子黑衣领队翻译了过去。听到他没有直接回答核心问题，女学生们陷入了短暂的沉默。过了一会儿，一位穿着灰色斜纹衣服、年龄稍大的女学生站了起来。她一边努力让自己保持平静，一边说，她们想要让中国成为一个独立的文明国家，想要让民族发愤图强，这是她们美好的心愿，并不是一个需要被讽刺的问题。但是，她没有再继续展开论述，而是语塞着坐了回去。

会议室里的气氛变得凝重起来，充斥着微妙的不服、不满。

中国女学生们原本只是和邻座的同伴窃窃私语，后来她们的声音越来越大，甚至跳过身边的同伴交头接耳，不免让伸子好奇：如果是用日语说，她们说什么呢？蘑菇头们凑在一起开始了激烈的讨论。

主办方好像完全没有预料到会是这样的结果。他们压低声音，紧急商量着对策，然后转告黑西装的小个子翻译，马上进入下一个环节：日本女嘉宾发言。

发言者是一位女校校长，与伸子素昧平生。内容是早就打印好的发言稿，讲的是日本与中国之间的友谊和文化合作。还有一位希望进行女权运动的女性，她主要在讲不同的国家要珍视各自的宝贵传统，并以崭新的形式在新生活中呈现出来。

伸子在心中默默酝酿着，如何才能更有力地反驳刚才早川闲次郎的言论。万一被点名要求发言，她有些担心自己能不能表述清楚。

三年前，"一战"结束之后，欧洲著名作家亨利·巴比塞的小说《光明》[1]被翻译成日语。伸子也受邀出席了译本的出版纪念会。那天晚上，法国文学研究者松江乔吉发表了即席演讲，演讲围绕着一个主题：翻译这项工作非常适合女性，所以希望日本能出现更多优秀的女性翻译家。当时提到了伸子的名字，主持人就希望在场的伸子可以就这个问题进行演说。伸子刚才从腰带扣子那里取下白色的餐巾纸，一直放在手里把玩，这样有一搭无一搭地听着松江乔吉的演说。突然之间被叫到名字，一时间有些狼狈。听松江讲话的时候，伸子就清楚地认识到自己没办法做翻译，而且也不想做。出生以来第一次做即席演讲，伸子紧张得满脸通红，根本看不清听众的脸，她只觉得会场变得格外明亮，眼前只能看到红色和粉色的光斑划过。终于，她张开嘴小声道："尽管可以说女性确实比较适合做翻译的工作，但是仅仅将翻译外国的语言看作最适合女性的工作，这样的想法是可悲的。确实有不少翻译做得很出色的人，但是应该有更多做着自己本职工作的职业

1　亨利·巴比塞（1873—1935），法国作家、记者、反战人士，曾获得龚古尔文学奖。《光明》是其长篇小说代表作。

女性出现。"台下有人喊着让她大声点说，她回想起来都觉得非常丢脸。现在也是如此，伸子的腋下因为出汗已经湿透了。

好在这一回的主持人并没有让伸子发言。日方的女性代表开始发言之后，中国女学生们礼貌性地安静了下来，专心听她的演讲。但是整个会场到最后也没有出现和睦亲善的氛围。就像伸子心中满是不服的心思一样，中国女学生们的脸上也清晰地写满了对这场招待会的怀疑和不满。演讲一结束，她们又开始议论起来。伸子从说话的语气和表情就能感觉到她们一定在批判着什么。一九二七年二月末，上海市民临时革命委员会成立，并领导了一场大罢工。伸子当时看到新闻报道大吃一惊。国民党的北伐军在南京与日本陆军交战，在汉口也发生了军事冲突。没过多久，蒋介石就镇压了革命，上海、广东乃至其他地方的革命领导者和参与者大多被残忍杀害。伸子在读了报纸之后才知道，被杀的民众中间也有进步女学生。今天的这些女学生，都是得到公费资助才拥有学习机会的师范学校的学生。她们对中国激烈的革命运动又抱着怎样的看法呢？但毋庸置疑的是，中国社会动荡的环境让这些年轻的女学生变得非常敏感。伸子可以清楚地感受到她们对传统儒教道德的愤怒之情。

散会的时候，中国女学生们几乎没有一个人回头看向早川闲次郎，而是自顾自地聊着天，从椅子上站起来，在能够俯瞰道路的窗户边集结了起来。

十一

心烦意乱的伸子独自从报社正门的石阶上走了下来，沿着两旁栽种着法国梧桐的道路走了一段，坐上去往上野的电车。她想去一趟市内，顺便到动坂的家里住一晚。

伸子坐的位置正好在东边，面朝着夕阳的方向。只有电车行进到路边高楼的阴影里面时，晃眼的阳光才会被遮住，但不一会儿，光线又会从街道建筑物的缝隙、从低矮的瓦片屋顶上直直地打在伸子的脸上。她的心情焦躁不安，只能别过头去。她回忆起许多年前和女佣在牛込的某条街上散步的情形。那时候自己只有十六七岁，明晃晃的夕阳也像这样照在脸上。

那是一个夏天的傍晚，天色还未全暗。街边小酒馆的门口都洒上了水，伸子穿着白底带秋草花纹的真冈[1]单衣，腰系红色扎染的绉纱腰带，脚穿白袜走在牛込狭窄的街道上。她的父亲有一个比他年轻的朋友，叫稻田信一，也是一名建筑师。此人以自己的江户气质为荣，棱角分明的脸上总是带着愁苦的表情，眼神严

---

1 地名，位于日本栃木县东南部。

厉，还有点龅牙，窄窄的前额上方剃一个潇洒的平头。稻田住在牛込，伸子是来跑腿的。

伸子并不喜欢今天的这一身打扮。母亲给她的红腰带系了一个显眼的结扣，硬邦邦的棉制单衣加上不合脚的白袜，看上去特别土气。她小心翼翼地来到了稻田家的客厅，礼貌中又有年轻姑娘的笨拙羞涩。稻田的寡母躬身出来迎接，十分周到地招待她。伸子只会以"是""不是""是这样的"简单的语句回答。

稻田给泰造写完了回信，向伸子展示了一本少见的名画册。里面的作品都是世界名画，而且都由女性画家绘制。伸子非常高兴。

"啊，那是罗莎·博纳尔[1]的画！"

看到那幅熟悉的《马市》，伸子的眼睛亮了。她父亲的彩色名画集中也有这幅画。除了博纳尔，伸子还看到了玛丽·巴什克采夫[2]和几位英国女性肖像画家的杰作。在这之前，伸子都没有听说过她们。

"是不是很有趣？"

"有意思，居然有这么多女性画家。"

稻田随意地坐着，一边抽烟一边望着一页页认真看画的伸子。

"伸子，这本书送给你吧。"

---

[1] 罗莎·博纳尔（1822—1899），法国19世纪著名风景、动物画家和雕塑家，第一位被授予法国荣誉军团勋章的女艺术家，《马市》为其代表画作。

[2] 玛丽·巴什克采夫（1858—1884），乌克兰画家、雕塑家、日记作家。

"真的？"

"给你吧！我也不需要了……反正都是些女人画的画嘛，也不怎么样呀，哈哈哈。"

伸子被他这句话深深地伤害了，几乎眼含泪水。她方才欣赏名画时的专心致志被人嘲弄，涉世未深的姑娘顿时觉得自己的品位遭到了无情的蔑视。她一点也不想要这本书了，但是又无法直接出言拒绝，就让女佣带着那本厚厚的名画册回到了家里。从那天起，她就下定决心再也不去稻田家了。那位建筑师后来娶了一位赤坂有名的演员做妻子。

如今已经长大成人的伸子回想起来，稻田这个人说话本来就有些刻薄，而且那些话现在想来，也体现了稻田作为大城市里的人特有的一种炫耀和偏见。不过，一个成年男子对十六七岁的小姑娘说那样的话，真的合适吗？作为一位被大众推崇的自由主义评论家，早川闲次郎在今天的茶话会上对中国女学生们说的那些话，也让伸子产生了同样的疑问。

稻田信一与早川闲次郎会对女性说出如此刻薄辛辣的话，其实是源于他们内心对女性主义的反对。伸子也是在最近才认识到这一点。当然，男人们的这种态度还是会引起像伸子这样的年轻女性的不满。这种反对女性主义的言行，无论在社会背景还是个人层面，都含有各种错综复杂的成因。就像素子之所以表现得像个男人，与她父母婚姻生活的悲剧有很大的关系。如果要深究这些背后的原因，光靠要小聪明和说刻薄话是梳理不出来的。对于人性本身的复杂没有深挖的勇气，反而对女性大放厥词，喜欢怀揣着优越感来说些反论的这种男人，伸子实在无法忍受。他们之所以处心积虑，如此毒舌地发表反论，就是为了刺激不甘心的年轻女性发声，这样他们就会感到满足和愉悦。这一切她心里清清楚楚，不过，该懊悔的，自己如今还是会悔恨不已；会生气的，依然会愤怒不已！

沿着坡道慢慢往上走，能看到森林上方上野五重塔的塔顶。伸子的脚步不急不慢，安静地爬上了坡，走进动坂娘家的大门。从大门到玄关是一条细长幽深的石板路。她不经意地像是瞥见了什么意料之外的东西似的，不觉停下了脚步。在走进大门之后几步远的地方，有一块很大的石头被雕凿成花朵的形状。这块石头一直埋在这条石板路上，伸子却是第一次注意到它。石头花朵有五个花瓣，前端呈圆形，像是一朵大波斯菊。伸子对这个发现非常吃惊。距离这条石板路修砌完成，已经是好多年前的事情了。在那之后，她早已从上面走过不下几百遍。她的脑海中鲜明地浮现出自己昔日忙碌的身影，心神不定地从这个家进进出出的样子。伸子突然感到很难过，遗憾自己错过了太多美好的时光。她伫立了一会儿，盯着脚下那朵石头花。用石头雕刻的花朵具有石头一样朴实无华的质感，同时也能想到，将石头刻成那样一朵花的人一定拥有一颗天真烂漫的心。伸子一边低头观察，一边懊恼着自己一直以来的失察。脚下的草履特意从那块花形石头上一踩而过，沿着小路继续朝里走去。

车库的门开着，汽车停在里面。玄关里已经亮起了灯。伸子小跑着推开了厚重的玻璃门。这是个好兆头，说明父亲泰造已经回家了。玄关的踏脚石上放着一双鞋。是来客人了？她一边想着，一边赶紧跑到餐厅入口。那里门开着，飘窗上挂着的白色蕾丝让人看了有一种清凉的感觉。果然，泰造穿着一套薄毛呢的家居服，腰上松松地缠了一条腰带。他正坐在背对着壁炉的桌子旁，一只手里拿着一卷信纸，另一只手正在写信。

"父亲！"

伸子全身涌起一股喜悦之情，在走廊里故意"咚"地使劲跺了一下脚。泰造的胡子已经花白，圆圆的脸上显出吃惊的神情，朝这边看了过来。

"哎呀，是你回来啦！快来这边！"

伸子就跪坐在父亲的坐垫旁边。

"父亲，您是怎么回事嘛？！前段时间您过生日，我特意带了鲜花过来……怎么能一声不吭就出差了呢！"

虽说是前段时间，可实际上从那天开始到现在，已经过了二十来天。

"嗯，那时候确实有点急事。"

"那您回来的时候，看到我给您带的玫瑰花了吗？"

泰造拿起水牛角做的蜥蜴形裁纸刀，缓缓将信纸切开。

"好像看到了。"

虽然他这么说，但是似乎又不能清晰地回忆起来，语气听上去糊里糊涂的，就像任何一个繁忙的人一样。说到花的话题，伸子想起了刚才门口的花形石头。

"门口小路上的石头雕刻，那些都是父亲设计的吗？"

"是呀。"

"那块花形的石头也是吗？"

"……是呀，好看吗？你喜不喜欢？"

柿子花纹的火盆旁边有一个小抽屉。泰造伸手从抽屉里拿出一个信封，说道："一进家门，就看到花开——是不是还不错？"

进门之后，会有几个人注意到脚下有花开着呢？连伸子自己都是今天才发现的。关于这一点，她也不好意思说出口。

"今天是怎么了？这么早就回来了。"

"啊，我吃坏肚子了，就回绝掉晚上的应酬回来了。"

"太好了。"伸子在心里说道。

泰造一个月只有几天在家吃晚饭，而伸子能赶上的次数更是屈指可数。

"母亲呢……出门了？"

"来客人了。"

泰造生硬地回应了一句。他按了一下电铃，叫用人为他寄信。

六月的傍晚，天色仅剩一点光亮，飘窗蕾丝前边的盆栽还透着青绿。室内亮着灯，墙上贴着沉稳的绛红色壁纸，上面有蔓藤的花纹。餐具柜子上也刻着精美的浮雕。餐厅里还有很多用途不明、外形独特的瓶瓶罐罐堆在角落里，看着非常显眼。

走廊对面的客厅门突然开了，母亲多计代走了出来。

"晚上好。"

伸子向她打了个招呼。

"哎哟。"

多计代只是朝她看了一眼，便绕到了泰造的对面。

"你也过来见见客人吧，我们刚刚还说起你呢。"

泰造没有吭声，拿起剪刀又剪开了一封来信。他的鼻孔看上去变大了，伸子知道这是父亲生气的表现。

"你这不是正闲着嘛，过来露个脸也好呀……阿保平时也承蒙人家的照顾……"

伸子移开了视线，看向白色蕾丝窗帘后的夜色。她顿时心中一阵苦涩地想：越智又来了。

多计代身穿一件浅绿色的单层绉绸外褂，站在那里不耐烦地说道："你对你自己的朋友总是那么尽心尽力，却这么对我的朋友……太不绅士了吧？"

泰造一下子血气上涌。他把剪刀胡乱丢在桌子上，愤愤不平地说："我才不是什么绅士！"

如此激动的语气，极少听到。

"我才不见他。凭什么见他？那个破坏别人家庭的侵入者，我完全没有必要去见他！"

多计代的脸上浮现出困惑的神情："你说话怎么那么粗鲁？这不是让我为难吗？人家好不容易能见到你一次，还说想打个招呼呢。"

"打什么招呼？前段时间像什么样子？简直就是把别人当傻子。怎么会有那样和有夫之妇交往的？我不见他，让他扫扫兴也好。现在、马上，就把他给我赶走！快去！"

多计代像是被他的气势镇住了，没有再说什么。她终于慢慢地走回客厅，轻轻转动门把手。穿浅绿色和服的身影刚要消失不见，泰造突然从餐厅这边大声怒吼："今后我也不会见他！让他马上走！"

伸子在一边不敢动弹。泰造没有看她，他气得满脸通红，固执地继续拆信，花白的胡子颤抖着。伸子望着父亲的侧脸，他耳朵里那个小小的、尖尖的部位长着一丛黑色的汗毛。此时，伸子的眼泪浮上了眼眶。父亲与日俱增的不满，终于用这种激烈的方式爆发出来，她觉得父亲实在是可怜。她一点也不觉得丢脸。在这件事上，父亲根本做不到冷静有理，而且他原本就是脸皮薄的人，当面也说不出什么重话，绝对是被逼急了才会这么震怒。伸子非常清楚这一点。

伸子轻轻站起身，去了洗手间。用手绢擦干脸上的泪水之后，照了照挂在墙上的镜子。当初父亲在家门口的石板路砌上那块花形石头，就是希望家人都能和和睦睦的……

洗手台下面放着一个木制小凳子，翻过来可以作为脚踏板使用。伸子还是个孩子的时候，这个凳子就放在这里了。她会坐到清漆已经剥落的小凳子上。母亲时常会像这样坐在上头，她则站在凳子旁。大半夜母亲和父亲吵了架，也会一边哭着一边跑下楼来，坐在这个小凳子上。还有一次，伸子更年幼的时候，她缠着母亲带她去看锦辉馆[1]放映的电影《泰西[2]大名画》。当母亲坐在

1　当时东京著名的礼堂，梁启超曾经在那里演讲。——译者注
2　泛指西方国家。——译者注

凳子上开始梳妆打扮的时候，她就费劲地踮着脚，等在母亲身边。这时，伸子突然又想起一件事情。

几年前，父亲一位朋友的妻子经常来佐佐家玩。她从美国回来，叫日野佐代子。不知道什么原因，她的丈夫一直留在日本，她独自一人去美国学习西餐。佐代子的个子不高，举止有点轻浮，挺招人喜欢。她来动坂是做烹饪课的老师。当时伸子已经与佃结婚，离开家住在赤坂。有一次回娘家，她听到母亲多计代一直在嘲笑父亲："真是的，他怎么想的嘛。你父亲呀，刚刚洗完澡，又跑进去洗了呢。"

"他不是说他没有嘛。"

"什么呀，他偷偷摸摸地去洗呢，你别听他说谎！"

事情的起因是这样的。听说日野佐代子来了，刚从浴室出来的泰造嘴里说着："是吗？"又跑回浴室去了。伸子半信半疑，只把它当成一件滑稽逗趣的事。母亲说的时候兴高采烈，还反反复复说了好几遍，她也就见怪不怪了。

此刻，伸子回想起母亲那时候故意发出的欢快笑声，还有刚刚父亲对于越智的怒吼，若有所思。所谓的夫妻生活，说白了就是男人和女人的相处。伸子开始对照着父母的关系反思自己的婚姻。如果能够明确知道问题出在哪里，一切都可以迎刃而解，但是夫妻生活中的矛盾总是这么没头没尾，难以琢磨。伸子和佃共同生活的几年里，两人的感情起起落落，最后也是那些矛盾把他们的生活热情吹散了。已经共同生活了三十年的父母也有同样的问题。不仅是夫妻之间，在伸子和素子的生活中，她们同居后出现的各种问题，也以不同的面目出现，渗透到两人的关系中。伸子十六岁的时候确实无法理解，为什么父母吵架吵得这么凶，却还是要接连不断地生孩子，而自己还必须去照顾新生的婴儿。她甚至有些鄙视成年人的生活，当时还是十六岁的少女，她已经迷失了。但是，今天下午在茶话会上听到早川闲次郎的演讲之后，伸子觉察到生活中的每一面都存在着让人窒息的成见，人与人的接触和相处并不如她想象的单纯自然。她再次回想起门口的石板小路上镶嵌的花形石头，还有这个家引以为傲的乳白色瓷花玻璃窗。就是父亲在餐厅里发火的时候，镶嵌在他身后壁炉旁边那高高的通气窗上的那块玻璃。

伸子听到走廊里有人穿着拖鞋发出的由远及近的脚步声，还有衣物摩擦的声音，她从椅子上站起来，拧开水龙头开始洗手。这时候多计代走了进来。

"原来你在这里呀。"

多计代从伸子肩膀的一侧看着镜子里的自己，然后从赛璐珞[1]的盒子里拿出梳子，梳理着并不怎么凌乱的蓬松檐发。

"你父亲怎么那么暴躁，一下子就翻脸了……"

从多计代的语气里听得出来，越智回去了。

"他那个样子，是不是误会什么了？"

"……"

伸子什么也没说。她刚刚是为了擦掉眼泪才来到洗手间的。

1　早期的人工塑料制品，后来逐渐被合成树脂取代。——译者注

多计代应该也是为了平静一下心情才来的。

多计代一边对着镜子整理自己前额的头发，一边为自己辩解："你父亲呀，还说什么把他当傻子……他的话怎么总是那么过分呢。前段时间我们和越智先生一起吃晚饭，然后一起聊了好多。你父亲这个人，原本就不读书，越智先生又是特别认真的一个人。两人聊不对路，你爸说不过他，弄得很狼狈。就是这样而已……"

"你们是不是又提到了斯坦因夫人？"

"……"

多计代知道当时自己说了讨人嫌的话，于是没有回答。伸子一脸愕然地看着母亲。多计代碰了碰自己白皙丰盈的下巴，又用指尖轻轻掸掉散落在衣领上的粉渣。尽管对于越智的激烈言辞就要冲口而出，伸子还是控制住了自己。此时，她才清楚地感受到父亲、母亲和自己受到的屈辱。酷似父亲的圆脸上呈现出悲伤的表情。多计代对默默站着的伸子说："你去餐厅吗？"

"嗯。"

多计代似乎觉得和伸子一起行动比较好，于是和她结伴一起回到了餐厅。

这天阿保难得出门去和朋友商量办传阅杂志的事情了，晚上不回家吃饭。晚饭有父亲喜欢吃的浇汁豆腐，这也是伸子爱吃的。多计代还吩咐做饭的用人给晚回来的阿保留一些："阿保少爷回来之后，给他热一热。"

等年幼的艳子吃完饭离开餐厅之后，泰造、多计代和伸子之间又恢复了刚才剑拔弩张的气氛。伸子坐在大餐桌边上读着晚报，和父母隔开了一段距离。泰造用靠垫做枕头，躺在固定于壁炉旁边的沙发上。正对着门口的座位是多计代平时坐的位置。浅紫色菅绣[1]的和服衬领将她的脸色衬托得非常明艳。此刻，她煞有介事地挺胸抬头，不停地眨眼睛，脚指头像是白色活物一样不安地蠕动着。

三个人默默地待了一会儿，多计代终于无法忍受这种沉闷的气氛，开了口："孩子她爸。"

她特意在"她爸"两个字上用力停顿了一下。

"什么事？"

"寺岛那块地皮，已经开始动工了吗？"

"还没有。"

"……那不就麻烦了嘛。"

伸子感觉到母亲投向自己的视线，但是她的眼睛并没有从晚报上移开。母亲会主动抛出这么一个话题作为缓和夫妻之间情感纠葛的引子，这是伸子始料未及的。

"明天就是截止日期了呀。"

母亲的娘家就在寺岛。伸子的外祖母去世之后，母亲的娘家就彻底没落了，老宅土地也被银行扣押。多计代的父亲曾经是明治初期一位著名的学者。为了安慰他的在天之灵，多计代不打算转让那块地皮，而是计划由佐佐家将它买下来。

"你明明是个建筑师，却一点也派不上用场……之前还骗我

1　日本刺绣技法之一，用细线将沿布料横纹走向的丝绊住，来表现某种图样的绣法。——译者注

说事务所会弄好的。"

"你要是那么着急，就自己去买下来。"

"你对寺岛的事情真是一点都不关心！"

多计代说着，眼眶里开始浮现出泪光。敷着白粉的圆润颧骨上出现了两块红晕，眼看着她就要哭出来了。

"如果是我自己能做的事情，从一开始就不会特意让你去做了呀。"

仰面躺在沙发上的泰造将两条腿高高地抬起，交叉在一起，然后说道："我说过了，关于寺岛那边的事情，为了让你满意，我什么都愿意做。"

从伸子的角度看不到父亲的脸。但是她完全能够想象，泰造此刻正盯着壁炉前面天花板上的吊灯，怀着复杂的心情，平静地说出这句话的样子。

"你可以对比一下别人家的老公，他们都是什么样的。"

"你怎么能对我以恩人自居……太卑鄙了！"

"我是不是卑鄙，你可以问问伸子。"

多计代眼里含泪，发出得意而尖锐的笑声："你就会仗着有外人给你撑腰，在这里虚张声势……"

"你闭嘴！"泰造从沙发上坐了起来，"谁会把自己的女儿说成是外人？！我有哪里让你受委屈了吗？你说话一定要这么难听？吃喝、用的，从来也没亏待过你吧？简直就是无理取闹！"

泪水沿着多计代的脸庞滑落下来。

"你确实从来没有亏待过我。如果我让你觉得烦了，那我自己想办法……反正这个家一直都是你一个人支撑的。"

多计代从和服袖兜[1]里掏出一张怀纸[2]，擦了擦眼泪。她的手在微微颤抖，中指上漂亮的大钻戒闪着光芒。一座摆钟放在壁炉架子上，玻璃罩子里连着一根金线的金色钟摆无声地摆动，记录着弥漫于房间里的静谧和默默流逝的时间。伸子觉得在这里实在待不下去了。激动的多计代总是要千方百计地刺激对方，逼迫对方说出最狠的话来才罢休。对于这一点，伸子也饱受折磨。但是，这一夜，伸子没有被卷入父母争执的旋涡里，她怀着一种奇怪的悲悯，将这个家庭当下的全景，鲜明地刻在了心中。

---

1 和服袖子下面下垂的部分，可以放置随身用品。——译者注
2 日本人叠起来放入衣服中随身携带的纸，用来记录、放东西或当卫生纸。——译者注

十二

第二天一早，伸子穿戴完毕经过楼下的走廊时，看到拉门开着，父亲泰造正独自站在衣柜前面穿衣服。

"早安，您已经要收拾出门了？"

"是啊，昨晚睡得好吗？"

泰造扬起脸，胡子刮得干干净净，他正对着衣柜内侧的镜子打领带。浅灰色的毛毡背带在白色衬衫的后背交叉，看上去非常清爽。他低下头的时候，脖子一路到衬衫领子边缘的皮肤松松垮垮的，看上去就是个上了年纪的老男人。自从伸子离开家之后，每天一大早起来，独自在衣柜前穿好衣服然后去事务所工作，这已经成了泰造好几年来的固定流程。至于母亲多计代，在伸子的印象里，丈夫和要上学的孩子吃早饭的时候，她大都还没有起床。无论是泰造上班的穿衣打扮，还是回家之后更换家居服，多计代几乎都没有插手过。所以这么多年来，泰造早上都是自己穿衣服，冬天回家之后就换上放在火炉前面的和服。而现在这个季节，他就麻利地穿上一件挂在衣架上的家居服。多计代说起他们夫妻二人的生活方式，曾经笑着提到，她当时嫁过来的时候，因为婆婆太容易吃醋，所以泰造就养成了什么都自己做的习惯，不用她插手。

但是，如今夫妻俩都上了年纪。他们刚吵过架，今天一早就看到父亲孤零零地在衣柜前穿衣服，好像什么都没发生过一样，这让伸子觉得有些心酸。她从衣柜的小抽屉里拿出手帕，放在父亲上衣的口袋里。

"父亲睡得好吗？"

"和平常一样，立马就睡着了。"

看他的脸色，昨晚应该和平时一样，一沾枕头立马打起了鼾的样子。不仅是脸色，将记事本和钱包塞进西装内袋的麻利动作，还有关上衣柜门之后走向餐厅的步伐，都看不出一丝昨晚发生过不愉快的痕迹。今天还有一整天的工作，泰造的言行举止一切如常，没有给伸子留下一丝一毫对他表达安慰的余地。泰造圆圆的后脑勺上还有一些头发，从雪白的衣领到指节上长着汗毛的粗大手指，全身上下充满了应对工作时镇静自若的积极态度。伸子觉得父亲就是那个飘着淡淡油漆味的干净事务所的化身。

"今晚几点回家吃饭？"

"今晚我要去一趟日本俱乐部[1]。"

泰造说着，头戴鸭舌帽的江田已经打开了车门。见父亲抬腿坐进车里，伸子说了一句："路上小心！"

她抬起右手食指，做了一个西洋式的告别动作。黑色小轿车

1　当时日本上流社会的娱乐场所，常用于社交和商谈公务。——译者注

的车后盖反射着清晨的阳光，车子安静地驶出狭窄的过道。

父亲临别的时候并没有问自己打算在家待几天，伸子心里多少有点失落。现在他不再问这种问题，正是因为伸子无论是去是留，下次想来的时候随时可以回来，父女之间的关系无须客套。但是，在这个家里，除了自由之外，伸子总感觉缺点什么。

送男主人出门的女佣们早就转身回房子里去了。伸子在茶室风格的玄关前不紧不慢地朝客厅走去。客厅刚打扫完，所有的窗子都敞开着。墙边放着一架钢琴，上面摆放着古典风格的纯银大烛台。伸子久违地打开琴盖，在发黄的琴键上弹出了一串音阶。这架德国制造的旧钢琴其实是二手货，家里特地为少女时代的伸子买回来的。伸子的钢琴启蒙老师是一位女钢琴家，她后来在维也纳自杀身亡。和佃结婚离开这个家之后，伸子就再也不碰任何乐器了。家里只有一个小小的尤克里里琴，是佃在纽约的时候为伸子买的，所以伸子和佃离婚的时候留给了他。一起留下的还有她的结婚戒指。她从无名指上取下来，放在小橱柜的抽屉里就离开了。

从凌乱的音阶中，伸子渐渐回忆起了之前学过的曲目，于是又弹了一段不完整的前奏曲。这时候，餐厅的门突然被打开了。

"果然是你。"

多计代的声音听上去不太愉快，喉咙好像被什么堵住了似的。伸子从椅子上转过身去，看着母亲。

"吵到您了吗？"

"没关系，反正我也醒了。"

伸子把琴盖合上，站起身，推着身穿短棉袍的母亲的肩膀朝洗手间走去。

"您还没洗脸吧？"

"唉……你父亲怎么能那样呢？"

"哪样？"

"他从来都不管别人的心情如何……你说他怎么就能睡得着呢？"

多计代不会去用泰造和家里其他人都在用的濑户[1]瓷纯白洗手台，而是单独使用旁边的白漆洗手台。多计代坐在被当成脚凳的木椅上，一边等着煤气加热后的热水灌满洗手台，一边说："小伸你是物质至上主义，肯定觉得无所谓，但是我对你爸那种理直气壮地说他在养着我的论调，真的无法忍受。"

一晚上没有睡好，母亲的心情和父亲刚好相反，还在想着昨天晚上的争吵。不知道什么时候，自己竟然被贴上了物质至上主义的标签，伸子大吃一惊。泰造确实无法将各种复杂的感情和想法准确地用语言表达出来，被逼急了才口不择言，指责多计代是寄生虫。面对这样的父母，昨晚的伸子是怀着怎样的心情旁观他们之间激烈的争执的呢？她只记得，壁炉架子上放着一只希腊壶，母亲手指上的钻戒熠熠生辉。在这样的环境里，干巴巴地出现"都是我在养你"这种话，刺伤了伸子的心。兴趣、品位之类的，本就有些缥缈，而从这句话里，伸子还感受到了女性生活中无根可

---

1 濑户烧为日本最古老的陶窑之一，古窑位于日本本州岛中部爱知县的濑户市。

寻的无力，这一点让她觉得可怕。

阿保和艳子都去上学了，和一郎像平时一样悄无声息地待在家里，很晚才出来吃早饭。伸子也不知道为什么，她并不想去安慰伤心的母亲，而是轻手轻脚地开始收拾东西，准备回去。

"哎呀，你要回去了吗？"

多计代一脸出乎意料的表情，开口问她。伸子当时正站在壁炉前面，整理着放在桌子上的东西。

"这么快就要走了？"

多计代的视线从下往上打量伸子，伸子感觉仿佛自己的衣袖被她抓住了似的。

"还有什么事吗？"

"倒不是什么事情……"

多计代像是突然下了决定一般，语气惶恐不安地说："不管怎么说，你再多待一会儿吧。吃了寿司再回去好不好？"

伸子像是被一双看不见的手按住肩膀，又坐回了刚才的坐垫上。

为了找个话题聊天，多计代开始批判亲戚家的某位夫人最近痴迷演员泽田正二郎的事情。

"她那种狂热，我根本理解不了……"

但是伸子感觉到，母亲真正想说的并不是这些。多计代扑闪着睫毛，左手下意识地转动着戒指，突然说了一句："小伸呀，我正在考虑和越智先生结婚，你觉得怎么样？"

伸子仿佛跌进了无边的黑暗中，身体被什么东西撞击着。

"结……结婚？"

这个词和面前穿着短棉袍的母亲完全联系不到一起，伸子一脸愁苦。她当然了解"结婚"这个词的含义，也明白母亲说这话的意思，但是……自己的母亲竟然要和越智结婚……

"我真的想不通。"

伸子悲伤地盯着多计代，摇了摇头。母亲已经五十二岁了，越智圭一的年龄她虽然不是非常清楚，但也就是三十二三岁而已。这两个人要是结了婚会是怎样，伸子根本无法想象。她露出恐惧的眼神问："结婚……就是要离开这个家？"

"这个嘛，如果我要结婚，确实得离开了。"

心情有些激动的多计代频繁地眨着眼睛。她平复了一下心情，语气很坚定："小伸，你觉得怎么样？"

"这也太突然了……不过我们都长大了，母亲您要是已经下定决心，谁也不能阻止……但是这也太奇怪了！"

伸子仿佛突然清醒似的，坐直了身体。

"你们是认真的吗？"

"……我想最后也就是这个结果了。"

伸子渐渐恢复了平静。她的直觉告诉她，母亲突然提出如此重大的决定，除了内心的激情无法抑制，急需一个发泄的出口之外，背后还有什么其他的动机。为了探索背后隐藏的其他动机，伸子直直地盯着多计代的脸问道："如果那样的话，母亲，您有独立生活的经济能力吗？"

"那不是什么大问题，我一个人生活的话，总能想到办法。"

"但是……"

在大学做助教的三十二三岁的年轻男人，怎么有能力支撑母亲生活中方方面面的花销呢？多计代看到花朵上显现出花脉的细纹，就认为那就是花儿绽放出最后的芬芳美丽的原因所在。可是，即便多计代对花朵最后呈现出来的绚烂和香气有所不满，那也是以佐佐家悠闲的生活为保障条件的。就算越智真的着迷于母亲身上的魅力，魅力的来源也只可能是因为她身为佐佐这个家的太太身份。伸子在脑海中描绘着母亲在越智家和他一起生活的情形。越智家那个带格子门的简陋小屋，还有一脸穷酸相的、只是大学助教的越智本人，伸子根本无法想象在那里，一个女人要如何生活。伸子的眼前只浮现出了因为过度疲劳而瞬间衰老的可怜母亲的面容。结婚……伸子看着多计代叠放在桌子上的纤纤玉手，更加难以理解她这个异想天开的想法。

"……是哪边聊到这个的？是他那边提出的吗？"

"也不完全是吧……"

"那就是母亲提出来的？已经跟他说了吗？"

"所以我想先听听小伸你的意见嘛。"

"竟然是您提出来……"伸子心里越来越没底，嘟囔道，"这太不正常了，不正常啊。"一边说着，一边抓住多计代白嫩柔软的手。

"这不是很奇怪吗？为什么呀？您说，这是为什么？怎么听上去您不觉得这有什么问题……"

"之前我去研究室的时候，他也真是个莽撞的年轻人……"

多计代突然意识到自己说漏了嘴，一下子慌张起来。去越智的大学研究室的这件事，多计代对阿保都没有提起过，伸子更不可能知道……但是此时已经顾不上那些细枝末节了。

"然后呢？"

伸子握着她的手，催促她继续往下说。

虽然不知道该怎么表达，但是那时候应该发生了什么事。正是那件事成为核心的转折点。

"……反正我开始觉得，除了结婚之外，没有别的办法了。"

多计代的眼眸里逐渐浮现出泪水。母亲含着泪的眼睛一眨也不眨地迎上自己的视线，伸子在脑中猜想着各种可能性。一片混乱的想象世界里，具有现实性的一个点被照亮了。就是刚刚多计代说漏了嘴的那句"他也真是个莽撞的年轻人"。越智一定是用什么形式对母亲表达了男人对女人的肉体需求。伸子记得，某天多计代曾经对她说，越智向其表示过如果他现在没有妻子，早就向她求婚了。这时候，伸子终于开始明白了事情的前因后果。

"母亲，越智先生是不是对您提什么特别的要求了？"

"……"

多计代既没有肯定，也没有否定，只有眼眶里满溢的泪水顺着脸颊滑落下来。尽管她已经不年轻了，但是皮肤依旧细腻平滑，散发着不可思议的光泽。泪珠在光滑的面颊上闪闪发光，戴着戒指的手被女儿紧紧握住，她也抬起头回望着女儿的眼睛。多计代的脸上有一种无路可退的苦恼。那种痛苦也反射在年轻的伸子脸上。可想而知，越智肯定对多计代提出了肉体要求，而多计代无法马上应允他。作为女人的伸子能够理解多计代的心情。

伸子的内心也在流泪。她非常反感面前这个和越智纠缠不清的母亲，而越智像是看穿了这一点，将伸子的反感分析成女儿对母亲的嫉妒。女儿对母亲的感情，实际上与女人之间的嫉妒是有所区别的。多计代原本安逸的生活中出现的这些波折过于庸俗，这一点才是伸子反感的地方。现在，看着母亲破釜沉舟的样子，伸子也不再反感了。至少多计代自始至终诚实面对自己的感情，从来也不撒谎。这一发现令伸子对母亲产生了深深的同情。

"母亲……"

伸子轻柔地将母亲带着香气的手指贴近自己的面颊。

"把这些话都说出来，心里舒服多了吧？"

母亲的手贴在面颊上摩挲，伸子又想起一件往事。在她还是少女的时候，母亲曾经告诫过她，如果和男人嘴对嘴接吻，就等同于两个人达成了结婚的约定。当时懵懂的伸子只知道结婚是一件人生大事。接了吻就必须结婚——听母亲这么认真严肃，伸子实打实地被威吓到了，至今记忆犹新。也许多计代对如今自己所处的局面也有同样的感受吧。多计代身为人妻，比起只是对少女时代的伸子提出警告这种事，她身上的责任要面临更多的现实问题。不会撒谎的多计代在面对这一切的时候，自然也更加为难。多计代身材高大，子女众多，还喜欢豪华艳俗的衣饰用品，但是她的内心依然传统、保守，拥有一种自相矛盾的纯洁无瑕。

伸子想起她曾经看过的一封信。那封信装在一个有点年头的普通白色方形大信封中，信封上鹅堂流[1]的英文字迹就像字帖上的一样曲致优雅，写的是"佐佐泰造先生"的英文 Mr. TAIZO·SASA 和他在伦敦的寄宿地址。一个小小的红色椭圆形封签代替了火漆封印，封签缝入了蕾丝网状的花纹。信封工工整整地用剪刀裁开，里面塞着用楷笔在雁皮纸[2]上书写的厚厚信纸。伸子看不太懂纤细的草书字体，只记得信有好几页，落款处写着优美的三行字，就像是书写在彩纸上一样：英国首都伦敦，致我思念的兄长。正文与多计代的署名中间特意空出来一列[3]，从上到下密密麻麻地画上了叉号。

那时候父母把一个不用的旧橱柜给了伸子。伸子收拾的时候，偶然发现了这封明治四十年母亲的亲笔信。里面还有一张多计代的照片。年过三十的多计代身穿改良和服，手捧玫瑰花，优雅的气质与信上的文字相得益彰。伸子很是稀奇，小心翼翼地看着那张照片。为什么那时候写完信都要画叉呢？伸子不理解。后来她才想起来，叉号好像是 kiss 的意思。那封信末尾的一连串叉号满满当当，明明连墨迹都模糊了……算起来，母亲婚后过了五年留守生活，她以兄长的称呼给父亲写信的心情，伸子非常理解。同时，那么多小叉号也透露出她的亲爱之情。伸子也觉得照片里微微发福的母亲手上的动作十分可爱，充满童真。

每次在伦敦收到这样的信，泰造总是先放到口袋里，然后一

---

1 日本书法的一个流派，由明治后期的书法家小野鹅堂创造，书写风格易于阅读。

2 用雁皮的纤维制成的传统日本和纸。——译者注

3 当时的日文书信是从右向左竖着书写。——译者注

副魂不守舍的样子，最后一定会找个什么借口离开朋友们都在的房间，出去读信。关于这件事，伸子还是后来在泰造老朋友半开玩笑的时候听到的。

之后，家里的生活随着经济条件的改善而发生了不少变化。但是，伸子作为女儿，为了守护父母的关系，她又不能直接说他们夫妇之间的淳朴情谊已经变质了。

"母亲，这件事可能会给您造成无法收拾的后果。"

伸子依然对母亲满怀信赖，她直言不讳地说："我没有办法赞同您的决定。您明白吧？我根本就不信任越智这个人……所以母亲，求您再好好考虑一下，好不好？求您了！"

伸子抚摸着多计代的手，像是在鼓励她。

"母亲您之所以会这么想，我多多少少也能理解。但是……那是因为您觉得以后生活拮据也可以忍受，对世间名誉这种东西也无所谓了吧？只要您有信心过上更有价值的生活，那我尊重您的决定。"

"那些事情不用考虑，对我来说都不重要。"

"不过，我觉得就是那些问题最为复杂。因为母亲从来没有受过贫穷之苦，也没有因为妻子的身份在社会上受到自尊心的中伤。您若不是一个有钱人，或者就是一个一贫如洗的穷人，别人对待您的方式也会不一样的。"

伸子一边劝说她，一边回想到之前多计代自尊心有多强烈的不少往事。

"母亲您现在的自尊心是建立在佐佐泰造夫人这一基础上

的啊。如果没有这个基础，到时候您作为女人的自尊心受到伤害的话，那可怎么办呢……"

伸子越来越害怕。她从小仰望着母亲，一想到母亲那高大纯洁的身体要和戴着无框眼镜、满脸冷漠的越智在一起，还有"结婚"这个词，直让伸子感到太不自然了，有一种自己受到难以言喻的侮辱之感。

"这件事可不能匆匆忙忙就决定。"

"我也这么认为。"

"母亲您千万不能意气用事，好吗？我当初和佃结婚的时候，也是觉得我和他志向一致，对今后的生活充满了希望。只是那种生活确实不适合我。现在看来是很遗憾，但那其实也是一个错误……"

多计代深深地舒了一口气。然后她慢慢平静下来，脸上带着思索的表情说："那我再好好考虑一下……谢谢你。"

她一边说着，一边悄无声息地将伸子握住的那只手收了回去。

十三

这是一种多么奇妙的心情啊。

早上素子去了牛込的书店，驹泽的庭院万籁俱寂，初夏的阳光熠熠生辉。石榴枝叶细密，颜色浓郁得就像崭新的油画颜料里的深绿色。还能看到树篱外的小白杨，树梢是轻柔的灰绿色，三角形的叶子随风沙沙作响。目光所及之处，尽是伸子最喜欢的或浓或淡的绿色，清新舒爽，一派绿意盎然，比花季更能让人感受到自然的美好。伸子坐在书桌前，眺望着庭院里的景色。绿色的谐调每天都在变化，这也是初夏的庭院最有魅力的地方。伸子一直注视着那些耀眼的绿色，由于阳光刺眼，眼睛眯成了一条缝。然而过了一会儿，伸子觉得外面的景色突然变成了黑色。并不是树木的绿色掺杂了一点黑色而让人有这种感觉，而是那些耀眼、纯粹的新绿直接映入眼帘，再投射到伸子心里，这个过程中就像是快门突然关上了，四周一片漆黑。

"奔丧"这个词一下子出现在伸子的脑海里。丧事的黑色应该就是这样无边无际的漆黑吧。但是伸子并不感到悲伤，一点也没有。只是她的心中被一种奇异而不自然的，令她难以置信的混乱所填满。没有人和她搭话，也不用去深思些什么，今天自己一个人待着，伸子格外愉快。

昨天，多计代在动坂的家里告诉她自己想和越智结婚。当时伸子可以说是用尽了全力，努力想去理解这桩过于荒唐之事。她一边自己拼命消化，一边希望多计代一定要慎之又慎。伸子出于本能，实在难以接受越智和母亲结婚这件事。

这么一想，确实有点不可思议。她花了那么多时间和母亲集中讨论这件事，却没有想到站在多计代的丈夫，也就是自己父亲的角度去阻止，这是为什么呢？是因为母亲突然说要结婚，她觉得简直是天方夜谭，所以对于现实生活中面临这种破局境地的夫妇，她实在无法想象父亲会怎么做吗？十年前，父亲和母亲难得有一次一起从关西去九州旅行。尽管是因为泰造出差顺便出去玩，但是连梳头都颇费工夫的多计代，却出人意料地和泰造同行。旅行二十天就结束了，父母买了一些九州芦柑和日向[1]橘子，把它们装在篮子里提回了东京。他们二人时常饶有兴味地说起日向那边一个叫青岛的小岛，上面长满了郁郁葱葱的热带植物。可过了几天，只有伸子在的时候，多计代对她说："旅行是挺有意思的，但是中间我曾想过干脆从名古屋一个人回来好了。"

"怎么了？"

"实在太生气了。"

"……所以我才问您，出什么事情了？"

1　日本地名，位于如今的宫崎县。

"还不是你父亲……他大概以为没人看到，竟然和旅馆的女服务员调情……"

当时还不满十八岁的伸子一脸尴尬："调情……"

他们在名古屋受人招待的时候，由于母亲梳妆打扮时间晚了，父亲就先一个人离开了房间。他在旅馆玄关穿鞋子的时候，母亲已经跟在他身后下了楼。泰造没有意识到多计代已经跟上来了，他在穿鞋时还把手放在了女服务员的肩上。这一幕正好被下楼梯的多计代看到，于是她原地转身回了房间。多计代表示自己突然不舒服，不想动了。而泰造觉得要是多计代不去了，有点对不起招待他们的主人，就竭力说服拒绝赴约的多计代和他一起去，并且保证今后不会再有这样的事情发生了。

"我绝对咽不下这口气。男人怎么可以做那样的事？是不是因为日本女人都没怎么见过世面，男人才有恃无恐的？"

多计代以女性的威严，大肆批判了一番。那时候伸子觉得，母亲能够心平气和地对女儿说出父亲和女服务员调情的事，这本身就很奇怪。伸子平生最讨厌的就是喝醉酒的人，她觉得只有在那种场合才会用到"调情"这个词，醉酒的人才会做出那样的举动，而她认为这和自己的父亲八竿子打不着。另一方面，多计代将旅馆的女服务员置于自己的对立面，伸子对此也有疑问。旅途中辗转各地的母亲一定很委屈，对于同行的父亲来说，想必心情也不会轻松。

想了这么多，伸子觉得有些可笑，嘴角自嘲似的微微上扬。在佐佐家，艺伎呀，小妾之类的词都是禁忌，有孩子在场的时候绝对不可以说出口。必须提起的时候，就把艺伎说成歌手，把小妾说成保姆。尽管如此，孩子们该明白的时候还是会明白的。

在要求男人忠贞这件事上，多计代丝毫没有妥协。不仅仅是泰造，儿子和一郎和阿保的纯良天性也在母亲的精心守护下，以她考虑的标准培育起来。随着时间的推移，伸子慢慢觉察到母亲的喜好和理念对男孩子的成长来说，实际上是一种误导，而且也很危险。从少年步入青年的弟弟们从肉体到精神都经历着各种各样的冲击，不过这种微妙的变化，母亲真的能够了如指掌吗？伸子一直特别关注阿保，也是出于这个担心。在伸子看来，母亲要么就是在这方面太过天真，要么是她知道一些伸子不了解的粗野事，所以才如此强烈地反抗。在佐佐家，纯洁是最高的价值——这一理念被刻在了所有人的脑子里。但是如果去深究，所谓的纯洁，它的本质是非常暧昧不清的。

眺望着满院清爽的新绿时，伸子感觉心中一片漆黑，就像快门关上了一样，也是因为她想到了刚才的问题。

妻子在丈夫不在的时候和自己的女儿讨论要和别人结婚的话题。多计代想要在婚姻生活中纳入这种非谈不可的感情生活，这就是她所谓的纯洁吗？母亲对于身边的男性——丈夫和儿子，如此苛求他们保持纯洁，她自己却可以心猿意马，对有妇之夫产生兴趣，甚至到了迫切地想要与对方结婚的地步。这难道不是与多计代坚守的纯洁背道而驰了吗？

昨天伸子看到母亲在自己面前不知所措的样子，察觉到自己不假思索地想要在心中维护母亲，所以才强调母亲还像少女一般纯洁。但是，今天坐在自己家的书桌前，伸子冷静地思考昨天的事，发现这中间存在不少矛盾之处。多计代太自以为是了，她过分高估了身为女人的自己，总是把自己面对的情况当成例外，觉得自己对那个男人不是玩玩的，一副自认为并没有出轨的严肃姿态，不正是骄傲自大的表现吗？一个有妇之夫和身为他人之妻的自己发生了不伦之情，但是因为这件事发生在自己的身上，所以就成了无伤大雅的、高贵的烦恼，这种想法不是妄自尊大，又能称作什么呢？

伸子心中一直在深究这件事孰是孰非。最终，她从矛盾的缝隙中窥到了深层的缘由。在多计代的心里，男女关系是否纯洁的唯一判断标准就是他们是否发生了肉体关系。所以，对纯洁忠贞近乎于崇拜的多计代竟然和越智谈起了感情。直到这份精神上的爱恋被对方提出了肉体方面的要求，多计代对忠贞的信仰才被唤醒，开始变得警觉。伸子望着庭院，此刻耀眼的阳光使她眯缝起双眼，表情中带上了悲伤和诧异的色彩。伸子终于明白了，昨天听到多计代说出"结婚"这个词的时候，为什么感觉那些话语没有一丝光亮。在多计代的人生中，男女要发生肉体上的性关系，必须通过结婚这个手续才能够被认可，这是不容动摇的真理。而这种固执，反过来也是在向她正年轻的女儿证明，年轻时的自己没有经过谈恋爱的过程就步入婚姻的这一事实，是融入了多么充沛的情感的自然之事。从这个意义上说，多计代一直在喋喋不休的所谓纯洁，其背后是她作为女人，在黑暗中睁大着眼睛、屏息忍受的代价。

不知道是什么时候，伸子找到了一张父母的结婚纪念照。三十出头的泰造留着胡子，穿着长礼服，一脸白净地站在那里，看上去毕恭毕敬的。在他的旁边，梳着岛田发髻[1]的多计代坐在一张流苏饰边的天鹅绒圆椅上。照片上的多计代身穿漂亮的带白色的两件套服装，外面套着黑色绉绸外褂，一只手藏进放在膝盖上的另一只手的衣袖里面。新娘眉宇之间的神情也好，直视镜头的目光也好，还有擦着口红的呆板唇形，既没有娇羞，也看不出任何喜悦的痕迹，甚至看上去有些阴沉和严厉。

伸子端详着这张结婚照，问道："这张照片里的母亲不像其他照片里的那么漂亮，为什么呢？"

那之后过了大概一年的时间，在另一张七分身照片里，穿着浴衣、一身逛庙会打扮的多计代就显得明艳又大方。

"这是因为呀，拍这张纪念照的时候，我心情不太好，当时太可怜了。"

多计代心平气和地回看自己曾经的面容。

"我嫁过来的时候还什么都不懂，但是一进门就看到一个大概才四岁的小男孩满地乱跑，我之前也没在他们亲属录[2]上看到过这么一个孩子。你奶奶呢，跟在后面一口一个'俊一、俊一'地叫着，可亲热了。我当时真是觉得五雷轰顶。我下定决心：在知道这孩子是谁的以前，绝不嫁给你父亲。然后就求带我去的媒

---

1 日本未婚女子的传统发型，也是婚礼上常见的发型。

2 在日本，即将结婚的男女为了介绍彼此的亲属关系，双方会制作一份记载家人和亲戚姓名、地址的册子，并在订婚时互相交换。

婆给我介绍别的人家……那还能怎么办呢？"

"那个孩子就是小俊吧？"

小俊是泰造伯父的儿子，长大后去了三菱公司工作。

"对呀，所以我也终于松了一口气……"多计代笑着补充道，"你父亲也挺可怜的。当时我就望着天上的月亮不停地哭，他便问我是不是已经有其他喜欢的人了……虽然我并没有……但是呢，我很感激你父亲。"

多计代继续直言不讳地说："我说的话，他都会听。结婚之后一个月、两个月，他都特别听我的。他曾说过，'多计代也怪不容易的，突然嫁到这个乱糟糟的家里，会那么想也是情理之中的事'。"

伸子进入青春期之后，总是觉得自家的母亲对待身为女儿的自己，同别人家的母亲们相比，情感上有非常大的区别。伸子有时感到自己在面对母亲的时候，就像是一个年轻女孩面对一个比自己年长、爱发号施令的女人一样。

如今，伸子不断想到母亲刚走入婚姻生活时的往事，才开始深刻理解了自己一直以来都没怎么明白的，母亲作为一个女人各种热情的矛盾。身材高大、容貌美丽的多计代，她的身体里诞生了各种各样的激情，而那些激情被隐藏起来了——在现实生活中，多计代接二连三地生孩子而成为母亲。这样的现实和她心中憧憬的其他生活设想，始终存在着矛盾。这种错位的状态，贯穿在多计代的生活之中。

当时大约只有十六岁的女儿伸子，又怎么能够明白那样复杂的女人心呢？在多计代的情感世界里，没有通过恋爱结婚的形式而成为母亲，所以，她因其中收获的惊喜而逐渐觉醒的母性也没有得到充分的释放。这一点，恐怕多计代曾经意识到了。她一直用自己的方式爱着自己的孩子们，这一点另当别论。她在教育儿子们的时候过分地强调纯洁，大概也反映了她心中对于理想男性的向往。

每次想到阿保贴在门楣上的"Meditation"，伸子的心情就难免有些低落。同时，她还会联想到和阿保的性格完全相反、在这个家中作为姐姐的自己。剖析了多计代作为女人的内心想法之后，伸子也不得不反省与母亲形成对照、作为女儿的自己。四十多岁的多计代拥有坚韧的生命力，由于时代的境遇而无法摆脱妻子、母亲的角色。而在她身旁已经变为成年女人的年轻伸子，是怎样生活过来的呢？最起码伸子作为一个独立的人，一直都跟着女人的感觉走，有明确的主张，自己决定与佃恋爱、结婚，然后又离了婚。

伸子在藤椅上活动了一下身体。她一下子放下了很多事。在多计代的内心深处，一定还残留着没有因母亲之名而抹去的年轻躁动。只是，那份躁动由于年龄和境遇的错位，从现实的角度来说，已经无法出现新的可能了。那是一种年轻的夕阳西下。此时，伸子突然理解了多计代为什么批评她是个自私自利的人。多计代用怒气冲冲的眼神盯着女儿，骂她是利己主义者的时候，指的并不只是伸子。多计代想要自由地按照自己的希望、意志和责任来行动，一边又看到一些年轻的同性后辈可以实现这一点，于是，她将自己言不由衷的反对总结为年轻女人的利己主义，安在了伸子头上。

伸子又回想起四年前，站在赤坂那个与佃生活的旧房的走廊上哭泣的自己。伸子当时每天都在处理各种琐碎的事情，不断重复的日子让她痛苦不堪，深感这种生活毫无意义。于是她和佃爆发了争吵。而佃完全不能理解伸子的身心被无尽的空虚感侵袭的感受，他抱着痛哭的伸子的肩膀，温柔地重复着："别哭成这样，好不好？再过十年，你就不会觉得难受了。这一点我非常清楚……"

为了安慰哭泣的伸子，佃轻声在她耳边说的这句话，在伸子听来是何等地恐怖。再过十年——十年！这样的日子，她一年都觉得可怕，所以才如此痛苦……伸子更加绝望了，再次放声大哭起来。

老旧的木制走廊上，自己站在那儿哭泣的声音历历在耳。如今，伸子觉得自己从那哭声中仿佛听到了许许多多女人的啜泣。

十四

从电话听筒中传出的女声非常小，伸子大声问道："喂喂，是佐佐家吗？"

"是的。"

"是我。我是伸子，有人在家吗？"

她又问了一遍，对方还是回答："是的。"

"我母亲在吗？在的话，让她接电话……"

"好的。"

得到答复之后，伸子竖起耳朵等待。在佐佐家，只有多计代用座机电话。转接电话的时候会有"噗"的一声按下开关的声音，伸子在等的就是那个声音。但是，听筒里只传出没有变化的电流声，还能隐约听到别的线路的通话声。于是她又问了一遍："喂，喂！"

结果还是同一个声音回答："是的。"

伸子非常吃惊："喂喂，你是谁啊？"

"……"

"声音太小了，你让别人接电话吧。"

那个人似乎离开了。过了一小会儿，这次换了一个让伸子意想不到的人来接电话了。是和一郎。

"啊，喂喂。"

"咦，好久没……"

"啊，是姐姐呀，怎么了？"

"母亲在家吗？"

"她去前崎了。"

在小田原[1]附近，佐佐家有一栋小巧整洁的别墅。那片海岸附近都是渔村，基本上没有什么别墅，居民大多数都身体健康，还有很多长寿的老人。父亲泰造为了让祖母"能住在像外国一样的洋房里"，开始建造那个西洋风格的房子。但是，过了八十二岁的祖母还没有等到房子建成就去世了。

"什么时候走的？"

伸子去动坂后，听多计代说起要和越智结婚的事就发生在前天。

"今天早上吧……"

"今天早上？今天星期几……星期四对吧？"

多计代突然去了前崎，让伸子觉得有些不安。

"和谁一起去的？"

"嗯，好多人一起……我和阿保在家看门，姐姐过来吧。"

"……那艳子呢？"

---

1 位于日本神奈川县西部的城市。——译者注

"她也去了。父亲神经痛，事务所临时休假了。她就突然大闹，吵着要去，急匆匆走的。"

"这样啊。"

那样就好。多计代很少一个人坐火车出门。

"母亲总是絮絮叨叨的，这次出门倒是特别利落，连父亲都吃惊了。"

伸子可以想象多计代一咬牙，决定和丈夫一起带着年幼的女儿离开东京时的心情。

"他们怎么去的啊？"

"我把他们送到了东京站，之后坐火车。"

"……肯定装了好多行李吧？"

伸子笑了出来。一定有大大小小的旅行箱和布包袱。而且多计代只要出门，还会带着水壶和篮子什么的。这种时候，给母亲提大手提包的就是艳子。头上绑着大蝴蝶结，打扮得漂漂亮亮，手里却被迫拿着没有收口的奇怪大包袋，艳子不好意思、不情不愿地垂下眼帘，咬着嘴唇。伸子仿佛看到了他们一行人走进东京站的样子。

"他们准备在那边待多久？"

"这个嘛，应该还没确定。父亲好像可以从那边直接去事务所上班……"

"那艳子不用上学吗？"

"下周一估计就回来了。"

身体孱弱的艳子在家附近的学校读书。那是一所天主教女校的附属小学。同样是天主教的教会学校，也分贵族学校、普通学校，还有艳子上的那种不怎么样的学校。艳子那所学校的修女们对于女学生会露骨地表现出她们的喜恶。与其说艳子是个听话可爱的女孩，不如说她有点神经质又天性固执。所以，即使艳子的成绩和别人差不多，她也极少会被"ma mère"（"母亲"的意思）修女校长夸奖。艳子渐渐厌倦了去那所学校上学。伸子说好周日会去家里就挂了电话。

沿着樱花树道路回家的时候，素子从对面晃晃荡荡地走了过来。

"……你要出门吗？"

"你去了好久，我出来看看……怎么样了？"

伸子出门前对素子说自己想去问问母亲身体怎么样了，跑到小酒馆打了个电话。

"今早大家都去前崎了……"

"那就没什么事嘛，如果是那样的话。"

然后，素子又阴阳怪气地说："其实偶尔也可以请我们一起去玩玩嘛。"

"……"

"小伸也去过几回吧？"

"去过两三次……"

伸子去前崎的时候，房子刚刚盖好，大门和院墙都还没修。

在从前的东海道[1]松树大道附近，沿着松树密布的山崖上行，再顺着一条细细的小路爬上一块草木茂盛的平地，佐佐家的别墅就建在那里。那是一座外观雅致的石板瓦屋顶建筑。当时父母牵着伸子的手，三人并排穿过高高的草丛，走进标识私人宅地的竹篱笆。那时连木门都没建好。父亲从口袋里掏出一串钥匙，找出大门的钥匙，打开坚固的入户门。那时候，抽取地下水的水泵电动马达电力不足，所以住在别墅的三天时间，都是伸子和女佣一起穿过草坡，下到街边渔民家里讨井水来喝的。

坐在别墅阳台的椅子上，能放眼看到箱根[2]连绵的群山。多计代一直在生丈夫的气，怪他怎么安了一个这么不中用的水泵。泰造听了很生气，自己下去电机室查看。电机室上面利用修天花板的水泥建成了一个没有顶棚的舒适亭子。门口的除泥脚踏是铁制的，做成了有趣的苏格兰梗犬的形状。电机室的墙壁一半在地下，外侧还修了喷泉。别墅里到处都有父亲独具匠心的小设计，让伸子觉得趣味十足。母亲却一直在抱怨水泵不好用，这也让伸子感到很可笑。周围风光旖旎，别墅清爽别致。相比之下，吹毛求疵的多计代就像是契诃夫或者果戈理小说里讽刺描写的那些贵妇一样，显得非常尴尬。为了汲水，伸子提着水桶到街边的渔民家里时，半裸着身体的男孩女孩光着脚跟在她身后。孩子们的头发因为常受海潮影响，看上去红红的，十分蓬乱。他们默默地围

1　指日本本州岛太平洋沿岸中部的行政区划以及贯穿这片区域的主干道路，现在相当于三重县至茨城县的太平洋沿岸地方。——译者注

2　位于日本神奈川县西南部，是日本的温泉之乡和疗养胜地。

着正在打水的"东京别墅"女人，甚至穿过街道尾随着来到山崖下面的小路入口处。到了那里，他们才停下脚步。即使跟他们搭话也都默不作声，对他们微笑也不会得到回应。与这些渔民的孩子相对照，住在山崖上这间像是西洋房子里的伸子总觉得自己有些不妥。但是，泰造和多计代从车站坐着出租车来到山崖下，被红发孩子们围观着进出这栋别墅，对于这种事，他们丝毫没有觉得难为情。每当这种时候，伸子的表情就会从害羞转为愤愤不平。

多计代却觉得伸子太爱小题大做了："有什么不好意思的呀？我们自己动手盖的房子，有什么不对的？你别在那犯傻了。"

然后她补充道："真有意思。最近都在搞什么无产主义，但如果没人给工作，穷人到哪里去干活啊？就是因为有人雇他们，他们才有饭吃，不是吗？这些穷人却不知道感恩……"

只要说起这个话题，泰造一定不会接话。他只会在阳台上装睡。

决定要和佃分开，开始独自生活的时候，伸子也想过搬去前崎的房子住，曾经找多计代商量了一下。

"哎哟？这次你倒是不觉得那个房子麻烦了呀，真会行方便啊！"

说完之后，多计代稍微思考了一会儿，非常干脆地回绝了伸子："还是算了吧。那房子是为我们自己盖的，也没有多余的床了。"

这么说来，前崎别墅里的洗漱台都是为了一家人一起使用而特别设计的。想到这些会被别人随意使用，估计也是多计代反对的原因吧。

伸子闻言，赶紧收回了自己的请求："算了算了，我也不是非要强求……"

那是伸子和素子相识之前的事情。自从伸子和素子一起生活以来，这几年间，多计代从来没有邀请过她们去前崎的别墅。泰造曾经委婉地表示，可以偶尔让伸子和素子来玩。但是多计代表情严肃地当场反驳说："我不想这样。不知道会发生什么事呢，我有些不舒服。"

时间就这么过去了。

伸子和素子一起沿着樱花大道拐进小路，往住所方向走去。伸子说："他们不请我们去反而好。我是他们的'宝贝女儿'，你一天都和他们待不下去的……"

"那倒是。"

如果前崎的别墅能成为多计代用来防止因自己的激烈情绪而彻底沉沦的一个港湾，那个房子也多少有些存在的意义了。多计代若是考虑了相反的用途才去的前崎，这一点伸子完全没有想到。

父母、房子和土地的关系，伸子一样一样地思考，觉得这很有意思。泰造为了小试牛刀地展示自己的趣味而建造了前崎的别墅，又趁着不用交税的时候买了一辆节能的欧洲产小轿车。但是，佐佐家的房产却没有一处向外出租，也没有任何一块能产生收入的地皮。也就是说，他们家并没有靠房屋和地产来赚钱。从这一点就能看出泰造的生活态度，他在工作上信心十足，颇有淡泊名利的匠人风范。倒是多计代在赚钱的事情上非常务实和积极。十几年前，多计代突发奇想，在大雪天去考察并购买了一块北多摩[1]的地皮。那里唯一的好处就是一整年都能清晰地看到富士山，所以至今地价都没怎么上涨，还是一片麦田。

那天是素子母亲的忌日，素子特意为爱吃甜食的母亲做了萩饼[2]。米饭蒸得有点软，不好成团。三个女人在厨房热热闹闹地做着饭，突然听到玄关有人来访的声音。阿丰洗了手出去接待客人，回来的时候表情有些奇怪，眼神直愣愣的。

"来了这么几个人……"

她的指尖刚刚沾过水，微微发红，手里递过来一张从方格小本子上撕下来的纸条。上面用粗铅笔写着几个凌乱的字——黑色联盟山田。

"……"

素子和伸子都不认识这个人。

"这是谁啊？"阿丰有点欲言又止地小声说，"有三个人呢……头发乱蓬蓬的，看上去来者不善呀……"

素子虽然内心有点胆怯，但还是装出一副生气的样子："搞什么啊！"

伸子突然意识到了什么。当时，社会上出现了无政府工团主

1　过去日本东京都辖下的郡。

2　粳米和糯米蒸熟之后捣成米团，外面撒上赤豆馅、黄豆粉、芝麻粉等制成的点心。——译者注

义与布尔什维克主义的争论¹，约定俗成地将黑色认定为与布尔
什维克主义的红色相对，是无政府主义者的象征。这群无政府主
义者经常跑到丸之内那边的公司或者名人的家里要求他们捐款。
伸子记得在一部内容关于无政府主义者的生活状况的作品里，读
到过这种现象。那是近年来一直在创作新小说的一位年轻女作家
写的。

"我出去看看。"

伸子走出去一看，阿丰所说的那三个年轻男人正站在水泥地
上。他们留着凌乱的长发，看上去就像一群故意把自己弄得邋里
邋遢的高中生一样，脏兮兮的。三个人都穿着圆领的俄式衬衫，
那衣服已经脏得看不出原本是茶褐色还是黑色的了。沾满污垢的
旧裤子下面，有的穿着草屐，有的穿着靴子。其中一个人拿着一
根粗粗的手杖，站在最前面。

伸子开口说："我叫佐佐伸子……你们有何贵干？"

三个青年好像很多天都没洗过澡了，一脸脏脏的，估计早上
也没洗脸就出来了。那六只眼睛的视线一下子集中到身穿紫色薄
毛呢围裙的伸子身上。没有一个人点头打招呼，三个人都表现出
一副粗野蛮横的样子，但是他们的眼神和嘴角还是浮现出年轻人
特有的好奇心。伸子也不是第一次见到这样脏兮兮的无赖青年。
弟弟和一郎就是一个就读于美术学校的二十三岁学生，他们某一
瞬间的表情特别相似，傲慢的表象背后有一种忸怩。伸子一下子

1　大正时代，尤其是指 20 世纪 20 年代初，日本社会主义运动中无政府工团主义与
　布尔什维克主义两派之间，在思想和运动理论方面产生的争论。

也来了兴致。

"你们有什么事情？"

"那张纸，给你了……"

"我看到了……不过我是第一次见到你们呀。"

"……"

"你们是无政府主义者？"

挂着手杖的黑衬衫青年用力地回答："对！"

"我们家从没有来过无政府主义者，我也是第一次见呢……"

伸子想起了在哪里看到过的一个说法。

"你们是来'征收'的吧？"

强迫别人捐款的行为，在无政府主义者口中叫作"征收"，有掠夺的意思。

三个青年用一身污垢来显示正值青春的自己无所畏惧，此刻却因为伸子的这句话而动摇了。

"那你这不是知道我们来干什么吗？"

挂着手杖的那个人一副挑衅的样子，朝伸子抬起下巴。

"一看就看得出来……"伸子想了想，又说，"不过，我还是有点不明白。"

她拢了一把紫色薄毛呢围裙，双膝并拢，坐在玄关通往榻榻米房间的入口门槛上。

"你们为什么会突然到外面来提出这个要求呢？"

"这不是明摆着的吗？现在这个社会逼得我们都活不下去

了。"

尽管他说得没错，但是伸子自己又是凭什么在这个社会上立足的呢？如今的伸子是一名作家。在女性似乎根本不用为生存尽任何责任和义务的世道里，她靠自己的工作养活了自己。

"因为现在的日本社会变成了这样，所以你们这些青年人就只能靠劫富济贫来生活？"

"对，没错。"

"……那我还是不敢苟同。"

伸子认真地思考着，盯着三个满是污垢的年轻面庞说："人的一生其实很长，而社会的不公也会一直持续下去。如果只会劫富济贫，每天靠别人的钱财来生活……那么到了最后，什么问题也解决不了……"

拿着手杖的青年沉默了，怒瞥了伸子一眼。接着，衬衫外面套着和裤子不搭的上衣的一个青年，头发乱挠一通，晃着身体说了一句："真啰唆！你要是明白的话，就少废话，把钱拿出来呗。"

闻言，伸子的怒气一下子涌了上来。

"你们这种行为，和敲诈有什么两样呢？要是乞丐来了，我二话不说就会给钱。但是你们不是乞丐，对吧？你们至少还有自己的立场、信仰，好好回去讨论一下你们要坚守的所谓主义，拿出点干劲来！要是来敲诈的，就请回吧。对这种跑来敲诈威胁的人，我们家可一分钱也没有……"

拄着手杖的青年赶紧说："你先别生气嘛。"

他的嘴角露出一丝微笑，一时间，双方都没有再说什么，只是相互看着对方。伸子凝视着面前这群蓬头垢面、身穿罩衫的年轻人，渐渐发觉他们其实也没有什么坚定的信仰。至少在这三张稚嫩的脸上，丝毫看不出他们为了什么而苦恼。也许他们只是习惯了每天过这样的生活，被别人视作街上的垃圾。偶尔有人觉得他们太麻烦的时候就给点钱，然后再毫不留情地驱赶出去。恐怕他们对这样的事情也司空见惯了。想到这里，伸子感受到了社会的凉薄和无情。

心情平复下来之后，伸子带着几分打趣的口吻说："哎呀，你们好像走错地方了呀。我就是个靠笔杆子讨生活的，怎么可能有钱呢？而且你们自己有了困难，就想要不劳而获，我可帮不了你们。"

刚才摇摇晃晃的那个青年从鼻子里哼了一声，嘲笑她："你这是诡辩。"

伸子再次陷入了沉默。她并不认为自己是在狡辩。伸子内心的惊讶和疑惑开始逐渐蔓延。既然这些青年能够忍得住自己受屈辱，那么他们为什么不能为了生活去找一份工作呢？伸子依旧沉默，端详着三张面孔。她回想起读完克鲁泡特金[1]的《一个革命者的回忆》之后的一些感悟。克鲁泡特金是不是无政府主义者呢？伸子反复读了好几遍他写的《俄国文学史》。那篇文章赞扬了一种为了获得更好的人生而不断奋进的意志。无论是他的人生还是文学作品，都充满了对这种精神真与美的高度赞美。由此看来，

1　彼得·阿列克谢耶维奇·克鲁泡特金（1842—1921），俄国地理学家，无政府主义的重要代表人物。——译者注

克鲁泡特金确实是一个无政府主义者。如今，伸子看着眼前这三个年轻的男青年，他们来自天南海北，那副农家孩子的相貌也各自相异，但三个人都习惯了似的，虚张声势地盯着她。而伸子觉得，他们只是自称无政府主义者的一群人而已。

伸子客气地对他们说："请对你们的同伴说，到佐佐伸子家里是要不到钱的。"

她回到屋里，拿了一些零钱出来。

"抱歉了，这点钱给你们拿去坐电车，数目刚好。"

那是三人份的郊区电车和市内电车往返票钱。伸子只给了这些。挂着手杖的青年默默地接了过去，然后说了一声："都跟我走吧。"

在他的催促下，另外两个青年走了出去，而他走在最后，顺手关上了格子大门。

那个青年让伙伴先出去，不慌不忙，随后稀松平常地关上门离开——这一幕在伸子心中留下了深刻的印象：他们三人都不比自己年轻多少，还是未经琢磨的璞玉，没有清晰地分辨善与恶的能力。难道只有他们一知半解吗？这么说起来，伸子也是一知半解，她完全不理解三个青年所谓的无政府主义的做派。但是他们又应该怎么做呢？直觉告诉她，仅仅教育他们要好好工作，对于从当下的社会中诞生出来的他们那样的心理，并不是全部的解答。

伸子想起早上给佐佐家打电话的事情，围绕着前崎的别墅，多计代和自己之间存在感情上的隔阂。关于社会上的贫富差距，伸子也不同意多计代的看法，认为那是理所当然的。但是，她也并不认为像刚才打道回府的那群自称无政府主义者的人那样，只是从有的人手里将钱物抢夺过来转交给没有的人，就可以立马改变如今不断加剧贫富差距的社会机制。伸子内心不认同任何一边。她在思考，比起上面两种态度，有没有更加光明正大且富有远见的方法。一直在思索这个问题的伸子怎么也想不到，自己竟然成了被"征收"的对象，这不禁让她感到矛盾，又有一种隐隐的苦涩和荒谬。

伸子又想起一个自己经常遭人诟病的说法，说她从来没有缺衣少食过，没有品尝过贫穷的滋味。刚才的三个青年估计也是听到了这个传闻，才想来一探究竟的。

平时伸子并不在乎别人那样说自己的坏话。自己确实衣食无忧地长大，但是她也一直坚信，这个偶然的事实并不就如某些人所说，直接等同于她不了解人生。没有受过穷，也并不能说明她只会看低别人。如果不是这样，那么自古以来，人们又为什么会怀着善意和热情，与贫困所带来的不幸和黑暗做斗争呢？提到乌托邦，人们首先想到的就是一个彻底消除贫困的社会。

无产阶级、普罗列塔利亚[1]这样的词也频频出现在文学领域，伸子在报纸和杂志上经常看到这些字眼。几年前，吉野作造[2]在帝国大学主办的演讲大会上提起了圣西门和傅立叶[3]。当时还是

---

1 Proletarier，德语，意为无产者、工人。

2 吉野作造（1878—1933），日本大正时代的政治学者、思想家，日本大正民主运动的发起人。——译者注

3 圣西门和傅立叶都是乌托邦社会主义思想的代表人物。——译者注

个女学生的伸子听得津津有味，还认真地记了笔记。那之后又过了一段时间，无产阶级、普罗列塔利亚就成了人尽皆知的词语。伸子知道现在社会上把贫苦百姓和劳动者都称作无产阶级、普罗列塔利亚，但她无法理解的是，自己既不是有钱人，生活也是自食其力，可刚才回去的那群人为什么会把她划到和无产阶级相对的阵营里。尽管没有出生在一个劳动者的家庭，不需要节衣缩食，但是伸子不认为自己想要过上好生活，就必须在那些人面前唯唯诺诺，感到耻辱。

合上紫色薄毛呢和服的前襟，专注于思考的伸子依旧坐在门槛上，没有注意到身后的拉门拉开了一条缝。接着，门一下子被拉开，素子担忧地大叫一声："小伸！"

伸子吓了一跳，转身去看。

"怎么啦？"

伸子抬起头回答："没什么。"

"他们回去了？"

"嗯。"

"小伸太厉害了，把他们骂得狗血淋头。"

听到这句话，伸子颇感意外："……你觉得我在骂他们？"

"也不算是吧……你也没有装腔作势，不过那些人竟然跑到别人家里威胁……"

"他们也许一开始并没有想从咱们这里捞到什么……"

两个人坐回了走廊的藤椅上。

"那就好，太好了。如果他们老是来，就麻烦了。"

在素子和伸子的生活中，伸子就像一个怕事的孩子。走夜路呀，奇怪的蘑菇呀，毛毛虫呀，受伤或者死人、怪谈之类的，她都感到害怕。但是，每次半夜听到奇怪的动静，或者像今天这样有来者不善的访客，素子就只会原地不动地义愤填膺，反倒轮到其他时候胆小懦弱的伸子出面。

虽然素子说应该把那三个人轰出去之类的话，但是伸子与那三个脏兮兮的青年面对面交流之后，察觉到他们俄式衬衫下面饿得咕噜叫的肚子，闻到了年轻男人身上的体味，最后她并没有驱赶他们。他们给伸子留下了一些东西。那些东西是伸子她们过往的生活中从未有过的一种刺激。

素子用安慰伸子的语气说："……不速之客都走啦。萩饼也做好了，你想在哪里吃？"

"就在这儿吃吧。"伸子拿起筷子慢条斯理地吃着盘子里的萩饼，说道，"不知道为什么，感觉有点怪。大家也会有这种感觉吗？"

"……嗯？啊，你是说那些人会找到家里来？"

"嗯。"

"……别人大概会觉得那些人就像在收税。"

"是吧……"

关东大地震发生的那年初夏，有个叫武岛裕吉[1]的著名文学家在轻井泽和情人一起上吊自杀了。他是一个人道主义作家，也

1　现实中指的是日本知名小说家有岛武郎（1878—1923），白桦派代表人物。

组织过无产阶级运动，后来把自己在北海道的农场免费分给当地的佃农。

伸子几乎读过他全部的作品。虽然内容丰富，但是伸子并不喜欢那种感伤的情感基调。特别是在他死后才发表出来的、他写给女友的那些书信，矫揉造作到令她吃惊。那个作家自杀的时候，正值伸子和佃的婚姻生活亮起红灯，他的死给了伸子很大的冲击。当时的伸子将武岛裕吉的死亡仅归咎于他的性格、感情生活和贵族式的环境之间的矛盾上面。如今伸子想起来，武岛裕吉在作品中不止一次抒发过自己站在前来讨要钱财的那些人的角度产生的感想。她已经记不起来具体写了怎样的文句，但是印象中确实读到过。

伸子全神贯注地将盘子里的萩饼切成好几份，却忘了吃。素子有些奇怪地看着她。伸子并不赞成武岛裕吉的生活方式以及他的死法。此时她却在心里联想到他，这让她觉得有些不愉快。

十五

"小伸……你不是约好了要去动坂吗？"

"也谈不上约好了……"

星期天一大早，素子就提醒伸子。

"那你就去吧。"

"啊……但是去了也……"

"你就去弹弹琴也好。"

素子让她回动坂是有理由的。周六浅原蕗子来上俄语课的时候，素子跟她说起最近发生的稀奇事，将前些天三个蓬头垢面的青年来访的事情告诉了她。然后蕗子面不改色，表情沉着地看向素子和伸子问道："你们两位，是谁出去应对的？"

"那当然是小伸咯，反正我只是个无名小卒。"

"给他们钱了？"

"怎么可能给呢！咱们家小伸义正词严地拒绝了。"

蕗子微微一笑，看着伸子。伸子也静静地回望她说道："这也不仅仅是给不给钱的问题吧？"

看到伸子把目光集中在自己身上，蕗子表示："确实如此。"

"这简直可以说是小伸的一次英勇事迹嘛。"

"……"

被素子这么一说,伸子有些无言以对,感到不快。

那之后,素子认为伸子总是有点神经紧张,所以才怂恿她回动坂的娘家看看,换换心情。

到了周一,伸子给在八重洲町[1]的事务所上班的泰造打了电话,接近中午的时候出了门。在一群热爱英式料理的食客的援助下,事务所附近那时开了一家小巧别致的餐馆。伸子准备中午约父亲在那家店吃饭。

到了泰造那里,由于他还在工作走不开,伸子就被带到了事务所办公室。在一堆堆大理石、铰链样品旁边有一个高高的文件柜,泰造在桌子上将建筑图纸铺开,正在查找什么。他穿着一件晨礼服,左手的手指捏住眼镜腿,聚精会神地看着图纸。身旁还有一个身穿发白衬衣的年轻人,他双肘撑着桌子,正在解释着什么。伸子进去之后,穿衬衣的人换了个姿势,礼貌地向她问好,但是伸子并不认识他。刚刚在事务所的门厅里,伸子和几个出去吃饭的人擦肩而过时,那几个人也都对伸子打了招呼。但是其中伸子能认出来的,也就只有那么两三个人而已。自从事务所从伸通[2]搬到这边并扩大了规模之后,伸子几乎没来过父亲工作的地方。素昧平生的人们就因为她是泰造的家人而对她毕恭毕敬,这

---

1 位于东京都中央区。

2 东京都千代田区的一条街道。

让伸子非常不自在。

看完图纸之后，泰造对伸子说："那咱们走吧。"

泰造和一个下巴上长着一颗巨大黑痣的员工说要接待一下来客，便带着女儿急匆匆离开了事务所，走到电梯前面。他身材矮胖，动作却异常敏捷，伸子赶紧跟了上去，问道："母亲她还好吗？"

她本来就是想要询问母亲的近况才来的。

"她啊，最近晚上都睡得挺踏实的，看样子没什么事了。"

"父亲，你们现在一直住在那边吗？"

"住在那边心里很舒坦，也不错。一走出车站，空气都不一样。而且最重要的是，早上一起床，心情特别好。我前几天还在阳台上脱光了衣服晒日光浴呢。"

"家里没有来客人？"

"谁也不接待。不是为了清静，也不用去那么远的地方了。去那边要坐很久的火车，正好避免有人过去打扰。平时我大概七点多才到家。"

吃饭的时候，伸子半开玩笑地问："我想起来一件事，父亲，前崎的那个发动机怎么样了？水泵可以用了吗？没有再出什么问题吧。"

"嗯，已经没问题了。"泰造像是吃过了一番苦头似的认真回答，"因为装水泵的人算错了，后来换了一台两马力[1]的，

---

1 功率单位，1 马力 ≈0.75 千瓦。

终于可以用了。一开始我就跟他们说过，不用那个可能根本就不行……"

回事务所之前，泰造去丸之内大厦买了一瓶剃须后用的爽肤水。

"前崎那边还缺什么吗？我一会儿要回一趟动坂，如果需要我拿点什么就告诉我。"

"什么也不缺。"

泰造照常踩着响亮的脚步，在一家横滨盆景店里转了一圈，似乎没有找到想要找的东西。

"没有吗？"

"今天也没找到啊。我想在前崎玄关外面的花坛里种玫瑰花……"

说起玫瑰花，伸子想起自己在父亲生日那天带到家里去的黄色和白色玫瑰。接着她也想起了越智。

"母亲想住到什么时候回来……"

"她这次倒是挺安稳的，能多住几天也好。"

"肯定还是你们两个人住在一起比较好。母亲也可以放心了。一直待在东京的话，您总是那么忙可不行呀。"

伸子和泰造在事务所大楼前道别，直接去了动坂。

刚要进门，伸子就听到了钢琴的声音。绕到便门，从女佣房间的窗外路过的时候，有人看到了她。

"哎呀！伸子小姐回来了。"

她听到有人急匆匆地在用硬邦邦的纸包着什么，发出沙沙声，门"啪嗒"一声关上了。伸子直接进了房子，推开传出钢琴声的客厅门。她本来以为是和一郎在独自弹琴，却没想到飘窗下面的沙发上坐着表妹小枝。钢琴边上，和一郎的朋友松浦穿着一身学生服，正站在那里给他翻乐谱。小桌子上凌乱地摆放着红茶茶杯和已经空无一物的点心盘。

"哎呀，这不是小伸姐嘛！"

小枝明年就要从女校毕业了，已经出落得亭亭玉立。

"好久不见了！"

"哎呀，你来了呀。"

和一郎也是一身学生服。松浦原本就是一板一眼的人，他也恭恭敬敬地打了个招呼。

这样一个周一的午后，客厅里的这番场景是伸子没有想象到的。从打开的飘窗一直到大理石装饰雕刻的两旁，几根繁茂枫树的枝丫几乎像是要把身子探进来似的。站在窗前的小枝面若桃花，在纯白衬衣的衬托下更显青春洋溢。充满朝气的小枝在这群年轻人中间酝酿出一种自然的气氛。突然落入这种气氛之中的伸子，觉得自己似乎来错了地方。

"小冬怎么样了……"

泰造的妹妹，也就是小枝的母亲去世之后，小枝的姐姐冬子就代替了母亲成为家里的主妇。这些表姐妹中间，伸子与同自己年龄相仿的冬子最亲近。她和佃闹离婚的时候，还拜托当时在镰仓疗养的冬子帮忙在那附近租了一个只有两间房的临时住处，让她在那边暂避了一阵子。

小枝恭恭敬敬地回答她："一切都好。"她没想到会遇上伸子，有些不好意思地朝和一郎投去了目光。和一郎和松浦两个人也不知道哪天会去上学，就那么吊儿郎当地读着书。或许因为他们上的是美术学校，三天打鱼，两天晒网也不是什么稀奇事。

和一郎表现得很自然，弹了一首舒伯特的曲子。松浦刚开始只是轻声吟唱，逐渐也被音乐感染了，尽管声音有些小，却是以准确而朴实的男中音跟着音乐一起唱。和一郎从中学毕业不久，就开始在一桥[1]的上野音乐学校分校学习钢琴。他的听力非常好，但是他只会完成老师认为必要的基本功练习。多计代去见老师的时候，和一郎也因为这一点被老师批评了。尽管和一郎的听力非常精准，但老师说他还是必须经常有规律地练习，否则成不了大器。可回到家里，多计代把这些说给全家人听的时候，反倒批评起那位老师来了。她的理论是这样的：只是有规律地练习，才能是无法发挥出来的；反正就是个分校老师，那种程度的钢琴师说的话能有什么见识。慢慢地，和一郎也就不再去上钢琴课了，最后钢琴仅仅成了他的一项个人爱好。

伸子的主要精力一直用在解决和佃的矛盾上，所以和一郎的情况她是断断续续从多计代那里听到的。多计代的想法和伸子相反，她认为艺术上的才能和天赋大抵不受外界影响。她自己开始学习日本画的时候，也是因为被老师说她画得太一般，然后就放弃了。实际上，她一共只在绢布上画了一幅牡丹写生而已。多计代

1　地名，位于东京都千代田区。

发自内心觉得自己和自己所生的孩子们无一例外，天生就潜藏着一些特别的能力，而在如何发挥这些能力的问题上，只有她本人才最清楚。实际上，即便是伸子，都在竭尽全力对抗母亲的独断专行，处处和她作对，终于在现实中找到了一条适合自己的人生道路。

松浦接连跟唱了几首歌。听了一会儿，伸子觉得有点口渴，起身去餐厅倒茶。通往餐厅的通道上空无一人，面朝走廊的北面腰窗都大开着。用人们真是太不用心了。不仅如此，之前打扫的时候拉开的蕾丝窗帘也没有合上。只有男孩子在家里，确实是收拾得太粗枝大叶了。内侧涂成红色的大寿司桶里只剩下几片用来垫寿司的竹叶。盘子和碗都没有收拾，七零八落地放在中间的大餐桌上。桌子的一边还有两个三越百货送来的细长盒子，上面用绳子缠着一张配送单，像是被谁随手丢在那里一样歪斜地放着。

伸子站在那里注视着屋里的光景，她有了一种异样的感觉。并不只是因为主人不在家导致的冷清气氛，还有一种身处屋舍的空虚感，以及那种空虚背后，被无形的力量控制着的浪费的生活方式，都让伸子觉得不适。

这样的生活是谁造就的，又是由谁在运营呢？刚刚在丸之内一起度过一个多小时的父亲是这个家的主人。如果说这就是父亲的生活，可父亲又与这种生活距离太远了。父亲只是牢牢地把握着自己生活的方向。伸子被那种异样的感觉反复侵袭。这种生活氛围中，比起人与人之间互相牵绊而为了什么目标活下去，不如说是在仰赖什么活着。而关于这个事实，众人似乎毫无意识，很奇怪，像是都没有了自己的人格一般。感受到了这点之后，伸子一瞬间仿佛置于一个无底的深渊，感觉整个世界只剩下了虚无。

为了努力不被空虚感吞噬，伸子的内心涌起一股淡淡的哀伤。上高中的阿保把"Meditation"的纸条贴在自己房间门口，想必他的心情和动机非常微妙，而且也暗合了这个家庭生活的方方面面吧。伸子摇了摇桌上的铃。前些天接电话时只会回答"是的，好"的那个新来的女佣，从门口探进头来。

"请把这里收拾一下……还有，有热水吗？我想喝杯茶。"

"是的。"

"阿保吃过饭了吗？"

"这个嘛……"

"他出去了？"

"是的。"

"那就先收拾一下吧。阿时在不在？"

"是的。"

阿时是专门负责做饭的用人，已经在佐佐家工作两年了。

"那请你告诉她，我今晚在家吃过晚饭再回去。"

"是的。"

四点多钟，阿保回来了。

"哎呀，姐姐也在啊！"

阿保咧开长着浓厚绒毛的上嘴唇，开心地笑了，露出一排细小整齐的白牙。通往客厅的门有一扇被拉到了走廊这里。他把两扇门都敞开，来到客厅。

"上次我来的时候，阿保你也少见地晚回来了呢。杂志办得怎么样了？"

"我们还在商量，也不着急。"

"那就好，办好了记得拿给我看看。"

"嗯，一定给你看。"

伸子去给阿保找点心吃。回到客厅后，她感觉到气氛和刚才有些不同。穿着无领学生服的松浦正在和穿着白色低领学生服的阿保聊天。两个人聊的是布袋木偶剧。阿保似乎想在明年的校园纪念活动上表演布袋木偶戏。高中入学第一年的纪念活动上，也不知节目主题是什么，阿保变装成和尚念起了经，念的内容却是一段法语动词的变化。那时候，这个节目大受好评。个头、身材比哥哥和松浦都大不少的阿保穿着有些局促的裤子，他端端正正地坐在椅子上聊起那段往事。

"是不是 je suis，tu es 这么变的？"

艳子在做作业背诵动词变化表的时候，用小女孩特有的高亢嗓音喊读过。伸子模仿她当时的样子开玩笑。

"小枝呢？你不用学 je suis 那些吗？"

"我的法语是选修课。"

每天按时上学的阿保回家之后，三个年轻人的话题也变了。

阿保只会偶尔弹弹钢琴，唱歌更是完全不会唱。

"去外面玩会儿投接棒球吧？太阳也下山了。"

如果玩这个游戏，阿保也会参与进去。

伸子笑着对小枝说："要是看上哪棵树，也可以爬一爬呀。"

小枝特别喜欢爬树，而且非常擅长。小枝看了看表，又装作不经意地看向和一郎说："我差不多该回去了。"

她站起来，小声对和一郎说了些什么，和一郎也一副要一起出门的样子。

"我正好也要去那边……"

松浦想要追出去，赶紧穿上鞋子跟上。面对他们的背影，伸子说："和一郎，别太晚回来哟。我吃完晚饭就走。"

"好！"

"趁我还没走快回来哦。"

"姐姐，没事的，不用担心。"

他是说一定会回来，还是指家里没关系的意思呢？也不知道他是让伸子别担心什么，三个人就这样一起出去了。个子高挑的小枝走在正中间，百褶短裙下穿着黑色的丝袜。穿学生服的和一郎和松浦走在她两边。一行人行走在石板路上。他们的背影让伸子回想起去过驹泽那个房子的三个青年。和一郎和松浦都剃了圆溜溜的寸头，一身又旧又脏的学生服，戴着学生帽，帽子上面也是污渍。而且，他们口袋里也没有多少钱。但是，这些年轻人和之前那三个人的生活有多么大的不同啊。三个人沿着围墙在石板路上越走越远，已经看不到他们的身影。伸子觉得他们的生活太空虚了。去驹泽的那三个蓬头垢面的年轻人倒是让她感受到了一种充实、新鲜的生活态度，但是同时也有如纸老虎一般空有其表的感觉。

　　阿保来到走廊的衣橱前面，慢条斯理地换上藏青底碎白花纹的窄袖和服。他洗干净了手和脸，回到仍在客厅的伸子身边。

　　"阿保你今天忙不忙？"

　　"不太忙。"

　　"那晚饭之前陪我说会儿话吧？我今天会早点回去。"

　　"正好，我今天晚上还有点事情要做……"

　　伸子很关注阿保和同学们一起办的杂志。

　　"你的和一郎哥哥中学四年级的时候也办过杂志，不过很快就不办了……你是和哪些朋友一起办的？"

　　"只有三四个人……大家挺合得来，就说好一起办了。"

　　"都是什么样的人？"

　　"……都是姐姐不认识的人吧。"阿保思考了一下说，"姐姐，你知道东大路吗？外交官家出身的小孩，果然愿意一起办杂志。"

　　说起来，东大路笃治是一位人道主义作家，还是一个特立独行的人。最近，他在九州的深山里建了一座理想村庄，将一条河中间的岩石命名为罗丹岩。杂志上还刊登了他倚靠在罗丹岩上摆出罗汉造型的照片。

　　"那个人是姑父的学生吧？"

　　伸子对东大路建立如此空想出来的理想村，将一群人聚集到自己身边的行为抱有疑问。

　　"我认为这也并没有特别大的关系……我们这次办杂志，并不是为了什么主义之类的。"

这一点从阿保日常的行事做派就能推断出来。

"你说得对……不过……怎么说呢，一般杂志都要有个明确的办刊方针嘛。"

"我们不是为了向别人展示、炫耀什么，就是想挖掘自己内心的真正想法，摸着良心写一些东西。"

"杂志名叫什么，定好了吗？"

阿保摇摇头："还没。"

"只有你们三四个人一起执笔？"

"我们的打算是这样的。"

"不会刊登别人的文章吗？"

"当然也接受投稿……"

阿保习惯性地一边轻晃着藏青底碎白花纹宽松和服下面的俩膝盖，一边抬起柔软厚实的上眼皮，眼睛朝上方看着说："大家都特别热衷于激烈的辩论，好像非要赢过对方不可……"

"……"

"前阵子，大家都说我是个傻瓜。"

从阿保的声音里，几乎听不出他对朋友的反抗，反而充满了无言以对的悲伤。伸子不由自主地注视着他的脸，关切地问道："为什么？"

"因为我总是在中间调停，他们说我天生就是个调停派……"

"那他们就叫你傻瓜？"

"似乎就是因为这个。"

阿保脸上没有一点讽刺的意思，肯定地点了点头。

"调停派……"

对于不了解社会运动历史的伸子而言，自然不懂高中生说这句话是什么意思。但是从字面上判断，她还是大概能够理解调停的含义……

"阿保，你那么热衷于调停吗？"伸子微笑着提问。

阿保带着几分困惑说："我也没想那样，不知不觉就……"

"如果你仔细听取双方的意见，发现要是他们不是简单地为了赢过对方的话，其实双方都有些道理。"

"也许确实是那样……"

伸子的脸色变了。阿保身上那种令人难以理解的对于"公平"的执着又出现了。

"因为辩论这种事，都是围绕某个问题，为了将这个问题弄清楚才争论的，不是吗？所以，各种各样的论点其实都有自己的道理，我们不应该把注意力放在这上面吗？如何正确地处理、合理地解释那个中心议题才是辩论的关键吧。"

"嗯。"

"所以啊，在得出正确的结论以前，也会出现一些错误的推论嘛，把这些错误抛弃掉就行了。你总是强调大家都有道理，这就有些奇怪了……你不觉得吗？"

"……"

"如果阿保在别人争论的时候站出来说这边也对、那边也对，先不管这样做是不是调停派，总之确实不太妥当。我认为你做错了。"

阿保的膝盖晃得更厉害了。然后，那对平坦的上眼皮下面朝伸子射来两道凝缩了痛苦情绪的视线。阿保的眼神几乎已经带着愤怒。

"我认为他们都叫我傻瓜，这是种暴力霸凌行为。"

"……"

话题会朝这个方向发展，伸子始料未及。伸子的心中刚才只是次第飘过了"革命""苏联""社会主义"等几个字眼。

"如果说我们的目标是为了人类建设一个更好的社会，为什么必须使用那些暴力呢？我觉得无论怎样，使用暴力都是非常不好的。"

阿保像是在声讨似的继续道："为了做一件好事，却要先做一件坏事，这简直就是自相矛盾。错误的东西无论怎么使用都是不对的。"

果然如此，伸子想道。就连阿保与同伴们谈论的话题，都要比伸子能想到的更加深远和沉重。现在不仅是联合罢课的第二高中的学生们，大家其实都在讨论这些问题。伸子对那些青年陡然生出一些艳羡之情。如今这些问题似乎还持续存在。

阿保反复说道："我是搞不懂他们。我觉得为了做好事，就应该采用好的方法。"

好的方法……好的方法……从她和佃的生活开始破裂，一直到他们离婚的几年里，伸子为了找到那个所谓的"好的方法"而吃尽了苦头。伸子既善良又软弱，她想用一种和平的手段解决佃和自己之间的矛盾。即便她尽可能做到没有伤害到任何一方地结束了这段失败的婚姻，但她还是想给这场原本始于爱情的生活画上一个完美的句号。即便有过悲伤，但为了达到美好和谐的局面，她曾经煞费苦心。然而在现实中，这是不可能实现的。最终佃还是对伸子充满了仇恨，伸子也对佃感到厌恶。如果不到这个地步就无法解决问题。如果说两人不必那样互相撕扯就能补救他们的婚姻，那么最初佃和伸子的生活就不会出现那么严重的分歧。伸子由于恐惧而闭上了双眼，冒冒失失、自顾自地将自己从佃的生活中剥离出来。现在一切都已经结束，过去了好多年，伸子终于深刻理解了。就算是夫妻之间的冲突，如果原因出在本质问题，那就绝不可能通情达理地解决干净。如果夫妻双方都通情达理，问题可以轻而易举地解决，那么应该是由于从一开始就没有那么严重的冲突，能够相互理解。伸子认为，离婚这种事也是一种暴力行为。所以在这层意义上，也许她就觉得自己是一个付诸暴力的坏人。伸子认为自己那样做是无可避免的，而且自己正是通过走上这条道路，才得以迎来崭新的生活，所以她并不否定自己做过的事情，也问心无愧。

伸子自己真实的感受正好可以回答阿保的问题。

"我虽然搞不清很多事情，但是说到好的方法……阿保认为的好的方法是什么样的呢？"

"绝对正确的方法。"

伸子心中出现了新的担忧。阿保为什么总是对所有事情都要求那么绝对呢？

"绝对正确的方法，就是好的方法吗……"

伸子的语气带着些许困惑和不太确定的意思。她用余光瞥了一眼阿保，自言自语道："任何时候、任何情况下都绝对正确的好方法，真的存在吗？"

问完了，她又开玩笑似的接上一句："这又不是什么药品广告……阿保刚才说，无论辩论什么，各方都有各自的道理，现在又说必须用绝对正确的方法裁决，这两个看上去是相反的，但实际上阿保的思考方式是一样的吧。我不能理解你的想法。"

思考事物时，总是脱离各个具体的问题，凡事都进行抽象分析——阿保这样执拗的思考方式让伸子感到不安。

"阿保，刚才的话你和越智先生说过吗？"

"说过一点。"

"他说了什么？"

"他说我思考的方式很纯粹。"

"……"

纯粹！他简直就是为了逃避责任一派胡言！伸子对越智的怒火又增加了。为何青年人为了讨论自己的生存问题而进行辩论——越智不是那种会真心实意地去了解他们这份热情的人。他的能力有限，只会把现代青年那样不断的争论当作问题来看。

伸子不甘心地说："你要立即停止和越智先生那种人交往了，阿保。"

越智曾说伸子对于自己的生活态度是为了破坏而去破坏，在多计代面前提出这样的偏见。伸子不会原谅他的。越智现在对多计代是什么样的态度呢？经过了那件事情，他还能说自己没有伤害到纯粹的阿保，也没有玷污周围一切单纯的人际关系吗？

伸子抓住阿保的肩膀说："被那种人说这讲那的，他以为自己是谁啊？真是胡说八道。他实在是……"

"伪善"两个字到嘴边了，但伸子说不出口，只是一直盯着阿保的眼睛。对于伸子刚刚有些过激的发言，阿保既没有明显的反感，也没有表现出一点好奇心，只是表情平静地听她说着。按伸子的脾气，弟弟那样的反应让她百爪挠心。阿保平时也是这样一脸虚心地听别人说话，但是他绝对不会向对方敞开自己的心扉。伸子对他说的每一件事，他都一边听着，一边严格过滤内容。可以说他一直在控制自己，不让自己的情绪产生波动。面对这样的阿保，伸子的内心开始急躁起来，就像要从一个狭窄的瓶口把油一滴一滴地倒出来一样，令她感到喘不上气。

"阿保呀，"伸子把手搭在弟弟的膝盖上，语重心长地说，"你总说什么好事好事的，但是这个世界上有可能存在那种永恒不变的绝对真理吗？生活在不断变化着……新的情况也层出不穷……所谓好事，是要你去否定你所知道的坏事，努力让坏事消失。在这过程中，好事才会出现。无论何时都是如此，这就是现实……"

伸子也随着自己的一步步阐释，更加认清了现实。确实！时光流逝皆如此。好的事情往往是在和坏的事情斗争的过程中被创造出来的。

"如果无法移开错误的力量，那要怎样捍卫正义呢？如果你的右脸被扇了一巴掌，就要把左脸给对方吗？我是不会这么做的，阿保你呢？"

"如果是那种情况，我也不会把左脸伸过去。"

"对吧？就是这个理……"

不过，阿保的内心却顽固地认为也会有例外的情况。伸子非常了解他。

伸子感觉自己说得越多，越像是在迎合阿保那种匪夷所思的、喜欢抽象思考的习惯，她就会变得越来越急躁。即使她表示自己否定那种思考方式，其实也同样是在说一桩抽象的事情——更加说不通了！就像对牛弹琴。伸子希望可以和阿保进行一次坦露心声的对谈，一起聊聊人生。她想要把握阿保深藏的本性，一口气破除围绕在表面的那些暧昧不清的东西，那才是阿保需要做到的事。

那些东西是什么呢？伸子只能从他们自己的生活环境去找原因。关于越智和母亲之间不正常的关系，伸子没有勇气向阿保提及。既然如此，像今天这样，哥哥在美丽的小枝周围营造出了某种氛围，没有女生朋友的弟弟阿保会怎么想呢？伸子自然可以体会到阿保微妙的心情。和一郎的性格与阿保正相反，他越来越悠闲自得、无拘无束。正是因为从弟弟阿保那里感受到了压迫感，他才在这个家里坐立不安。如果阿保知道这些，他又会怎么想呢……

客厅里完全暗淡下来。绿叶边缘的微光，向紫檀方桌的一角和白瓷烟灰缸边沿反射出一抹细窄的光亮。阿保深深地坐在里侧的椅子上。从伸子这边看过去，几乎看不清他的脸。窗边的伸子在逆光下浮现出一个模糊的身影。姐弟二人在没有开灯的房间里就这么坐着。自己无法让弟弟敞开心扉，而伸子又不愿意承认这一点，内心十分矛盾……

十六

多计代在前崎别墅里住了二十多天。六月的最后几天，伸子收到了多计代寄来的加急明信片，上面用难以辨认的草书写着：你最爱吃的美食还有。每次去前崎，多计代都会买国府津[1]的鱼糕回来。

伸子在客厅里一边看明信片，一边对素子说："好像要带鱼糕回来。"

"说起那里的鱼糕，好吃是好吃，但是感觉就像是拾人牙慧。"素子又带着批判的口吻说，"而且一尝就知道是动坂那边的人喜欢的口味。"

动坂的家里就没有什么古朴、精致的东西。多计代对衣着的品位也平平无奇，在装饰的花纹方面大都会选择竖条纹，而作为女儿的伸子则喜欢细碎的不规则纹饰。在这一点上，母女二人大不相同。

一到动坂的家里，进了玄关，马上就能感觉到母亲已经回来

---

1 位于日本神奈川县小田原市东部。——译者注

了。伸子自己都有点吃惊。总觉得房子哪里的气氛有一种说不上来的紧张感。而之前母亲不在家，伸子来这儿时那种空气舒畅的感受，现在已经完全没有了。家中不同往日，弥漫着一股平静。估计是因为多计代从前崎回来之后，心境也变得平和了。伸子心情雀跃，来到餐厅。大餐桌正对面多计代的座位空着，上面只有一个紫色的坐垫。

伸子大声说："有人吗？"然后朝走廊深处走去，"母亲，您在哪儿？"

"你来啦？我在这里。"

多计代的声音从楼梯下面的日式小房间里传出来。那是一个用三尺[1]宽的茶室风格隔扇分割出来的空间，约四帖半大，里面放着多计代的衣柜和梳妆台。全家只有这里有一个被炉，现在也已经不用了。

"我能进来吗？"

"嗯。"

拉开纸拉门，多计代正坐在梳妆台前，像是刚刚梳完了头。她背后披了一块白布，用梳子整理着头发。蓬松的刘海中间放进了一个假发托，身边摊放着一张用于发托整形的报纸。一个女人独自在小房间里气定神闲地梳理头发，目睹这一场景令伸子觉得非常难得。

"那我坐下了？"

1　日本度量衡制中，1 尺 ≈30.3 厘米。

"嗯嗯。"

多计代把报纸叠起来，在梳妆台旁边腾出一个能让伸子坐的位置。

"明信片我收到了，鱼糕还有吗？"

"我特意给小伸留了一块。"

"真的呀，谢谢您。"

多计代给越来越醒目的几根白发涂上黑色发油，将它们隐藏起来。刚梳完头发的手指上面到处沾着黑色的发油，耳朵上也留下了掠过的黑色痕迹。伸子拿起旁边的卫生纸为母亲擦去耳朵上的黑色墨迹。

"在前崎住得舒服吗？我前段时间去事务所见了父亲一面，他说您过得很好。"

"那几天啊，每天晚上都能看到海上排成一排的渔火，像是在抓什么鱼，那光景美极了。"

伸子带着复杂的口吻问道："去待了几天，好多了吧？"

多计代感觉理所当然似的回应道："刚去的三四天确实睡不好……现在觉得还是那边好呀。这么说起来，小伸你还记得那里有个木材厂吧？就在'键半'的后面……"

面对着古老的东海道，前崎能俯瞰大海的小山坡上有一家叫键半的杂货店。杂货店里卖木炭、味噌、酱油之类的生活用品。

"我记得呀，就在橘子林的旁边。"

"那里着火了！"

"那还真少见……用海水灭火了吗？"

"用渔村里的手压式水泵灭的火，真是挺吓人的。"

多计代把梳子放进抽屉里，拿出她一直插在发束中间的那个装饰着石榴石的玳瑁发卡，然后用揉过的纸仔细擦拭。正午刚过，明亮的阳光照进房间，发卡上镶嵌的石榴石透出深红色的光芒，异常美丽。伸子望着安静地梳妆、擦拭发饰的多计代，敏锐地觉察到她从前崎回来之后，已经越过了一道感情的险峰。她对伸子的态度也变得温和了。多计代之前的激情像是在疯狂燃烧的野火上躁动的空气一样摇曳不定，而现在，她脸上那种亢奋的表情已经平息，沉静、顺滑的面颊带着几分苍白。伸子从侧面凝视着母亲专注于擦拭发卡的表情，还有她那垂下的浓密睫毛。

"……那件事，您考虑得怎么样了？"

像是一片树叶毫无预兆地突然掉落下来，伸子直接抛出了这个问题。

"我还是很介意。"

多计代用右手拿起擦拭干净的发卡，高高地抬起左胳膊按住发髻，将发卡插在盘发的正中间。她面向镜子，挺起胸，耐心细致地插好发卡，并没有看向伸子，而是又仔细审视了一遍镜子里的发型。

"男人啊……"她检查着前额的发丝，一边继续整理，一边抬头看着镜子，"为什么会那么卑鄙呢！"

伸子沉默了，她屏住呼吸，有些惶恐地看向母亲。

"一旦做了那种事，真有个闪失，就于事无补了……"

那种事是指越智说了些什么吗？伸子并没有继续问她，但是也不难猜到。那时候越智提出的要求，至少在多计代看来，是必须和他结婚才可以做的。

"这段时间您从前崎回来过吗？"

多计代和越智之间是什么时候决裂的呢？

"没有，一直都没回来。"

"……"

多计代的行为比伸子想象得更加激烈。伸子之前推测，她是为了躲避越智才去了前崎的别墅，在那里考虑清楚之后就回来了。但是实际上，多计代的做法要比伸子想象的直来直去得多。对伸子坦白自己想和越智结婚的事情之后，第二天或者第三天，她一定又去和越智见面了。在午后空无一人的研究室，那个飘着细细尘埃、无味干燥的房间里，盛装打扮的多计代浑身散发馨香，追问戴着无框眼镜、胆小怕事的越智。一想到这副情景，伸子的眼泪就涌了上来。她能清楚地想象到当时越智的慌乱和胆怯。他担心承受自己根本无力承担的责任，一定也没有尊重多计代的单纯无瑕。伸子的眼前仿佛浮现出那副卑劣的表情。越智心目中理想的情人斯坦因夫人只是一个卑贱的宫廷妇女。她住在十八世纪的小城魏玛，作为驯马师的妻子，却能够和当时的宰相、大文豪歌德相恋，夫妻二人竟觉得这是一件值得炫耀的体面事。有些所谓的美谈真的只是愚蠢的流言。

多计代出奇的率真在越智看来，也许是在用一种粗野的方式逼迫他，既无谋略，又有着不符合她年龄的鲁莽。但是伸子觉得这样挺好。而且，从中也能感受到多计代作为女人的威严。

多计代以自己生存的全部重量为赌注，试探出了越智并非可以对她负责的男人的事实。不过，母亲将自己的热情凝聚成灼热的火焰，越是去逼迫越智，越智越会远离，不断地答非所问。想到多计代的希望就这样一点一点幻灭，伸子全身颤抖，她恨不得用自己的手狠狠抽打越智的脸。即便是如此紧迫的情形，面对多计代把满腔的热情像瀑布一样倾注到自己身上，越智也不是那种会因为无法支撑下去而彻底倒下、发出悲鸣的人。他一定还像平时一样，总是一副自我卖弄的狡辩样，不会表现出是自己输了，只是打发走了多计代。恐怕多计代的自尊心实在无法忍受了，所以只能狼狈地躲避……让你不听我的劝——伸子的心中满是酸涩的泪水，这七个字在她内心久久地回荡。

多计代再也没说什么，盖上了梳妆台的蕾丝盖布。蓬松硕大的檐发下，多计代的表情沉稳且安详，却让人感觉到有种蔑视一切的高傲。

那天下午，多计代坐在衣柜前面，拣选着儿子们已经不能穿的衣物，想要拿出来做抹布。伸子坐在一旁，观赏着这难得一见的场面。几个月以来，家里这些琐碎的事情都入不了多计代的眼。此刻从她做着家务的表情里，伸子终于看到她决定履行自己义务的决心。她仔仔细细地，非常小心地将衣服叠好、分类，话也比平时少了许多。伸子看到她重新找回了为人母的状态，内心被触动了。对越智燃起那股憧憬的火焰，大概是多计代身为一个女人最后的激情吧。那种给生命带来的不安和激荡，都被越智的自私狭隘和冷漠无情给击碎了。不过，看到母亲明显地流露出轻蔑之情，伸子还是觉得有些可悲。多计代经历了那样强烈的心理斗争，曾经那么认真地犹豫不决，但是本质上她知道，一切还是要回归到现实生活。说白了，就是一个上了年纪的贵妇人虽物质富足，肉体上也能从丈夫那里得到满足，但是由于生活中缺少某些体验而憧憬无比，最后经历了一次失败。如果不是如此，那伸子就无法理解母亲为何对越智表现出了强烈的蔑视。多计代的眼睛里丝毫看不到痛苦和哀伤，伸子替她觉得难过。尽管与她的年龄和处境格格不入，但是多计代身为女性的最后一部分的韶华，终究是燃烧殆尽了。她甚至没有为自己曾经的深情感到悲伤，这正是让伸子最难以接受的。尽管伸子也确实鄙视越智，但她作为第三方，是从一开始就这么看待他的。多计代发现自己的真情被辜负之后，才终于看清了越智的本性。真正应该鄙视的还有她自己，竟然被蒙蔽到这种程度——不知道多计代又是如何在心中接受这个事实的。伸子担心，多计代表面上表现出对越智的鄙视，实则在内心深处对自己充满了失望和哀叹。再加上多计代将自己对越智的鄙视以她的方式，敷衍地来上一句"男人啊"的时候，伸子莫名感到冷酷和恐怖。伸子和佃无法在一起生活，她也没有想过要再次涉足婚姻，但她并没有像多计代那样，给所有男人贴上标签。纵使男人对伸子来说有种自然而然的吸引力，但是想到一个女人成为妻子之后建立起来的家庭，以及其中的男女关系，她却无法自然地适应下去。回归到妻子和母亲身份的多计代现在看似平静，还口口声声抱怨着"男人"，伸子却在心中暗暗担心，说不定母亲哪天又会重蹈覆辙，又想逃离。

多计代用姜黄色的棉布大包袱皮把那些已经没法再穿的衣服包起来，收紧束口。之后会把这些整理出来的旧衣服和衣料都送给与佐佐家交好的乡下老婆婆。老婆婆就把其中可以回收利用的缝补一下给孩子们穿，没法再穿的衣物，就用机器撕成布条，再编成厚垫子，每隔一年给佐佐家送一次。这些垫子可以做浴室的脚垫，也可以放在榻榻米房间的走廊上当地毯。

伸子看着心事重重的母亲，她正一圈一圈地转动着手上晃眼的戒指，最终什么也没说。母亲已经用自己的方式清算了她和越智的情感纠葛。她铁了心，用蔑视的表现来掩饰自己的伤痕。伸子觉得，随着母亲年龄的增长，以及多年贵妇生活的积累，她的脸皮也逐渐厚了起来。但是，这件事对阿保会有什么样的影响呢？伸子还是想知道。他还会像以前那样和越智继续交往吗？她认为，真正受到越智荼毒的其实是阿保年幼的心灵。站在阿保的角度，他会怎么看待多计代因内心受创而陷入痛苦这件事，对他和越智之间关系的影响呢？

多计代的美丽侧脸看上去毅然决然。伸子从那张脸上看不出任何破绽。她想要搜寻母亲的情绪变化，却找不到蛛丝马迹。多计代通过蔑视越智，抬高了自己，并且还有那么一点骄傲。伸子想起父亲的一位朋友曾经说过，阿保是母亲培养出来的"passionate child"（热诚的孩子）。当时多计代听到这句话，脸上的表情十分满足。比起关注阿保的成长变化，对于多计代来说，他永远都是妈妈的"passionate child"。这种心理也已经充分体现了出来。阿保今后会如何成长呢？伸子总觉得如鲠在喉。

伸子此刻才发觉，多计代将自己的问题解决后又恢复自傲的状态，那副样子和总是被忽视的阿保脸上的冷酷表情出奇地相似。

十七

那一阵子，素子的翻译工作基本完成了。从前一年的初夏着手，经过一年的努力，终于完工。这是素子有生以来第一份重大工作，这本书信集在文学史上也是一面反映俄国近代古典作家生活的镜子。尤其是作为莫斯科艺术剧院草创时期的文献，其兼具了深厚的价值和趣味。

还没有确定由哪家出版社来出版。不过，已经完成手头工作的素子心情愉快，她嘴里叼着透明的红色烟斗，在摆着好几摞厚厚原稿的书桌边走来走去。她突然想到什么似的，翻到某一页，然后坐下来修改一两处；或者朝走廊走过去，又走回书桌边翻翻辞典。无论怎么看，总之，她都是一副乐在其中的样子。

伸子特意坐在自己的书桌前一动不动，向满脸喜色的素子问道："你的胃还疼吗？脸色看上去不太好呀。"

"哎呀小伸，你就不要拿我开玩笑了。"素子吐了吐舌头，做了个鬼脸，然后扬起眉毛小声说，"还真是，不疼了！"

"我就说吧，你根本不需要吃药。"

"确实是这么回事呢。"

刚认识伸子的时候，素子经常失眠，还脾胃虚弱，又是吃阿达林[1]，又是喝健胃散，大白天的哈欠连天，小麦色的皮肤也晦暗无光。伸子并不认为安眠药有什么作用，她觉得独身生活的女性不该经常吃那种药。伸子建议素子睡不着也不要吃安眠药，而是用聊天和读书来代替。健胃散也趁着喝完的机会停掉了。那之后过了一阵子，素子就开始做这项翻译工作，白天打哈欠的现象也基本消失了。

伸子望着坐在书桌前的素子，她穿着关西风格的短袖铭仙绸碎花和服，厚厚的头发在脖子下方盘成一个圆发髻。说起已经被素子忘却的哈欠，其实也有它的渊源。素子在私立大学俄文系学习的时候，教授在暑假组织了几个积极性高的学生前往伊豆海边一个偏僻的温泉旅行。他们住在一间朴素的小旅馆里，可以趁着假期一边学习，一边帮教授做翻译。到了暑假快结束的时候，在教授的倡议下，大家一起去大岛的三原山野炊。素子也理所当然地加入他们。

那天海上风浪很大，到了岛上，一行人开始爬三原山。队伍中的年轻女子只有素子一人。没怎么出过海的她感到疲惫，不一会儿就跟不上大部队了，只能坐在登山道旁边的石头上休息。大家都先走一步了，一个青年留下来陪着素子。那个青年毕业于素子的大学，但是他并不是和素子一个专业的。他出身政治系，正在准备高等文官考试。他偶然和这些同学住在同一间旅馆里，于

1　一种催眠、镇静剂。——译者注

是加入到集体中一起自习和参加休闲活动，也包括登山。青年就坐在素子脚边。那顶她去海里游泳时戴的经木真由[1]的宽檐帽，在晚夏强烈的光线下只能遮住脸。穿着白色麻制和服的素子双手胖乎乎的，脚上有一个酒窝。那个穿运动衫的青年横躺着，和她有一搭没一搭地聊着天。素子的心逐渐平静下来，她自然而然地打了一个哈欠，接着又打了一个。等到打第三个哈欠的时候，素子迷迷糊糊，觉得有些狼狈。她不知道自己为什么会打这么多的哈欠，于是想着不要再打了。毕竟一般只有无聊的时候才会打哈欠。如果让身边的青年觉得自己嫌他无聊，那就太没有礼貌了，毕竟自己对这个青年是有好感的。但是素子越是努力不打哈欠，哈欠越是停不下来。青年抬起脸看了一眼素子，刚要开口说什么，素子就打了一个连她自己都没想到的哈欠。她什么都没说，只是流着眼泪、打着哈欠。青年一脸诧异，将视线移开了，她当时明显感受到某些机会已经从两人之间消失了，她大骂道："蠢货！这是怎么回事？我不想打哈欠了！"

她像是想要拼命掐醒自己一样，但哈欠就是停不下来。青年平静地安慰她："你这是累了吧……太累了。"

但是，机不可失，时不再来。

一直不停地打哈欠，身体莫名变得疲倦不堪的素子，后来等到一行人回到石头这里，大家集合之后回了旅馆。

"如果是打嗝的话，听说连续二十四小时打嗝就会出人命。

1　把薄木片裁细之后编成绦带的编织方式。

可要是打哈欠，应该不会这么严重吧？"

出生在奄美大岛、留着浓密胡须的教授面对年轻女孩似乎有些一筹莫展。他回头看看仍然时不时就张开嘴、痛苦地打着哈欠的素子。

"我听说过年轻的姑娘会大笑不止……竟然还有不停打哈欠这种事。"

还没等叫医生，素子的哈欠就停了下来。过了很多年，素子又见到了那个青年。那时是在仙台。青年已经赴任地方官员。素子是自己去拜访他的。她在当地的一家饭店等着青年从工作地点回来。他们还叫了艺伎同席，这是素子出的主意。

素子之所以看似若无其事地去仙台见他，是因为她心中还记得以前在伊豆度过的那个夏天，两个人在三原山发生的事情。她一直惦记着当时因为不停打哈欠而错失的机会，才特地去仙台见他一面。素子担心两人面对面用餐太尴尬，故意将气氛搞得很热烈。当天晚上，青年把素子送回仙台市内的旅馆。在路上，他笑着提起三原山的往事。

"实际上，那时候我是下了很大的决心想要向你求婚的。但是你一直在打哈欠……我实在太惊讶了。"

他一边说着，一边快活地大笑。那件事已经成为两人之间的一个陈年笑话。素子感觉自己第二次，也是永远地失去了机会。青年在仙台工作的时候还是独身一人。但是，他估计无法将一个在饭店等待时叫上艺伎作陪的女性朋友和自己的妻子联系到一起，这也是人之常情。因为这个完全可以理解的原因，素子和他之间万事休矣。

他把帽子拿在手里，对素子说："那就下次再见吧。如果你哪天再去北海道的时候会经过这儿，一定要告诉我。今天谢谢你，我很高兴。"

这是他最后道别的话，素子听得很明白。

伸子是从素子口中知道这件事的。

"北海道……为什么呀？你去北海道了？"

素子很认真地回答："我总不能说专程去的仙台吧。"

"那之后呢？那个人现在在哪里……"

"好像去九州工作了，他给我寄来了明信片。"

"……那你去九州吧？"

素子嘴里叼着红色烟斗说："他已经结婚了。"

她的样子，好像这件事和自己一点关系都没有。

当时在伊豆过暑假的团体里，高年级学生小川丰助也和他们在一起。这次素子的翻译工作告一段落之后，他提出要为她办一场庆功宴。

"小伸，你什么时候方便？"

"啊呀，我和他不怎么熟悉……"

小川丰助翻译过《奥勃洛莫夫》[1]，伸子也读过。当年他和汤岛天神[2]院内一家小饭馆的女人发生纠葛，是素子代他出面把

1　俄国批判现实主义作家冈察洛夫（1812—1891）创作的长篇小说。——译者注
2　日本关东地区三大天满宫之一。

事情摆平了。

"你一个人去不行吗?"

伸子实在懒得去。一方面,她还要写小说;另一方面,一般要去拜访的朋友都是一家之主,伸子想到去了之后还得小心对方妻子的态度,这对她来说是双重的负担。越是和主人聊得起劲,她越是觉得要多顾及夫人的情绪。而且,与对方妻子聊的话题和主人聊的完全不同。伸子又不像素子那样,被认为是"像男人的一方",所以格外吃力。实际上,素子才是那个对饮食和穿着打扮了解得更加详细的一方……

"小伸也一起去吧,好不好?就定十号……"素子手里写着明信片,对伸子说,"小伸你不想出席,根本不是谦虚,而是因为傲慢。所以我就是拖也要把你拖过去。"

约好的那天下午,素子和伸子先到新宿给小川丰助买礼物。

"那就买香烟吧。"

素子在新宿站的月台上边走边做了决定。

"这我自己都不舍得买。"

喜欢抽烟的素子在车站的商店里买了五盒标准包装的威斯敏斯特,其中一盒是给自己的。

素子已经拿定主意给自己买什么了,但她还是东挑西拣,津津有味地翻看着各种外国烟。其间,伸子就看看店里摆着的新书。当天的早报还剩几份,旁边放着一叠《无产者新闻》。伸子虽然听说过这个名字,实物却是第一次看到。其他大报社都是整面刊登广告,将"若本"两个大字纵向排版,或者版面到处是出版商的图书征订广告。而《无产者新闻》却用一整面刊登了一篇有关"东方会议"[1]的报道，其中写道："反对田中义一军阀内阁发动满蒙侵略计划。"另外，还有题为《蒋介石也将讨伐奉军[2]》和《张作霖失势》的报道。合上这份没有几则广告的报纸，伸子的内心被触动了。她将手中的报纸又叠了一下，从小方绸巾里取出一枚五钱的白铜硬币，递给了卖报员。

伸子她们从新宿站侧面坐上了穿过高架桥的电车。小川丰助家在锅屋横町[3]站，街边稍微往里一些的位置。

穿过郊外住宅典型的矮篱墙，墙边角落处有一个朝侧面的简易门，一不小心就会错过。房子是两层的，进门之后右手边有一口井。大门口就对着水井，总让人觉得有点奇怪。而小川丰助就是在这里翻译的《奥勃洛莫夫》，伸子也觉得合情合理。

"你好，有人吗？"

素子在木格子大门前叫了叫门，却没人应答。

"会不会不在家啊？"

她一边说着一边用手去推门，门一下子就开了。

"实在太不小心了，小川先生！是我来了，你在家吗？"

这时候，一个二十四五岁的高个子女人从二楼急匆匆地跑下来，对她们说："欢迎你们，请进。"

她说完就在玄关跪坐下来。之后，小川丰助也从二楼下来了。

1　这里的"东方会议"，是指1927年日本田中义一内阁为讨论侵华政策而召开的会议。

2　北洋军阀张作霖的军事武装力量。因张作霖为奉天人，故名奉军。

3　现位于东京都中野区。

他一只手撑着楼梯口的门楣，把头伸过来张望："哎呀，可把你们盼来了。请坐，请坐。"

他又对第一次见面的伸子重新行了个礼。小川丰助穿着一件印着细密竖条的绉纱单衣，稍稍袒露胸脯，松松垮垮地扎着一条腰带。年龄还不算大，头发倒是早早地秃了。因为青春痘的疤痕而坑坑洼洼的脸上，架着小框银边眼镜，看上去很和善。

她们被带到了二楼书房兼客房里。这个房间里摆放的很多东西都让伸子兴趣盎然。房间的一角放着一台茶色的大书桌。这张桌子她好像在某本书的老铜版插画里见过，同普希金书房的桌子类似。桌腿装有滚轮，还带好多个小抽屉，一看就是来自俄国的老式桌子。墙上挂着以海洋画闻名的画家艾瓦佐夫斯基[1]的一幅复制品，描绘的是暴风雨夜晚的大海。对面比较暗的那面墙上，挂着几天前在现代俄国美术展上售卖的彩印画，画面上是一个身穿红色萨拉凡[2]的年轻胖女人。伸子看到书柜上还有一个仿照俄国复活节彩蛋制作的蛋形装饰品，这个玩具上面用朱漆描绘了细致的图案。

"我能看看这个吗？"问完，伸子便小心地拿起那个彩蛋仔细看着。制作手法和日本的漆器工艺完全不同。红色的蛋正中间有一块椭圆形的灰色背景，上面用纤细的工笔笔法画了一幅在冬

---

1 伊万·艾瓦佐夫斯基（1817—1900），亚美尼亚裔俄国画家，以海洋风景画著称。——译者注
2 俄国妇女的传统民族服装，通常是指在衬衫外面套上的刺绣花纹无袖连衣裙。——译者注

日湖面上驾雪橇游玩的景象。

"所以说嘛，一起过来多好。是不是呀，小伸？"素子和站在书架前的伸子开玩笑，接着对小川丰助说，"她呀，就喜欢待在家里，今天本来也说就让我一个人来呢。"

"真的特别欢迎您。虽然我这里都是些不入流的东西，但是能在日本看到还是挺怀念的……就像是我在哈尔滨时的纪念品……"

刚才迎接二人的年轻女人端了茶水进来。她是小川妻子的妹妹。过了一会儿，门口传来有人进门的声音。

"实在是不好意思了，请恕我招待不周……"

身穿清爽白色棉布单衣的小川妻子买完东西回来了。看着那位妻子，伸子不禁将她和年轻的妹妹做了对比，差别一目了然。小川的妻子个子不高，肤色有点黑，小巧玲珑的脸蛋上妆容精致，一双眼睛里却放射出和小小的身材完全不相符的锐利目光。她看上去很好相处，非常自然地放声大笑，但那双锐利的眼睛里没有一点笑意。伸子无法忽视她的目光。而她的妹妹穿着一件和姐姐的风格截然不同的淡紫色铭仙绸单衣。腰带虽然是人造丝质地的，但上面印着华丽的朱顶红花纹。高大的身材使她的动作带着一种天然的笨拙和敦厚，举止之间也能感受到发自内心的愉悦。妹妹如此放松自然，和坚守主妇身份、刻意做出恭谨客气姿态的姐姐大不相同。在这个家里，以小川丰助为中心，姐妹两人代表截然不同的两种女人。素子之所以离开关西的娘家，也是出于类似的原因。素子的生母是一位肤色黝黑、朴实直爽的家庭主妇。而她的妹妹，也就是后来成为素子继母的小姨，是一个皮肤白皙、身形富态、能歌善舞的女人。

素子赶紧把买来的香烟拿出来，一边吸烟，一边和小川丰助热络地聊起工作上的各种话题。

"我最近翻译了一些稀罕的东西。"

"啊，你是说那位列宁，对吧？"

小川丰助的脸红了一下，用手摸了摸自己的秃头。

"我是受人之托，实在推辞不了。看着也没什么问题，就翻译了。结果一翻译，发现真的挺有趣，比起那些蹩脚的文学作品好多了，特别有意思。"

"不过，那个题目，不是挺文学的嘛。"

伸子也同意她的看法，跟着微笑了一下。前两天在报纸上看到关于小川翻译的列宁著作的广告，题目是《向前一步，退后两步》。伸子觉得有些奇怪，笑着问素子："这是究竟要往哪里去啊？"

素子也笑着回答："这不也是《奥勃洛莫夫》嘛。"

当时她们讨论的就是这本书的题目。

晚饭的餐桌上，小川夫妇拿出了一个四方形的酒瓶。他们在哈尔滨生活的时候用过，是用来装伏特加的。现在酒瓶里面被灌上了葡萄酒。桌子上铺着白色的桌布，摆着一排小酒杯。穿着浅蓝色围裙的妻子在厨房和餐厅之间来来回回忙碌。她妹妹坐在小川和素子之间，为他们夹菜倒酒。

喝了几口葡萄酒，脸色有点发红的素子开玩笑说："你姐姐那么忙，你不去帮帮她？"

结果关着的纸拉门后面传来小川妻子的声音："不用，不用！我一个人没问题……不用客气，请多吃一点……"

她似乎正低着头处理一些需要细致打理的食材。

"我什么也不会……"

妹妹说完，无声地笑了，然后抬起头瞥了一眼小川丰助。小川拿出素子送他的香烟，点上火，夹在右手指间。他啜了一口葡萄酒，仿佛丝毫没有被这样错综复杂的气氛所烦扰。

吃完饭，几个人回到了二楼，小川和素子坐在走廊的藤椅上。

"把这里当阳台，还是挺适合的……"

小川丰助说："到了夏天，哈尔滨附近的别墅才是真的舒服呀。晚上在阳台上乘凉，围坐在俄式烧水壶的旁边，听着吉他弹奏的音乐……"

他沉浸在回忆中，然后突然想起了什么似的，补充道："这么说来，日本的代表似乎已经确定了。"

"哎呀，"素子表情惊讶地追问，"是吗？什么时候？我怎么一点也不知道！"

"好像已经快办好签证了。"

苏维埃俄国即将举行庆祝革命胜利十周年的庆典活动，邀请世界各国的文化代表参加，计划让各国代表在俄国进行为期一个月的参观。春天的时候，这个消息就传得满天飞。

"谁啊？日本代表……"

说到"代表"二字的时候，素子语速慢了下来，带着讥讽的口气。

"大概就是传说的那几个人吧。"

"啊，佐内满、秋山宇一、濑川诚夫，就他们几个呗。"

"好像还有尾田。"

"尾田？！他也是代表？"

素子一边用夹香烟的手捋着自己的下巴，一边仰面笑了起来："这真是太厉害了……是谁决定的？"

"应该是和派来的文化联络员商量之后的结果吧。"

"那就是那个文化联络员有问题。"

小川丰助被素子的气势压住了，一时没说话，过了一会儿才开口："这里面还是有很多方面要考量的……"

习惯操劳，但每次都被排除在隆重场合之外的小川丰助，已经练就了通情达理的姿态。他继续说道："也不能绕开那些来谈判的人，自作主张吧？"

"但是确实不合适啊。既然要选代表，那种人竟然选上了，做日本的文化代表……也太不可思议了。"

素子非要打破砂锅问到底。

"为什么不选登坂老师？在俄国文学研究领域，他和研究戏剧的佐内先生一样，做出的贡献不相上下……尽管他的理论并不是独创的……但是也很不公平啊。"

当初组织素子他们一起去伊豆过暑假的就是登坂教授。

"这么不公平的事情，后辈们为什么不提出反对呢？真是薄情寡义。"

伸子一边听着，一边心想，又是一次司空见惯的操作。如果是外国人遇到这种事，都会先毛遂自荐去当这个代表。不过，作为一国代表，通常也不一定能被本国的所有人民知道本人有那么大的价值。伸子少女时期住在纽约的大学宿舍里，在外国人面前展示茶道呀，插花呀，振袖和服[1]之类的民族特色，但是她对这种方式并不认可。作为真正的人，日本人的精神教养，以及作为世界众多民族之一的日本人的内心，应该有更深层的东西。伸子一直抱着这种想法，所以每次自己作为年轻日本女孩，被要求穿着和服，在领事馆举办的社交聚会上做迎来送往的事情，她都非常厌恶。即便是为了增进国际友好，也不应当只是一味地去适应各国的风俗习惯。外国人之间互相感受一些新的刺激，偏见和刻板印象才会越来越少。换句话说，就是将人们的好奇心引到更为人性化、更易相互理解的事物上。当时还懵懵懂懂的伸子感受到的所谓国际化，就是通过这种方式实现的。

夏日凉爽的黄昏，听着关于远赴苏联的日本代表的种种讨论，伸子的心情有些复杂。俄国这个国家本身的新旧更替就已经够错综复杂了，围绕这个国家的各国人民的善意之中，也掺杂着新与旧的矛盾和各种利害关系。俄国被称作苏维埃俄国，圣彼得堡的名字被更替为列宁格勒之后，伸子对俄国的了解并不比大众知晓的要多。然而，托尔斯泰笔下描绘的俄国生活，契诃夫讲述的俄国情感，还有柴可夫斯基谱写的《悲怆交响曲》、《胡桃夹子》

1　日本和服中最隆重的礼服，一般由未婚女孩穿着。——译者注芭蕾舞剧，以那样的谐调铭刻在世界人民心中的俄国，在成为一个崭新的国家之后，依然具有令人深深惊叹的魅力。能够代表日本应邀去往这样一个国家，既然受到世人的瞩目，也就一定会引来嫉妒和质疑。一群人相互竞争，想要坐上仅有的几个国家代表席位。如果说这样的希望仅仅是出于纯粹的憧憬和学习的欲望，那么这份纯粹无异于童话故事。在日本代表这个年轻国家的这位"老人"——事实上，那位东洋学者既不年轻，似乎对历史的观点也并不开明——同想要代表日本这个落后国家的新面貌而成为国宾的人们一样思想陈腐。他们想要把那些随处可见的陈腐、浅薄的观念，继续在俄国的庆典大会上发扬光大，这将会成为世界历史上从未有过的奇景。也许"观光"这个词将要改变其原有的含义了吧。

素子和伸子刚表示差不多该回去了，突然下起了雨。

"这样的雨一会儿就会停吧。"

素子这么说着，侧耳倾听外面淅淅沥沥的雨声。然而风渐渐变大了，时而吹得二楼关着的玻璃窗也哐哐作响，雨势也越来越大。

"两位要不就住下来吧。"小川妻子殷切建议，"两个人的话没有问题，又是夏天——对了，还有多余的蚊帐哦。"

她们正在犹豫该怎么办，天边突然炸开一声巨雷，像是敲响了一面鼓皮松弛的大鼓。伸子不由得张大了嘴，赶紧从电灯下面溜到了靠墙的地方。

小川妻子的妹妹侧过那张涂了白粉的脸，表情丝毫没有胆怯。她笑着问伸子："您害怕打雷吗？"

"不行，我……"

"实在太不好意思了。"

小川丰助显得不知所措，他一只手撑着额头，就好像作为一家之主的自己应该为打雷负责任似的。见状，就连刚刚吓得花容失色的伸子也笑出了声。那天晚上，伸子和素子一起盖着一条据说是哈尔滨产的浅黄色长毛毯子，在小川丰助的家里留宿了。

十八

为了给翻译好的书稿找到合适的出版社，素子连续出了好几天门。她从车站买了一份晚报，把它折起来遮挡夏天的夕阳，回到家立刻就换了一身浴衣。

"这群傻瓜！"素子大发雷霆，"说什么'要是现代小说的话，出多少本都行'之类的废话。就是因为这样，才出不来好的翻译家！就会追赶潮流……"

在文艺批评界甚至出现了"出版战国时代"这样的说法，各家出版社都在征订本上投入了大量精力，竞争非常激烈。

"现代的东西也有好多没什么意思，就像什么《太阳之根》[1]……"

"对呀！"

前一年，有一个叫皮利尼亚克的俄国新锐作家来到日本。他在秋山宇一和其他几个被称为无产派的艺术家、俄国文学介绍者的陪同下参观了日本，写下了一本游记，后来被翻译成日语，以

---

[1] 实际指的是《日本太阳之根》，俄罗斯文学"白银时代"代表作家、苏联文学奠基人鲍里斯·安德烈耶维奇·皮利尼亚克（1894—1938）的游记作品。

《太阳之根》的书名出版。但是那本书仅仅对了解作者是一位怎样的观察者有点作用，在反映日本现状的问题上，对日本和俄国的读者来说都没有什么意义。里面全是一些变了味的游富士山、赏樱花之类的内容。

素子去过的那些出版社都在讨论之前那个日本代表团出发去俄国的传闻。其中一些内幕也接二连三传到了伸子的耳朵里。听了那些话之后，直令伸子回味起在小川丰助家的二楼时感受到的那种悲哀。

"……放弃吧！"伸子在胸前摆了摆手，"不喜欢的事情做再多次，也不可能变成别人……你只要去就好了！去了，你自己也会明白谎言是行不通的……"

她从椅子上转过身来，对素子说："你是做俄语翻译的，其他就放弃吧，好不好？"

素子似乎是站在正义的一方，从感性的角度出发来批判的，不过伸子还是感觉她有点过于执拗了。

两个人共同居住的这个位于郊外的房子，附近竹丛围绕。进入七月以后，白天也有很多蚊虫。燃烧的蚊香升起一缕细细的白烟，从书桌的桌腿之间飘向草木茂密、一看就是由女住户打理的庭院。天色还不晚，没有要到开灯的时候，伸子在桌子上摊开了前几天在新宿车站买来的《无产者新闻》。这天下午素子出去了，伸子一个人在家来回转悠到心满意足后，便坐下来看那份报纸。报纸的名字旁边写着"大正十四年九月二十日创刊（每周六发行）"，题字有几处连笔。背景是一圈装饰图案，上面清晰地印着长麦穗、齿轮、镰刀、锤子以及被砸碎的锁链。她认真地读了上面的报道，一下子就来了兴趣，找出七月二日同一天的其他几份知名报纸对比着看。《无产者新闻》是每周发行一次，所以报道的时效不同。不仅如此，报道的角度也大有不同。举个例子，普通报纸的报道就像是观众坐在观众席上看舞台上的演出，而《无产者新闻》的报道，像是从后台向舞台上面看。其他几份报纸对于出兵、川崎造船这样的新闻都只是描述了事情的经过；而关于为什么会发生这样的事，只有《无产者新闻》进行了报道。对于每天发生的事件，通过这两种报纸从表与里两个角度进行对照，才能把现实看得更透彻。伸子恍然大悟。写小说也是同样的道理，为什么？然后怎么办？——如果没有包含这两个元素，就无法写出好的小说。

尽管这份报纸只有薄薄的四页，伸子却从中感受到人们在权力的压迫下，每日每夜于水深火热之中抗争的喘息声，这是她之前从来没有体会过的。她不禁又想起之前那三个蓬头垢面的青年，还有前些天在动坂没开灯的客厅里和阿保的谈话，以及当下学生们的心理。这些原本就是发生在伸子生活中的事情，但是她今天只是安稳地坐在藤椅上，面对着盛夏的庭院。草木繁茂的下午愈发闷热。到了晚上，她大概就会把客厅的竹帘放下，和前天一样，还是吃京都风味的冷面吧。

这样的安稳生活，对伸子自己来说也渗透着一种说不清、道不明的感觉。报纸上说，由于文部大臣水野果断对第二高中和松山高中的联合罢课事件下令进行处分，据说不仅是这些高中的校长手段更加强硬了，学校里还出现了暴力团体。无论哪份报纸都报道了这些内容。这些层出不穷的事件里似乎包含某种事实，让伸子对当下的安稳生活疑窦丛生。

文部大臣是隶属于政友会[1]的政治家。他的夫人叫万龟子，和多计代一样都是从那所明治初期建立的贵族女校毕业的，两人还是同年级。说起来，她们算是关系很好的朋友。万龟子夫人是一个虔诚的天理教教徒，偶尔会与多计代有意见上的冲突，但是事情过去之后，两人还是会经常打电话说很久，都是聊一些戏票呀，同学会之类的事情。在伸子他们小的时候，还会称呼水野夫妻俩叔叔、婶婶。

阿保前几天对伸子说，同学们都叫他傻瓜，说他是天生的调停派。阿保上的那所七年制高中的学生，几乎都是有钱人家的少爷。这也就说明，那里的学生不会对局势抱有什么调停的想法。如果阿保的性格并不是现在这样，不是天生的调停派，他肯定会被那个多计代从小就让他叫叔叔的文部大臣毫不留情地处分吧？毕竟对方是文部大臣，而阿保是学生。

这年春天，住在大矶别墅的万龟子夫人到前崎的佐佐家来玩。多计代非常卖力地招待了这位大臣夫人。不仅叫上泰造，还带上了和一郎，几个人一起去箱根开车兜风。"把我累得不轻，让我给她提包。"那天，留着寸头、穿无领学生服的和一郎一整天都在给这位婶婶提包。伸子一想到多计代那副费尽心思讨好的

---

1 立宪政友会，简称"政友会"，第二次世界大战前日本第一个近代政党。——译者注

样子，就觉得她心术不正，还带着一身小家子气。想必那位大臣夫人早就见惯了各路巴结谄媚的人，连多计代这样从小交好的老朋友都用这种一般人的方式吹捧，实在是太愚蠢了。

伸子脑海中浮现出了那位政治家的样子。身材瘦削，穿着折领衬衣，一本正经的官僚作风。同时她也联想到他夫人，婶婶那双敏锐伶俐的眼睛，眼窝很深，脸上涂着浅浅的白粉，嘴唇是稳重的深红色。她语速很快，说话时的表情略显轻浮。那对夫妻在日常聊天的时候，会如何讨论报纸上报道的那件对学生进行处分的事情呢？伸子突然想到，他们家难道没有男孩子吗？然后便燃起一股恨意。"立即处分，毫不姑息！"就算他们家有男孩，可能年龄也还小吧，也许是家里最小的孩子。伸子这样想着，把报纸合上了。

素子翻译的书信集，最终决定由一家专门出文艺类书籍的出版社来出版了。

"太好了！恭喜恭喜！"

素子高兴得红了脸，像个孩子似的不服输地说："他们肯定要给我出版啊。本来就是一本好书——如果他们不出版就是傻子。"

"话是这么说……"

伸子这边，马上就能把自己这两三年来一直在写的长篇小说整理出来了。到时候，素子的第一本作品也能够面世了。她觉得特别高兴。

"如果不写个献词的话，是不是不好？"

"没什么问题吧。"

"外国的作家不都会写嘛。"

"那是……"

伸子耸了一下脖子："那我也要。要不然写一个？献词什么的？"

两个人一齐笑了。素子的红色烟斗在嘴里来回转着，眼睛眯成一条缝。她望着挂在白杨树树枝间洒下白色光亮的晾洗衣服，突然拖着椅子转向伸子这边，喊了一声："小伸！"

"怎么了？"

"其实这段时间我一直在思考一个问题。如果我心一横，自己去俄国一趟，你看怎么样？"

"……"

伸子一下子无法回答她。素子想去俄国——之前她确实一直纠结去俄国的日本代表的问题。素子的专业就是俄语。当下去俄国后回来的人很少，也没有多少人想去，其中更没有一个普通民间妇女。虽然伸子明白素子为什么想去，不过……

"……有点突然吧，"似乎还没有完全领会她的意思，伸子表情茫然，小声嘟囔着，"毕竟那是你的专业，你如果要去也没问题……"

前一年初秋，有一位叫康拉德的东洋语学者带着美丽的妻子来到了日本。伸子和素子一起出席了欢迎会。听那位教授说，他正在把《源氏物语》摘译成俄文，今后他还可能成为交换教授。素子当时并没有表现出特别感兴趣的样子。

　　但是，为什么关于这件事，素子直接就告诉自己结论呢？她平时都会从计划的第一步就开始和伸子讨论，甚至到了让伸子觉得心烦的地步……突然间许多疑问涌上心头，总之，先从最简单的问题开始总结。

　　"钱的话，你有吗？"

　　听到伸子这么问，素子脸上露出了令伸子难以理解的紧张表情。

　　"凑一凑，还是可以的。"

　　她的回答像是在告诉伸子，在这点上她已经充分考虑到了。

　　"虽然我不知道够不够回来的路费，但是应该没有太大的问题……属于我的那部分遗产也已经拿到了。"

　　素子从关西的父亲那里把预留给自己的财产全部要了过来。看来她想用这笔钱去俄国。对于亲子之间这样有计划地处理财产问题，伸子既觉得难能可贵，又感到困惑。

　　"这一点我就做不到。我根本没法向动坂那里要钱。"

　　七八年前，伸子的父亲带着她去了纽约，在那边生活了一年多。接着，她与佃结婚后回到日本。那段时间的费用是由伸子父母承担的。就是因为靠佐佐家出的钱，伸子后来不知道留下了多少痛苦的回忆。佃也不被佐佐家接受，遭受了很多委屈。多计代当时表示，如果想过自己希望的生活，经济上就必须自食其力，然后便把佃和伸子从动坂的家里赶了出去。从那之后，伸子一直像现在这样生活着。

　　"如果我和他们商量，说不定会给我出钱，但我不想那样。"

"你确实有你的苦衷。"

素子立即肯定了伸子的想法。"那，小伸你有什么办法？"——但她没有追问下去。伸子丝毫没有动过去俄国的念头。所以现在素子突然告诉她自己要去，她也不觉得素子是认真的，只觉得那就是个笼统的计划，估计素子会想，反正都要去了，要不然也去趟法国吧。不过，两个人一起生活了这么多年，只有这件事素子没和自己商量，就只是一个人默默地计划，然后突然告诉她。从另一个角度上，这令伸子的心情变得很复杂。

"如果你去的话，要去多久？"

"这个嘛……"素子踌躇了一下说，"怎么也得两年吧？如果时间太短，什么也做不了吧？"

说着说着，素子露出了苦涩的神情，脸也微微红了。伸子理解她的心情。素子这次已经下定了决心，哪怕是一个人，也要去俄国。而且，如果素子真的独自出国，那么长久以来她和伸子像这样共同生活的形式，必然会从根本上发生改变。素子也清楚这一点。想到这里，伸子的心情更加复杂了。她平日里对两人的生活感到别扭而产生的种种疑惑，素子都看在眼里。也许素子正是想用这种方式主动地改变整个生活。伸子到最后还是说不出口"那我该怎么办"。也许素子认为这件事情不该由她来决定，而是应该由伸子自己决定才可以。

"总之，不用管我了，先安心准备吧。"伸子故作镇定，又有几分沮丧地说道，"反正我也没有钱……"

"那我交完这份原稿之后，先去趟京都！"素子像是迫不及待地要从椅子上站起来似的，"所有事情在那之后再说。"

生活仿佛突然出现了新的重大进展。……当天夜里，伸子手拿绘有金鱼图案的团扇，靠在走廊的柱子上驱赶着飞来飞去的蚊虫，她的心情还是无法平静。在素子的性格中，有和伸子全然不同的一种执行力。这种执行力就像是在至今两人生活中的关键之处按下了弹簧似的，改变了轨迹。原本两个人能够在同一屋檐下生活，其实就是受到素子这种执行能力的驱动。包括这次的事情也是如此，平日里事无巨细，早就做好了出人意料的决定。

"你真是一个了不起的人。"伸子对身边拿着白色团扇的素子说。

"为什么这么说？"

"因为……你明白怎么才能扩展自己生活的舞台。"

伸子发现每到这种时候，自己反而是被动接受的一方。真的很想问问素子，她真的是因为想要在事业上追求更大的成就，才决心要出国的吗？素子独自一人踏上异国的土地，这个事实伸子到现在都无法接受。自己一个人留在日本，自己的生活又会发生什么样的变化？她也不得而知。伸子看上去异常冷静，内心其实正在翻江倒海。她眺望着黑夜中的庭院，屋里的电灯明晃晃地照着茂密的夏草，每片草叶看上去都清晰无比，带着一种不自然的淡粉光晕。

十九

东京的夏天总是在七月二十日前后变得更加炎热。这一年的夏天又是这些年来最热的，各家报纸都在竞相刊登能给人带来清凉之感的照片。

自从上次提出要出国之后，素子不顾酷暑，积极地做着各种准备。才两三天时间，她就已经准备出发去京都了。

"好啦好啦，这样明天只要去日本桥就万事大吉了！"

要是大白天晾头发会特别热，所以素子晚上洗的头，把浓密的头发披散在肩头，非常惬意地抽着烟。平时不打阳伞的素子脸都被晒黑了，刚出浴后的鼻梁上还闪耀着光泽。

第二天一早，伸子像平时一样比素子晚起了一会儿。她把蚊帐折叠起来，收好被褥，想从餐厅外头的走廊直接去浴室。这时候，她突然听见一声"小伸"。

是素子在矮脚饭桌前面小声唤她。

"马上就来。"

面朝着边绑头发边走来的伸子，素子更是屏住呼吸似的，挥动手里的报纸招呼她："你过来看看。"

"怎么了？"

伸子一边用梳子梳着及腰的长发，一边看向素子那张摊开的早报。她看到了上面的报道，顿时表情变了，在素子身边坐了下来。

"果然还是这样的结果。"素子轻声说。

伸子沉默着，嘴唇周围开始发白。她紧盯着报纸上那张被放大的作家相川良之介[1]的照片。照片上的他很清瘦，留着独特的发型，刘海垂在宽大的前额上。似乎有一种正气与邪魅混合的气质，在照片上生动地映现出来。报道上说，这位被称为当代最具艺术性的作家，昨晚在自己家中服药自杀了。

顾不上束起散落在肩头的长发，伸子快速浏览了一遍报道的内容。她看到相川良之介的好友久留雅雄在记者会上的照片，朗读了作为遗书公布的长文《给一位老朋友的信》。伸子被报纸上的内容震惊了。她像是在寻找一些能让自己平静下来的东西似的，继续读着报纸。但是，别说是报上写的所有详细报道和久留雅雄的谈话了，单单《给一位老朋友的信》那篇文章就令伸子的内心受到强烈冲击。

伸子忍住眼泪，满脸悲伤，安静地拿起梳子梳着自己的头发。她现在真的不知道该说什么好。太意外了！真的没想到！——像这种轻易就能说出口的话，不足以总结伸子此刻感受到的冲击。关于相川良之介，几乎所有理解他艺术造诣的人最近才直观地感觉到，他的作品中也开始渗透出一种他作为作家在精神和肉体上

---

1 现实中指的是芥川龙之介。后文提到的久留雅雄，现实中指涉芥川龙之介的密友、作家久米正雄。

面临的危机。他的文字常常带有尖锐的棱角，而他既站在了理智的巅峰，又有人性的弱点。最近他的作品内容和风格中总是飘荡着一种难以言喻的阴森之气。也正因为如此，这位作家身上被看作纯粹艺术家而绽放出的光彩，才受到人们的广泛关注和称赞。而他试探到了生命的边缘，终于走上了不归路。无法承受这生命逝去的重量的，不是那些按一般常识，会为他的死感到错愕、惋惜而接受记者访问的什么老朋友，也不是伸子这样看到报道之后震惊到无言以对的读者，而是广受大众称赞、拥有众多追随者和崇拜者的作家本人。

伸子觉得自己的身体好像被一把非常钝的切桑刀慢慢切割一样痛苦。

"太难受了。"

说完以后，像是要呼吸到更多的空气似的，她伸展了一下苍白柔软的脖子，把脸抬起来。

"这可不行，小伸！你要振作！"

"我……我没事，但是——太难受了。"

"……"

"太可惜了……"

伸子发自内心地感慨了一句，眼眶里已经满是泪光。

《给一位老朋友的信》是一篇直白到让人吃惊的文章。这位作家平时的风格总是带有一种知识分子特有的清高，措辞也很巧妙，正是这一点让伸子一度对他的文章失去了亲近感。但是在这篇遗书中，这种惺惺作态的感觉消失了，他如实记录下了自己产生自杀想法时内心的悸动："我只是觉得有些茫然不安，对我自己的未来感到茫然不安。""这两年间，我一直不停地思考着死亡。""还没等我回过神来，自己已经为自杀准备了好几个月，也有了成功的自信。""我非常冷静地结束了准备工作，现在只剩下和死神的游戏。""昨晚和一个卖笑女人一起讨论了很久她卖身的价格问题，'为了生存而生存'，我们人类真是太悲哀了。""大自然在此时的我的眼里，比任何时候都美。我比任何人都看得清楚，深爱并且理解自然。因此在满是痛苦的生活里，我也感到满足。"伸子反复地读着文章中的只言片语。他说到自己为自杀做准备，甚至写下了"我非常冷静地结束了准备工作"这样的话。真是一个让人感到意外的纯真之人。迄今为止，那么多自杀了的青年人当中，估计没有哪个曾把自己这种平静的状态写进遗书吧。原本将理智的表达技巧和别出心裁的措辞作为个人特色的相川良之介，在这最后的文章中去掉了陈词滥调，满是真诚洒脱，让世人看到了他朴实无华的心灵。而他又说："我比任何人都看得清楚，深爱并且理解自然。因此在满是痛苦的生活里，我也感到满足。"这句话让所有人都能明白他的感受，他将人生的最后一句感悟娓娓道来。《给一位老朋友的信》让伸子联想到桃子或者柿子核里的白色胚芽。之前作品中表现出的相川良之介，或者说身为作家的相川良之介虽然品位不低，但是总让人感觉到有些刻意矫饰。等到最后打碎外壳，才露出里面那个纯白的、惹人爱怜的、质朴的人格嫩芽。

素子抓着伸子冰凉的手说："来，小伸，咱们吃饭吧。"

她又像是要给伸子打气似的，用吓人的声音大喊："你这也太不像话了——怎么像是丢了魂似的啊……"

如果单说让她丢魂的事情，六七年前，伸子得知武岛裕吉在轻井泽的别墅和女人一起上吊自杀的时候，就已经历过一次了。伸子当时失魂落魄，嘴里念念有词，在葬礼上一边烧香一边哭，甚至引起了对方家门第高的遗族的注意，她自己都不好意思了。但是这一次是比失魂落魄更加复杂的心情，更加迫近自己的灵魂。相川良之介的死带有某种迫使人做出回答的强烈冲击。伸子之所以嘴唇发麻，正因为此。

她的舌头已经失去了味觉。早饭后，素子又拿起报纸说道："楢崎夫妇应该也很震惊吧。"伸子就是在楢崎佐保子家和素子偶然相识的。佐保子是一位女作家，从《青鞜》时期就开始创作。她的丈夫是专门研究英国文学的，而她也加入了那个圈子。无产阶级文学兴起的时候，她写了一篇取材于谣曲[1]《邯郸》的小说。不太喜欢和人交往的伸子，倒是常去与佐保子会面。

忘了是什么时候，她们讨论起现代作家的话题，佐保子用毋庸置疑的语气说："只有相川良之介是货真价实的现代作家。那个人有真才实学，不故弄玄虚。之前我去他家拜访过，他说一部作品能不能成为经典而被保存下来，取决于作品的风格。我也是那么想的。"

然后她还开玩笑说："要是想让作品成为经典，伸子也要有

1　日本能乐词曲。

自己的风格才行哦。"

伸子觉得这句话确实像是从相川良之介嘴里说出来的，于是也笑着回了一句："懂了。"

可是她马上就开始怀疑，他说这句话的时候是真心的吗？文学作品只要有自己的风格就可以成为经典？伸子有点难以置信。相川良之介似乎是在用一种调侃的口气讽刺他自己身上的文学光环。有时候明明是非常辛辣的讽刺或者就是一种反论，却因为听众不同的理解而被认为是文学上的箴言。不仅周围人形成了这样的表达习惯，相川良之介本人有时也会别有用心，故意如此表现自己孤独的理智上的焦躁。

据说他的书斋经常有各种各样的访客。有一次，相川良之介把自己收藏的春宫画展示给一位访客。而那位客人像是在鉴赏世间少有的艺术名画一样，全神贯注地默默看了很久，似乎非常受用。伸子记得自己读到过与这件事情相关的一篇文章，当时看得她面红耳赤。相川的作品和人品方面确实有吸引人的地方，但她也自然地明白了自己之所以常常感觉到恐怖其背后隐秘的原因。读那篇小文章的时候，伸子记得曾经还有一次读到过某位活跃在文学圈的年轻女性写的文章。其中也提到了相川良之介的书斋里有那种画。

相川良之介的作品在技巧上称得上天衣无缝，语言机智，金句频出。尽管这些都让他的小说主题直击人心，但伸子还是从中看出了一种熟练的做作。

伸子在记忆中唤起了一个恍如昨日的情景。那是一个夏末的夜晚。楢崎佐保子家距离相川良之介的住居并不远，当时伸子待在楢崎家二楼的客厅里。在古色古香的大壁龛里挂着一幅大雅堂的画，还摆着中式瓷瓶。电灯下面是一张紫檀的大长桌。壁龛前面坐着楢崎夫妇请来的谣曲师傅。师傅右手边是楢崎，斜对面是伸子和佐保子，和师傅面对面而坐的正是相川良之介。楢崎夫妇已经学习了多年谣曲，佐保子还学会了打鼓。当时佐保子觉得师傅唱得精彩绝伦，也想让朋友过来共赏，于是上课的时候叫上了伸子。

佐保子他们学的是金春流派的唱法。看了花间金次郎演绎的《道成寺》，伸子觉得古典艺术凝聚了表演艺术的精髓，非常有趣。佐保子也送给她很多票，她去看过不少演出。母亲多计代曾在少女时代练习过观世流派的谣曲，因此女儿伸子从小就对标有许多小点符号的谣曲乐谱耳濡目染。多计代经常放声歌唱，练习自己学过的谣曲。尽管她只是一个门外汉，但是能从音乐中获得安慰也是不错的消遣。佐保子的师傅是个中老年人，他把身上的薄外褂脱下来，调整了一下姿势，坐得端端正正，然后腹部发力高歌一曲。短小精悍的气魄让人内心深受震撼，令人感受到在日本传统文化中打磨形成的这一艺术的感染力和分量感。

伸子默默听着楢崎夫妇和师傅以及相川之间的对话。那完全就是成年人的交谈。伸子觉得自己就像一只羽翼未丰的笨拙雏鸟，坐在他们中间。过了一会儿，佐保子拿来了画册和砚台。师傅用钝粗的字体写下了自己的名字，然后掀开新的一页，传到伸子面前。伸子手足无措，她从来没有在画册上写过字。她觉得如果是在那样的本子上写字，需要有相应的年龄和资历才可以。伸子一脸为难，对旁边的佐保子说："我就不写了……字太难看了。"

然而，佐保子却说："这我当然知道。谁都没觉得你的字有多好看，赶紧写吧。"

"写什么呢？"

伸子完全不知道应该在这种本子上写什么内容。

"我也不知道。"

有些着急的佐保子拿起桌子上的曲谱，偶然翻开一页，然后读了上面的一段词："那就写这句吧。"

她指的是歌词"虫鸣阵阵，白茅萋萋"。那句歌词所表现的场景与现场安静的气氛正好相反，更像是在形容伸子对自己力有不逮的焦急情绪。可是，伸子还是拿起笔，在展开的画册上用缺乏风趣的字体写下了"虫鸣阵阵，白茅萋萋"。画纸很快就把墨吸干了，原本就歪歪扭扭的字更显得不像样子。真是一段让伸子汗颜的回忆。

画册传到了相川良之介那里。那天夜里，他穿了一件蚊式碎花[1]的白色麻制和服，外面套上了夏季薄外褂。他礼貌周到地翻看了前面几位写的字，然后掀开新的一页，又看了一会儿，接着在坐垫上挪了挪身子，将大家都注视着的桌上的砚台和画册拿到了自己左手边的榻榻米上。随后，他直接面对着谁也看不到的方向，把身子弓下去，开始写了起来。从伸子这边只能看到相川身

---

1 十字碎花的一种变形，等间隔、有规律地排列的极细十字形花纹，因看起来像蚊子而得名。

上折起的薄外褂，从背后到腰部的隆起。

其他几位主客观察了他一会儿，又各自把视线收回到桌子上，终于又开始交谈起来。相川良之介似乎是真心想写点什么。伸子觉得，当时拿出画册不过是助助兴而已，但是相川如此认真对待，着实出乎她的意料。

他当时在画册上画了一幅河童图，这也是那时的相川画得最有名的题材。这次他画的是一个又高又瘦的河童站在那儿，两腿看似非常有力，肩上扛着一根竹子，左手把刚抓到的鱼挂在上面。署名是我鬼。

相川良之介一边默默看着其他几个人传看那本画册，一边悠闲地坐在那儿抽起了烟。在座的人没有露出大惊小怪的神情，既无赞美亦无批评，只是安静地传阅他的作品。相川良之介写了一篇叫作《河童》的讽刺小说。作品前书"请以 KaPPa 发音"，细数了河童之国发生的各种事情，还大喊"警官打断了讲演"。比起那些把内心的台词一股脑倒出来的讽刺作品，这篇小说也是典型的相川风格，采用的是理智的讽刺方法。这其中就有伸子无法充分理解的部分。而对于她能理解的部分，那些如玻璃碎片一般锋芒毕露的理智，伸子依然持怀疑态度。

实际上，相川在佐保子的画册上画河童图的事情距离现在仅两年。比起回忆到那天晚上自己被要求写"虫鸣阵阵"时的难受心情，伸子更多的时候想起的却是相川良之介以那种姿势将画册遮掩起来画画的样子。没有在大家的注视下一笔一笔地画，这确实是相川良之介的风格。他内心估计也希望自己无论哪幅作品都是最杰出的。伸子还记得在某篇文章上，相川良之介说自己是无与伦比的天才。把画册藏起来，那样认认真真画一张河童图的相川良之介，在伸子的眼里专心致志、心无旁骛。正是那一点，让伸子对他有了好感。尽管如此，如果伸子有机会将当时的想法告诉他，相川良之介可能也会给她一个回应。也许他又会说出什么让伸子难辨真伪的反论吧。他是个不能用正常语言说话的人，所以总是会被那些自己所轻蔑的追随者死缠烂打。因此，他才鄙视那些偶像和好为人师的人，还写了很多小说去抨击他们。

伸子把那天早上的报纸拿到自己的书桌上，一个人默默地看。她的视线落在那张照片上。一想到这个人几乎和自己同时开始文学创作，获得无限赞誉，却在如此年轻的时候撒手人寰，伸子再次感觉到好似有把钝刀在从头到脚凿刻她一般痛苦。极尽机智、习惯以知性的精致来装点自己的生活和作品的相川良之介，在《给一位老朋友的信》中却用如此质朴、纯真的语言诉说真情实感，伸子的眼泪再也止不住了。只在《给一位老朋友的信》里才用这种写法的相川良之介的一生，是多么恐怖又多么让人感动。每张照片都在标榜着相川良之介的知性风采——前额垂下的头发，敏感的嘴角，尽管焦点对准的是那样一双望向镜头的眼睛，但是在他略微上扬的瞳孔里，却丝毫感受不到理智和自大带来的刻薄。那是一种与温和不同的柔软，闪耀着相川本性中智慧的柔光。他身上没有任何令人憎恶的压迫感。看着照片里那双眼睛，那句像是以中学生的口吻写出的"我比任何人都看得清楚，深爱并且理解自然。因此在满是痛苦的生活里，我也感到满足"，伸子反反复复地读着，她为相川良之介所代表的人心的赤诚而浑身颤抖。随后，那张她团起来捂住嘴的手帕里传出了哭声。

二十

听到巨大的声音后，耳朵里就会出现短暂的耳鸣，无论自己的声音还是别人的声音都听得不清楚了。在报纸上得知相川良之介自杀的消息之后，伸子的心理也陷入了这种状态。她的身体像是出现了障碍，日常生活也无法正常运转，周围发生的事情好像也离她很遥远似的。在发生如此重大的冲击性事件之后，外界的反应却异常地迟钝。相川良之介的死讯似乎并没有引起什么轰动。

这几天尤其炎热，庭院里的草木蒸腾出的暑气都让人感到燥热难安。待在家里的伸子从最初感到有如被钝刀切割的痛苦，过渡到了身体像被细细的丝线紧紧捆住的窒息感。那段时间，她详细回顾了相川良之介的人生轨迹，而报纸只是在七月二十五日的早报版面大幅报道了他的自杀，第二天就再也没有刊登过其他特别报道了。只有一篇早川闲次郎的文章，题目是《关于相川良之介氏的自杀》。他得出的结论，也只是相川的死在社会层面和文学层面上并没有什么意义。《朝日新闻》文艺专栏还在继续连载楢崎佐保子的《时间和世间》，内容是讲述别墅避暑生活的随笔。伸子觉得这简直不可思议。

相川良之介是如日中天的当红作家，应该拥有广泛的读者群体。那些读过外国小说、汉诗还有日本现代小说的人们并不会觉得读相川良之介的短篇是件可耻之事。从这个意义上说，至少在伸子的认知中，相川良之介是继承了夏目漱石衣钵的最后一位文人。而且，相川良之介在当代作家中间也是一个保留了艺术家良知的存在。他以这种方式结束自己的生命，无论是肯定还是质疑他的人，都会觉得自己应该对他的死负有一定的责任吧。

上个月的《文艺春秋》发表了相川良之介的作品《侏儒的话》。现如今再翻开杂志读那篇小说，伸子身上汗毛倒竖。"不仅他握着笔的手开始颤抖，连口水也流了下来。吃掉零点八毫克的安眠药之后，保持清醒的时间仅有半把小时。他在昏暗中继续着日常生活，用那柄刀刃已经伤痕累累的细剑作为拐杖。"[1]

就像文中写的那样，相川良之介用颤抖的手拿起笔，一边流着口水，一边凝视着自己的样子，在那篇文章中写下了这样的句子。那本杂志的特色之一是每页上面会分成四段。当时初读这篇小说，伸子只是强烈地感受到了相川良之介作品中独有的文学性的悲惨氛围，想来自己的理解还是太浅薄了。

如今看来，那也是《给一位老朋友的信》里面所说的，用三年时间为死亡所做的准备之一。尽管唾液不受控制地流淌出来，但他没有失去意识，而是一步一步地朝着死亡走去。这样的死亡笔记，却没有让人感受到真实的恐怖。一切都用写实的手法记录

---

[1] 这句话实则出自芥川龙之介的遗稿《某阿呆的一生》。

下来。尽管如此，相川良之介依然赋予了文学的形态。

将自己率直又漠然的本质形容为"只是觉得有些茫然不安"的相川良之介，或许是对自己的未来开始有了这种飘忽的不安感。若真如此，难道不正是因为是他自身的智慧开始意识到自己江郎才尽的结局吗？这样想来，伸子也就想通了很多问题。

不过，伸子还是无法释然。像他那么博学聪明的人，为什么会甘愿受制于自己所框定的边界呢？这是她最费解的事情。一直以来，相川良之介在生活和文学方面保持独树一帜、孑然一身的风格。那么比起选择死亡，他难道不应该坚守自己的初心，努力去突破自我，更上一层楼吗？关于这一点，伸子思考了很久，也无法从他的作品中直接找到答案。

伸子越来越搞不懂，但是又觉得其中有什么是和自己的生活息息相关的。这么一想，自己确实也时常抱有"茫然不安"。她也明白自己内心希望生活能越来越好，可以畅快淋漓地体会活着的感觉。但是要问如何实现这个目标，伸子还没有找到答案。尽管她可以表达出对现在生活的不满，却无法找到有用的新方法。素子已经决定要去俄国了，那么伸子自己今后的生活该怎么度过呢？她是应该留在日本，还是追随素子一起去俄国？这个答案她也不知道。先不说钱够不够，她的内心还无法做出最后的抉择。

伸子生活中的种种无所适从，自己的"茫然不安"，肯定不只她一个人有。文坛发展的停滞不前是这两三年经常被提及的问题。以诗歌《秋刀鱼》而闻名的诗人[1]曾经在报纸上发文表示，正是经济原因，也就是稿费的问题，才造成了文学发展的艰难状况。小坂村夫不同意这个意见，他写道："那是因为文人们太过于沉溺在安逸平稳的日常生活中，失去了挑战人生的冒险气魄。必须从这一点上来重新思考。"这段话不久之前才刚发表出来，但是这位小坂村夫，他自己似乎也并不热衷于积极寻找在人生和文学中冒险的机会。无产阶级文学理论强调的也只不过是老生常谈的艺术性，并不会像相川良之介那样建立起新的条理，可以宁为玉碎不为瓦全，成为某种新文学的蓝本。相川良之介在东京的酷暑中整夜流着口水，双手颤抖，在逐渐失去意识之前奋力写下最后那几行字的时候，小坂村夫正在日光[2]或是哪儿的清凉湖边悠闲地钓着鳟鱼。他的随笔《钓鳟鱼》就在相川良之介葬礼的前后几天刊登在了报纸上。到了盛夏就去钓鳟鱼，这不就是只满足于安定生活的普通人最平常的一项娱乐吗？哪里有什么冒险人生的气魄呢？对比此人所写的有力观点和现实生活里的温暾做派，伸子非常鄙视。这种矛盾并没有随着相川良之介的去世而好转。文学的发展久不前行，也许这与人性是否停滞并无干系。这么一想，伸子深深觉得，相川良之介用他的生命抵抗了死气沉沉的文坛，冲开了一条光明的道路。然而——相川良之介！相川良之介啊！伸子的心情无比沉痛，感觉依然被挣脱不了的负面情绪的丝

1　此处应指诗人、小说家佐藤春夫（1892—1964）。

2　日本著名度假胜地。——译者注

线束缚着，涕泪俱下。他的悲剧就在于拼上了性命，才达到了文学的巅峰，赢得了世人的崇拜。

相川良之介的葬礼于七月二十七日在谷中的道场举行。伸子也收到了通知。葬礼现场气氛静谧凝重。平时在各种场合的打扮自成一派、与美丽无缘的文坛女性，这天都穿上了同样的丧服。她们端庄沉稳、成群结队地站在一起，与葬礼的情景看上去格格不入。出门之前，伸子在家暗暗下定决心，绝对不在葬礼上哭。相川良之介的灵柩被纯白的花朵团团包围，还点着很多根明晃晃的蜡烛，似乎象征着他生前美好的情操和品位。《汤岛之恋》的作者[1]作为前辈代表朗读了一篇砚友社[2]风格的悼词。身材矮小的久地浩[3]是好友代表，他刚开口宣读悼词，眼泪就止不住了。现场的人只勉强听清一句："我的朋友啊，请你安息吧！"抽泣声连绵不断。

"此生君已去，独留我凄凉。"

听到这句话，努力忍住不哭的伸子，嘴唇也开始剧烈地颤抖。久地浩的哀伤从短圆的身体里迸涌出来，面对告别人世的昔日好友相川良之介，仿佛他在悲伤地宣告他们这一代人所信仰的至高艺术也已经消亡。如此悲痛的久地浩，近年来成为大众作家，成立了出版社，已经是一位成功的企业家。而胳膊上戴着丧章的久留

---

1 此处应指小说家泉镜花（1873—1939）。
2 日本近代第一个文学团体，由东京大学的文学爱好者尾崎红叶、山田美妙等人组成。——译者注
3 现实中或指芥川龙之介的高中好友井川恭（1888—1967），婚后名为恒藤恭。

雅雄，那张平日里的红脸膛现在也略显苍白了，他还是一位通俗作家。最近文人们都在痴迷打麻将，据传他就是大家的头头。

尽管在世的朋友们从事不同的职业，但他们都在怀念逝去的相川良之介。伸子隐隐感觉到，白花簇拥、烛光点亮的葬礼现场响起了一支无声的挽歌。这些没有拒绝"为了生存而生存"的人们，满怀深情地向选择了拒绝这样活着而驾鹤西去的友人挥手告别，目送他踏上新的征途。伸子的脑海里浮现出了格列柯[1]的名画《奥尔加斯伯爵的葬礼》，黑色、白色和金色描绘了悲壮而美丽的场景。

泪水憋下去了，可全身也渗出了汗水似的筋疲力尽。伸子离开谷中的葬礼现场，回到动坂的家。

"你看上去特别疲惫。"

已经换上干净浴衣的伸子却沉默着，只是一个劲地喝凉水。多计代在一旁看着她，终于还是按捺不住好奇心，有点欲言又止地开口问道："葬礼，怎么样？"

伸子一下子回答不上来。她不知道该以怎样的情感去谈论这个问题。过了好一阵子，她才像是自言自语似的说："相川良之介这个人，确实是一位伟大的艺术家……因为有那么多朋友来送他……"

伸子回忆起在轻井泽自杀的武岛裕吉的葬礼日。葬礼在麴町

---

1 埃尔·格列柯（1541—1614），西班牙文艺复兴时期画家、雕塑家与建筑家。——译者注

附近他的一座大宅里举行。玄关挂着鲸幕[1]，从入口到灵柩再到出口，都铺着白布。灵柩旁边站着身穿丧服的逝者家人，其中还有两个幼小的孩子。伸子排在吊唁者队伍里往前走着，并没有感受到作家武岛裕吉的气息。像是如此举行重大仪式的场合，这个家中的一切都呈现出庄重严肃的家风。在那样既传统又世俗的气氛中，伸子望着棺柩前面武岛裕吉的照片，上面是他感伤又柔和的脸庞。她上香的时候不知不觉就哭了出来。武岛裕吉无法继续活下去的生活环境的矛盾所在，正体现在这些男女老少上流人士的一张张面容之上，此时他们穿着肃穆的丧服，一片哀叹地站在这儿。

多计代又忍不住列举了几个她知道作品的作家名字，问伸子有没有看见他们。

"我说，母亲，你误会了。不是那种普通的豪华葬礼，真的不是那样的。你就不要再问了。"

"我知道呀，那是肯定的。"多计代补充道，"相川良之介真是个特别的人呀……小伸，你还记得吧？他来咱们家的时候……"

相川良之介生前有一个癖好。尽管平日里他还是会践行人际交往中必要的礼节，但是当他感到百无聊赖的时候，两只手就会像苍蝇搓手一样。他和久留雅雄刚开始在同人杂志[2]上发表作品

1　（葬礼时使用的）黑白竖条相间的布幕。

2　拥有共同价值观、共同目的的人一起规划、执笔、编辑、发行的杂志。——译者注

的时候，他曾为了借书来过动坂的佐佐家。多计代说的就是那时候的事。伸子清晰地记得，当时相川良之介就是一副闲得慌的样子，两只手摆出了那样的动作。

伸子觉得今天自己来动坂就是个错误。她有些难过地沉默着，然后说："我想休息一会儿，行吗？实在太累了……"

多计代有点吃惊："行啊，快去睡一会儿吧——不过不要紧吗？睡一觉就行？"

"没事没事。"

阳光穿过梧桐树叶，把铺在被褥上的白色床单映成了绿色。伸子用团扇遮住脸，小憩了一会儿。

隐约听到隔壁房间的多计代正在说什么，伸子从睡梦中醒了过来。

"也不要什么都带上呀，东西太多拿不过来的。"

艳子的学校也已经放暑假了，这几天家人们准备一起回东北农村的老家，现在正在收拾行李。

伸子从盛夏的午睡之中醒来，一脸新鲜地走了过去。

"什么时候动身？"

"就这四五天吧。"

"今年都有谁一起去呀？"

"这个嘛……反正我会去，我最怕起痱子了。"

多计代有糖尿病，有时候身上起了痱子就好不了，特别难受。因此，她每年夏天都不会留在东京。

"父亲呢，他不去？"

"他呀，说是也许会回去几天，毕竟他一直都那么忙——阿保也一起去。"

伸子这才发现，她刚来的时候就没见到阿保。

"阿保在家吗？"

"在啊，"多计代一副满意的表情说，"那孩子还是一如既往在刻苦学习呢……这几天每天早上六点多就出门，去学德语。"

在法语班的阿保开始学习德语了，这样的事据说高中的高年级学生基本上都会有。但是伸子一听到"德语"，就立马联想到了越智。考虑到阿保平时就心思缜密，怕他会多想，所以伸子没有多问。不知道阿保这段时间是不是还常去越智那里呢？

既然阿保在家，伸子就想和他聊聊。于是她去了弟弟平时常待的二楼北侧小房间。门楣上那张"Meditation"的贴纸边缘因为天气炎热，已经有点卷边了。书桌旁边的纸拉窗已经卸了下来。院子里装着一个水罐，比八角金盘的树梢还高，发动机轰隆隆地响着，正在上热水。阿保并不在屋里，伸子环视书房，每个书架上还是只有教科书，她更加觉得不可思议了。上次和阿保在这里交谈已经是几个月之前的事情了，但是如今除了教科书之外，伸子依然没有发现一本新书。园艺相关的图书也只有几本，还放在上次的地方。

伸子对各种书籍都有兴趣，而阿保年纪轻轻，这书架却是如此光景，她实在无法理解。

"阿保不在呀。"

回了娘家，伸子依然是这个家里的孩子。她带着几分撒娇的语气跟母亲说："他是不是出门了？"

"啊，我想起来了，阿保在仓库里呢。"

"仓库？"

伸子马上怀疑，是不是多计代又吩咐他去收拾东西了。

"会马上回来吧？"

"怎么会……他在那边学习呢。"

"在仓库里学习？"

伸子吃了一惊，脖子都伸长了。

"为什么非在仓库里？"

"真是怪了！"伸子小声自言自语，"仓库里怎么会适合学习呢？"

"他说那边的地下室凉快，很舒服，而且特别安静——说到安静，家里哪儿都比不过仓库呢。"

多计代自恃幽默地调侃着，似乎在说："那孩子真是的。"

滑轨吱嘎吱嘎地响起，拉开便门的纱门，伸子走进了仓库。刚进门的空间铺了地板，放着旧椅子、装屏风的箱子之类的杂物。仓库东西两侧的窗户都比较大，室内还算明亮，但是常年有一股积尘的味道。西边的角落里有个带锁的盖板，上面有把手，那里就是通往半地下室的扶梯口，此刻盖子打开着。伸子的草屦轻轻地踩在厚厚的灰尘上走了过去，一边朝里面张望一边问："阿保，你在吗？"

没有回答。

"不在吗？"

她又聚精会神地听了一会儿，还是没有回音。于是她小心翼翼地踩着有些简陋的梯子，往下走了几步，仔细打量着下面。这个半地下室里有几根粗粗的方柱，为了防潮都涂上了黑色涂料。东边的窗户下有两根柱子，中间看上去就是阿保学习的地方。高脚桌上铺着一块很大的制图板，前面放着一把带扶手的木制大椅子。制图板桌面上散落着几册书和笔记本。这个半地下室东西两面墙上都装了通风的窗户，一半的位置露出地面，光线可以照进来。但是，四面的墙壁也和柱子一样涂上了漆黑的涂料，所以室内显得格外幽暗。阳光只在桌子上落下一块并不耀眼的光斑。这个半地下室的空气确实非常凉爽。"不过……特意跑到这里来学习，是为什么呢？"伸子靠在反射着幽光的黑柱子上，如此喃喃自语。究竟是为什么呢！只为贪图这一时的凉爽，就要放弃夏天这个季节最应景的趣味、特有的美景和流光溢彩的骄阳吗？阿保选择待在这个半地下室阴森幽暗的空间，伸子无法理解。不过，即便如此难以理解，她也要强迫自己止住这种不理解的情绪。经过相川良之介的死，《给一位老朋友的信》，还有那一场让她印象深刻的葬礼之后，伸子的神经确实有些过敏了。对于阿保搬来仓库学习这件事，她不觉得只是偶然。阿保喜欢待在仓库，这让她有种不祥之感。

这种说不出来的不祥预感，伸子自己都害怕承认。她只能把这种感觉归咎于自己的文学恶趣味。

伸子再次拉开嘎啦作响的纱门，回头关上之后，走出了仓库。

刚一出来，外面炎暑的空气就将她的身体包围了起来。半地下室里面确实要比外面凉快得多。

"我没找到他呀。"

伸子回到餐厅，在多计代身边的飘窗旁边坐了下来。

"阿保是从什么时候开始跑到那里学习的？"

"哎呀，从哪天开始来着……不过今年实在是太热了，也不能怪他。我在二楼经常也热得睡不着觉，真是一点办法也没有。"

风扇在多计代身边转动着，把凉风吹了过来。

"母亲，今年请你一定要带上阿保一起走。"

"对呀，我也是这么想的，等他上完德语课吧。今年难得有机会，可以和东大路他们一起去野尻湖的夏令营。就这几天的事情。"

多计代是通过姑父的引荐结识的东大路，她的语气像是很安心似的。和一郎大概在十多天之前就动身去湘南饭仓的姑父家的别墅了。装饰着柿子籽的漆器小抽屉上，有一张和一郎自己画的漫画明信片，上面画的是偷西瓜的贼，还写了一句很简单的话：我玩得很开心。能够想象和一郎和小枝，还有那些表兄弟们，一群年轻人天天在一起嬉戏打闹的场面。想必这个偷西瓜的贼也混进了这幅欢快的场景。他们才是真真正正过了一个夏天。

多计代问："吉见最近还好吗？今天你们没在一起？"

"她去京都了。"

"……这样啊，"多计代语气调侃地说，"去京都有什么事吗？"

伸子生硬地回答："她父母在京都。"

"还是有什么事情吧？"

多计代接着沉默了一会儿，从旁边的手提包里拿出一把带有小铃铛的剪刀，一边剪指甲，一边问："小伸呀，你说相川的那个女人究竟会是谁呢？"

报纸上发表的《给一位老朋友的信》里提到，相川良之介为了能够安然赴死，需要找到一个契机，也就是一个女人。他想和这个女人一起迎接死亡，但是一直没找到合适的人选，他曾经找人商量过这件事。不过他在信中又说，最后他连这个契机也不需要了。相川良之介的死讯公布那天的早报上提到，他的老朋友久留雅雄在记者会上回答过记者这个问题，说相川良之介非常体恤妻子，所以他计划一起自杀的女人应该就是相川夫人。伸子并不这么理解。如果以要与这个世界死别为前提，又说出体恤自己妻子这种话，那么他所说的女人和相川夫人应该是两个人。无论事实真相如何，这样的心理只是他记录的整个过程中的一个小插曲。只是说明他曾有过这样的想法。伸子觉得，比起女人，相川良之介更在乎的是他的遗产，他写道："我的遗产包括约三百三十平方米的土地，房屋，著作权，还有两千元的存款。我怕我自杀之后，家里的房子就卖不出去了。真羡慕那些有别墅住的有产阶级。"能够看出来，他作为一个艺术家，想抛下妻儿而死的一名丈夫、一个父亲，他的思虑颇深。

自己平时和相川良之介的关系并不熟，多计代为什么会问这么微妙的内幕呢？伸子有些奇怪。

"为什么你觉得我会知道呢？"

"因为——那个女人肯定也是文学圈里的呀。"

"我不知道。"

伸子有些厌烦地皱起眉头，摇了摇头。

"相川良之介那样的人都想和她一起去死，估计是个魅力非凡的女人吧。"

从这句话里，伸子终于明白了母亲关注的焦点。

"相川的那个老婆，只不过是个普通人吧？"

——又开始了！伸子在心底发出惊叫。她下意识地从飘窗边起身，心情已经差到了极点。

"怎么可以这么比较？！你知道是谁吗，就那样说？"

多计代竟然擅自认为那个还不知何人的女人更有魅力，妻子这方只是个平凡人。听到她这番言论，伸子竭力压抑住心中的怒火。对越智年轻的妻子，多计代也是这样说三道四，拿来和自己进行比较。如今，她又同样议论起相川夫人。即便之前她和越智的关系以那样的结局收尾，她从中得到的教训，也仅仅是认清并鄙视越智。

"……真的是，是谁呢……"

伸子脸色铁青，一言不发。多计代身穿一件深蓝绉纱、白圈扎染图案的考究浴衣，她轻移莲步，将刚刚剪下的指甲包在一张纸里，揉成一团扔进了废纸篓。

"就算是相川良之介，背地里还是会和那种女人交往吧——为什么男人都这样呢？"多计代叹了一口气，"真是越来越讨厌男人了。"

　　"男人这种东西，都不值得信任。不知道他们在背地里搞什么花招。你去问问相川的夫人，她肯定到最后都不知道丈夫在外面有那个女人。"她一脸嫌弃，就像是在挑战倔强着不说话的伸子，"我今后再也不会原谅男人的为所欲为！"

　　听到多计代咬牙切齿地说出上面的话，伸子感觉像是被戴着戒指的女人打了一拳。

　　"日本女人被人怎么样了也只会以泪洗面，所以男人怎么可能有头绪——真的无药可救了。"

　　听完母亲这样的说法，伸子才发现母亲自从和越智撇清关系以来，她的心情再一次发生了变化。曾经的多计代怀着质朴莽撞的热情扑向了孱弱的越智，结果就如同一个人以自己全身的重量撞在了一扇旋转门上，但是因为向外奔跑的速度太快，门转了一圈以后又回到了原来的位置。多计代输给了自己内心的那股力量，但是她并没有认真斟酌自己心境的缘由，而是把这一切归咎于男人的软弱，再反过头来强调作为女人的自我肯定。

　　伸子有些恐慌地接受了这个新的事实。多计代心中最后的新奇感和温柔即将燃烧殆尽，只剩下坚硬的灰色残骸，恐怕此生都无法再次点燃了吧。而且，多计代对人生的各个方面，尤其是对男女关系的偏见，也会在矛盾之中慢慢冷却凝固，会加剧她今后生活中所有的自我矛盾，最后也许还会影响到整个佐佐家。一想到这里，伸子就惶恐不已。

二十一

原本计划要在京都待两三天的素子发来电报，说要延长到五六天之后再回来。九月号的文艺杂志紧急组稿，准备刊行相川良之介的专辑，他们也找伸子写感想。报纸上很快刊登出大幅广告："《改造》八月号将推出相川良之介氏绝笔《西方的人》。"同一家报社还刊登了《沙罗之花》和《中国游记》的广告。

既然要写对相川良之介的感想，那么伸子决定遵从自己心中所想，只能抛开对他的质疑或肯定，以一种不置可否的态度来写。但是，伸子也有自知之明，她明白自己无法从根本上捕捉到相川良之介的全貌。《给一位老朋友的信》中就有以下一段文字："我所处的社会环境——关于投射在我身上的封建时代，我故意没有写出来。至于为何故意不写，那是因为直到今日，我们每个人仍然或多或少地活在封建时代。不仅如此，我自己也活在那样的社会环境中，那么我不禁怀疑自己是否能够清晰地认知这个社会环境。"

对于他的这些表述，伸子只能看懂字面意思。对伸子来说，封建时代的含义差不多等同于"过去"这个词语，所以她也无法深入理解相川良之介的话。不过，在这篇伸子没法真正理解的文章中，有一点她非常清楚，那就是相川良之介表明了自己的态度——他对自己理解不了的东西不会发表评论。如果遵循他的理论，那么伸子不仅没有资格发表对相川良之介的任何评论，而且这种行为也违背了她的本心。但是，对于相川良之介对自己都会下如此暗示的聪明劲，伸子不置可否。

伸子坐在书桌前面陷入沉思，阿丰过来说："有客人来访……"

"哪位？"

"一位叫远藤绚子的客人……她说之前您住在老松町的时候，也经常去拜访……"

是远藤——伸子想起来了。伸子住在老松町的时候，绚子就住在附近一个筑前琵琶艺人家的二楼，年纪二十四五岁，靠做手工活为生，也想搞文学创作。

"她说非常想见您一面，说几句话。"

伸子走到玄关外。两三年没见，绚子看上去似乎更加落魄了，瘦骨嶙峋，但伸子还是能够认出她。

"太好了，您愿意见我！今天我有件事一定要找您请教一下，拜托了！"

绚子的虎牙十分显眼，她热切地看着伸子。

"先进来吧。"

从刚才绚子站在门外，到进了客厅里的举止态度，伸子不由自主地生出几分警惕。她让客人坐在北边那个安静小房间的藤椅上。远藤绚子大热天步行赶过来，手不停地擦着汗，看上去还非常口渴。她迫不及待地往嘴里灌凉水，也顾不上拿扇子扇风，一口气连喝了两杯水。

"啊，能见到您真好！"

她似乎下了很大决心才走了很远的路过来，这才缓过劲来，靠在了椅背上。尽管天气非常热，她还是穿了一件白底铭仙绸和服，系着友禅染[1]的昼夜带[2]，和服平平整整，看不到一道折痕。

伸子问："有什么急事吗？"

"是的，有个重大问题，我想请教您一下……"

绚子开始讲述伸子离开老松町之后自己的生活。她经常去久地浩的家中做客，请他指导自己写作，对方也很器重她。然后这一年来，她也常去相川良之介家拜访。大体就是这样一个情况。绚子还说："那位先生在家的时候也是非常孤单的，我都明白。"

她一边这么说着，一边给伸子使了个眼色，意思是她自然有明白的道理。伸子露出尴尬的表情，默默地听她继续往下说。

"报纸上登的那篇《给一位老朋友的信》，您肯定看了吧？"

"是啊。"

绚子抿了一下虎牙突出的嘴，低下头去，马上又抬起头来说："那上面说他有个女人对吧？那个人，实际上就是我。"

"……"

1　日本人用植物的汁液做染料的传统印染技法。友禅染工序复杂，成品价格高昂。——译者注

2　正背面用不同面料缝制的女用腰带。

绚子略有愠色，盯着似乎不相信她的话而一言不发的伸子。

"连您也认为我是在撒谎吧？"

伸子赶忙说："抱歉，我不是那个意思。不过话说回来，我和你有两三年没见了。而且，相川这个人也确实没什么朋友。不管信或不信，我都没有证据。"

绚子骨瘦如柴，她耸了耸皮肤粗糙的下巴，点了一下头。

"确实是那样。"

说完，绚子不由自主地又点了点头。

"这话确实是佐佐小姐您会说的……看来我来见您是正确的！"她紧接着说，"但我说的都是真话。"

又回到了原来的主题。伸子有些为难，同时也觉得有点烦。

"既然是事实，你来找我，我又能做什么呢？"

"嗯，您能做很多呀。如果您能证明我所说的话是事实，那我就满足了。"

相川良之介这个人，似乎对不同类型的女人都感兴趣。伸子联想到了多计代对他的绯闻表现出来的好奇。正常来说，伸子是不会相信相川良之介会对绚子这样的人感兴趣的，从各方面看都不可能——比如相川良之介有洁癖，而绚子脸上总是能看到汗渍，仅仅从这一点上看……

伸子也认真起来，问道："这样说吧，绚子。那么有名气、有魅力的人，写出那种摸不着头脑的话，很容易引起误会啊。在外国文学史上也出现过同样的情况，经常会有人调查名流的情人关系……请恕我直言，站在一个旁观者的角度，像你这样看到只言片语就自己对号入座的女人，可能还有不少吧。"

"不了解事情真相的人也许会那么想。但我并不是那种人。"

"日本女人面对外国男人对她们表现出来的一点小小的殷勤，都会心花怒放，实在是太可怜了……也许相川良之介说几句尖酸话，也会被女人们当成爱的表白呢。"

"嗯，这道理我明白，但是我没有会错意。"绚子凑上来，她的话几乎像是敲打在伸子脸上，"相川良之介先生和我接吻了。就在他家，从二楼下来的时候，在楼梯上……"

伸子背后一凉，瞬间沉默无语，脑海里浮现出那个颤抖着拿起笔、流着口水书写自己的相川良之介。他的妻子突然上到二楼，想看看丈夫会不会猝然伏倒在隔壁房间的榻榻米上真的死了，一副大惊失色的样子。然而，她下楼的时候……

"我们之间都有过那种事了，您还是觉得他说的那个女人不是我吗？"

她们两人此刻所处的小房间的飘窗外有一棵栎树。蝉在树梢上"吱呀吱呀"——重复着单调又喧闹的鸣叫声。隔着矮树篱笆的邻家院子里，草丛中开着巨大的黄色向日葵。夏日的艳阳明晃晃地照在草木之上。眼前如此焦灼的景色却让伸子感到一阵阵发凉。如果绚子所说的是真的，那可真是心酸。相川良之介用一把刀刃破损的细长之剑作为手杖，一天又一天，跌跌撞撞地活在人世间，他为自己感到悲哀。也许他在渴求着恋爱、金钱和名誉，散发着汗臭味的绚子身上也感受到了同样的悲哀吧。或许在他错乱的精神世界里，那个让他的人生陷入彷徨的饿鬼又化作了女人的形态出现在眼前。只有这一种可能性，他才会在那个女人的鼻子上、嘴唇上以决绝的心情吻了下去。他是在和黑暗中的饿鬼接吻。若这不是相川良之介在对他们共同的凋零人生致意，又是什么呢？

但是，这与绚子所理解的接吻完全不同，从本质上就不一样。绚子应该没有理解吧。

悲痛的伸子沉默无言。绚子还在用焦急的眼神望着她，绞尽脑汁地想要说服她相信自己。绚子迫切地想要向她证明，自己是一个有能力迷倒男人的女人。

"佐佐小姐，看来您还是不相信我的话。不过男人的心啊，实在是猜不透。"她对不置可否的伸子露出一抹悲悯的微笑，"久地浩也和我接过吻。不过，那位先生就有点……"

她露出一副意味深长的表情。久地浩的风评众所周知。

无论绚子说的是真是假，从她说话的神态来看，这个女人的心态已经失衡了。

"人与人之间的关系，肯定有旁人了解不到的地方。"伸子努力抑制住自己，用平静的口吻说，"我也有一些理解不了的东西，即便那就是事实。远藤小姐，你爱过相川良之介这个人吗？"

"当然爱过啦。只有我一个人知道他在他的家庭里有多孤独。"

"如果是那样的话，就不要到处传播这件事情了。你去说服那些不了解前因后果的人相信你说的话，也没有什么必要。"

这次轮到绚子哑口无言了。

"我一想到你到处跟人去说这种事，就觉得难受。"伸子停顿了一下，接着道，"最好别再说了，这件事情到此为止，好不好？至少我不想再听下去了，可以吗？"

又过了一会儿，她再次补充道："这个社会非常冷酷，别人只会怀疑你的精神状况有问题。"

伸子终于把话说到底了。绚子一直认真听伸子说着，终于准备起身告辞。

"确实如您所说，"她再次抬起下巴，点了点头，"您说得对，无论我怎么对记者解释这件事，他们都把我当成疯子。"

"你还对记者说了？"

"是呀。"

绚子十分平静地回答。她不理解为什么不能这样做，那口气似乎是觉得伸子对社会的狭隘想法很可怜。

地面上所有植物的湿气被晒干蒸发之后，天气发生了变化。进入八月之后，暴雨伴着雷鸣而至。

素子还没有从京都回来。最里侧的房间里支着白色的蚊帐，蚊帐里空间很大，伸子一个人躺着，眼睛睁得大大的，听着窗外噼里啪啦的雨声。雨滴落在茂密的竹叶上，又打在未经打理的松树枝和丛生的荻草上面，声音轻柔而宽广。伸子平静地躺在地上，那低沉的雨声似乎都传到了她的后背。透过套窗上方的格窗玻璃，闪电青白色的光芒时不时打在蚊帐上。天地被一瞬间射出的磷光照亮又很快归于黑暗，而此刻暴雨似乎也更加密集了。如此大的一场雨，让人不由得联想到即将到来的秋天。伸子想象着自己正躺在跨越夏秋两季的一座桥上，而身体竟然奇迹般地没有被这场大雨淋湿。雨水冲刷着庭院草木的根系，从地板下面淙淙流过。

除了自己之外，一定还有人也合不上眼，正躺在蚊帐里倾听着半夜的这场豪雨。伸子的脑海中浮现出那个女人整整齐齐地梳着七三分的发型，妆容朴素恭谨，身穿洁白的丧服。逝去的相川良之介化成了灰烬，入土为安。若非如此，那位夫人在这滂沱的雨声中应该听不到自己内心的悲凉吧。不妨将心爱之人想象成逝去的流水，诸事无常，万事万物都有最终的归宿。

这场大雨从天刚擦黑的时候就开始下了。白天的时候，白杨树的枝丫上还飘着几朵白云，阳光非常耀眼。伸子搬了一把椅子，坐在能看到天空的外廊上。坐在小桌对面的是大岛则子，她穿着大花纹的泷岛明石和服，配一根罗丝腰带。这是两个人第一次见面，则子当时正在专门给女生开设的大学里学习哲学，而且听说她弹得一手好钢琴。

"你在宿舍住，能带上钢琴吗？真羡慕啊。条件太好了吧！"

伸子半开着玩笑，她觉得这种事情根本不会发生，正等着对方否定，随后又追问了一句："钢琴是什么牌子的？贝希斯坦？"

"宿舍的钢琴特别差……"大岛则子语气平静，答道，"我家里的是贝希斯坦的。"

她去世的丈夫曾经是大学教授，从钢琴就能看出她家里的经济实力。

"家母也很喜欢钢琴，虽然弹得不好，但是也时常练习。她年轻的时候还想过报考音乐学校。"

则子明年春天就要从大学毕业了。大岛则子这个人给人的感觉，就像是在高级纸张上用大大的假名来书写的一封信。对于写字紧紧挨挨的伸子来说，与则子面对面聊天的时候，心情都不由得舒展开来。而且那宽松的行距也不全是留白，似乎还回荡着文字的余韵。伸子非常喜欢这位年轻的朋友。则子认为哲学也是人类的一种兴趣爱好，这种观点为伸子所赞赏。

大岛则子落落大方地聊着天，她的气质就像是夏目漱石笔下女性的进化版。伸子暗自思忖，这样一个人想找我探讨的问题，究竟会是什么呢？也许她到最后都不会提及关键就起身告辞了。

大岛则子看见桌子上放着一把白色团扇，便拿在手里反复把玩着。突然她停下了手上的动作，歪着头，蓬松的刘海向一侧倾斜。

"佐佐小姐，丰田淳老师写的东西，您有没有读过呢？"

伸子只记得那位前辈很有名，是夏目漱石的门下生，但是她并没有像那个人一样对日本古典艺术有那么深的兴趣，也不精通戏剧。

"要说那位老师的作品，楢崎她们读得应该比较多……我的兴趣爱好倒不怎么广泛。"

则子安静地笑了。

"确实是呢。"

她又开始玩手里的扇子，说道："那位老师，去我们那里了——开了讲座。"

则子说出了她上的大学所在的地名。

"你也去听了？"

"是的，去年听了一年他的课。"

她们的话题就像从一片叶子落到另一片叶子上的水珠，一点一滴聚集起来。或者说，伸子从则子说话的语气中隐隐感觉到了什么。

"丰田老师的课，很有意思吧？"

"特别有意思，而且上他的课感觉特别好……"

则子的话像是一个音一个音地弹奏钢琴一样蹦出来，每个音都有自己的音色。此时的伸子才彻底明白过来，则子对丰田淳的爱慕会迎来怎样的局面。

"我……也不知道该怎么办，我觉得对方已经准备要提亲了……"

听则子的意思，这不仅关系到搬住所的问题，感情上也是由对方先提出来比较好。

"我不知道呀……你的学业怎么办？只剩下写论文了吗？"

"是的，学校那边的话，无论如何也能过得去……"

盛夏季节，年轻女孩红润的脸色上出现了一片阴霾。则子饱满的眼睑和下巴就像上簇[1]前的蚕，呈现出一种半透明的白色。伸子也跟着难过起来，她用力摇起了桨，将承载两人话题的小舟划入了洪流之中。

"其实，论文什么的，怎么也能写出来吧……"

突然跳跃到了问题的核心，伸子问道："有什么具体的困难

---

1 蚕发育到成熟后期停止吃东西，乃将其移至簇上，使之吐丝作茧，称为"上簇"。

吗？"

随后，她又强调："我不是为了满足自己的好奇心，所以……你不回答也没关系，不过我是一个有话直说的人，想帮你想想办法……"

"嗯，非常感谢，我明白的。"

则子的双手放在膝盖上，她用手指把一条小手绢卷成一根细细的棍子。

"如果具体地说……那就是这一阵子已经完全看不到未来的希望了……就是这么一回事。"

然后她就不说话了，坐在椅子上有些不自在地扭了扭身体。伸子想起了丰田淳的作品，他的文章中包含了很多复杂的主观叙述，这和则子寡言少语的风格有些近似。这种相似性既深深吸引着则子，也引发了则子内心真正的疑问。这一点，初次见面的伸子也能感觉到。则子正在一个人承受着痛苦，她的表情让伸子觉察到了许多现实中会出现的问题。于是，伸子叹了一口气说："女人受的苦总是更多一些呀。"

"是啊，为什么会这样呢？！"

则子的反应像是猛地抬起憋在水里的脸庞，一下子吐出一口气，释放忍受了许久的痛苦。

"陷入爱情几乎等同于忍受痛苦……"

"所以，这种情况必须改变，"伸子斩钉截铁地说，"这绝对不是正常的，也绝不可能正常。"

伸子在和佃一起生活、挣扎痛苦的那时候，也像现在的则子一样，频频发出哀叹。但是叹气归叹气，她一直没有办法找到这种哀怨产生的原因。

"佐佐小姐一定能明白我的心情……但是，如果真的没法恢复正常呢？我又该怎么办呢……"

"……"

"如果想要变正常，那就必须从根本上打破原来的生活……"

"但是，这是你从一开始就明白的吧？"

"……如果实际上这样做是不可能的呢？男方根本没有这种想法，该怎么办？"

则子的眼睑像是镀上了一层沉甸甸的铅色，此刻低垂下来。那些知名人士往往被人们认为是伦理道德的卫士，但是他们在现实生活里一旦发生这种感情纠葛，也难免落入凡庸，卑劣地为自己的犹豫不决强词夺理。这种行为在本质上与世间的大多数男人没有什么差别。伸子前不久也卷入了怀疑自己道德标准的事件，那种厌恶感记忆犹新。那些道貌岸然的人，竟然有如此混乱的男女关系。而且，他们对此已经司空见惯了，对别人的兴师问罪反而会态度傲慢地嘲笑。一个又一个情景历历在目，即便披着各色教养、各式风情的外衣，如今社会上男女之间的纠葛从始至终都是男人在任性妄为，而所谓的教养也都是用来为男人辩护的。伸子非常唾弃这样的现状。

为了不深陷慌乱之中，则子苦不堪言。她的面前放着一杯漂浮着冰块的凉水，她拿起杯子喝了一口，然后沉思了一会儿，似乎在考虑怎么开口，随后突然说："把一个没有父亲的孩子生下来，是一件罪恶的事情吧？"

说完之后，则子铅灰色的眼皮逐渐有了一点血色，年轻的肉体和精神中的能量都逆流而上。看着她脸上的表情，伸子觉得还不如让她在自己怀里大哭一场来得痛快。

伸子对着则子凝视的目光，一个字一个字地说道："按照这个社会的习惯，这样的孩子会非常可怜。但是，如果说是罪恶的话……一个女人成为一个孩子的母亲，这个动机本身谈得上罪恶吗……"

伸子并不那样想，她顿了顿，继续说了下去："但是呢，一个男人让一个女人成为母亲，却让母子俩陷入那样的境地，这就是罪恶了。并不是生不生孩子的问题，也不是周围的人会怎么看的问题……你觉得呢？"

伸子怕没有表达清楚自己的意思，焦躁地眨着眼睛。

"这种情况下，原本应该非常顺利的事情完全都变了味——特别是如果其中一方已经有了家庭的话……"

伸子逐渐看清了事情的全貌，继续说："从这个意义上说，女人也负有同样的责任。她也不是事先不知道，对吧？"

"所谓爱情，原本应该就是简简单单的爱，不应该掺杂纠纷和怨恨……不过往往事与愿违。为什么爱情最后都会变成痛苦不堪的事情呢？究竟为什么呢？谁能想到，爱竟然会带来痛苦……"

确实，伸子身边完全看不到真正的爱，她费尽心思去寻找，至今也一无所获。佃和自己之间剪不断理还乱的婚姻生活、母亲和越智充满空虚却竭尽全力的纠缠，甚至是母亲和自己之间，似乎也早就没了亲人的感情……伸子摇了摇头，把自己从思绪中拽了出来。

"总之，要打起精神来。即便是痛苦的过往，也要抓住其中最宝贵的东西。如果可以迎接新生命，就堂堂正正地生下来。即便孩子的父亲逃避责任，但是母亲还是爱这个孩子的，是不是？爱是属于母亲自己的，而且孩子……也要给孩子来到这个世界的权利。"

则子灰白色的眼皮下面不断涌出泪水。她用擦过眼泪的手帕捂住了嘴，努力压抑着自己，轻声呜咽。伸子悄悄离开了座位。

过了一会儿，当伸子拿着新的饮料准备回客厅的时候，则子不知道为何站到了隔壁房间的拉门旁边。

"哪里不舒服吗？"伸子有些吃惊地问道。

"没有。"

则子有点恍惚，手里紧紧握着被泪水沾湿的手帕，呆呆地站在那里。她好像也不知道怎么回事，不由自主地就走到了那里。

"我们还是回去吧，站着多累呀。"

"好的。"

则子望着斜下方地上的榻榻米，机械地回答着，身体却一动不动。伸子正想过去拉她，则子一下子就撞进了她的怀里。

"我求你了，千万不要觉得那个人有错！"

声音虽然不大，但是则子却像在呐喊："真的拜托了，他不是一个坏人！"

接着，那比伸子还高大的身体从伸子的胸口滑落下去，她趴在旁边的床上哭了起来。

夏天的雨夜，伸子躺在蚊帐里，听着外面的风雨声，又细细地回想起白天的情景。家里只有自己一个人，庭院里茂密的草木根部被雨水冲刷着，间或听到滚滚雷声。"千万不要觉得那个人有错！"她耳边仿佛又回荡着则子声泪俱下的请求。不去责怪那个人……但是一想到趴在床上哭泣的则子，那条漂亮的腰带在背后系成的御太鼓结[1]，随着她令人心碎的抽泣声不断起伏。

伸子心中充满了说不尽的悲悯。对人类生活中的各种不解涌上心头，让她喘不过气来。瘦骨嶙峋的远藤绚子那下巴上脏兮兮的汗迹，一双眼睛闪着光芒。她告诉伸子她与相川良之介的幽吻。那句"相川良之介先生和我接吻了"，其中也映出了人性的扭曲。然而，这样荒诞、无聊又让人心痛，究竟有什么意义呢？一场暴雨使夜晚的天地都黯淡下来，如同人类的活法奇怪得深不可测。一道闪电瞬间照亮了宽敞房间中囚笼似的白色蚊帐，待光芒消失之后它变得越发厚重，朝伸子的身心笼罩而来。

1　和服腰带一种常见的打结方法。女性将长腰带在后背系成鼓的形状，像一个小包袱，用作背饰。——译者注

二十二

素子从京都回来了。

虽然离开东京还不到十天时间，但是这些天来，素子的生活环境和之前大不相同，她用别样的眼光在家里巡视了一圈。

"怎么样呀？去参加相川良之介的葬礼了？"

"是呀，去了。"

伸子自然而然地将话题转移了："你那边怎样？都顺利吗？"

"怎么说呢，有时候像是一个人在战斗。"

看来素子并没有拿到她预先估计的财产。

"一点也没拿到？"

"那倒也不是！不过就这点钱，只够我自己去的。"

听到她说只够她一个人去，伸子大惊失色。

"只够一个人的……"

也就是说，素子原本是想凑够她和伸子两个人一起去国外旅行的费用。

伸子赶紧说："那绝对不行。我不会去的……不行不行，而且……"

即便素子有足够的钱，伸子也不能花她的钱去国外旅行，这是她从未考虑过的。

"我就知道，小伸你就是这样的人。钱就是钱嘛！难道不是吗？钱就应该花在最应该花的地方，这才是正确的……我家老爹虽然没攒下太多钱，但是吧，也不是什么来路不明的脏钱。"

"我不是那个意思。"

伸子的脸有点发烫，她虽然对素子为自己做打算的行为感到高兴，但还是小声顶了一句嘴："幸好没筹到那么多钱。如果真的拿到了，我就要为难了。花你的钱，我确实做不到……"

素子嘴里叼着红色烟斗，视线从明亮的庭院转到伸子身上。

"那小伸你究竟是怎么想的？"

当初提到要出国这个话题的时候，素子就问过伸子："你想不想去？"

如果说完全不想去，似乎又有些太绝对了。

尽管如此，如今的伸子也并不是特别想去。

"当然了，如果能去也不错。但我又不是俄语专业的，就算去了，也和去法国之类的国家没区别……"

然而，这个回答也不是百分之百的真心话。伸子认为，这次如果要出国，自己必须有一个明确的动机，然后以确定的心情去。她二十岁的时候跟随父亲去了纽约，那对伸子来说完全是一个身不由己的偶然。当时，伸子竭尽全力想把那次偶然引至最切身的方向。正是因为曾有过离开日本出国的经历，伸子反而要考虑良多。

"对你来说，俄语是你的专业，所以有一个明确的出国理由。但是我就不一样了……你明白吗？而且，现在我心里七上八下的。"

伸子将自己的双手放在胸口，手指来回动了动。

"等我稍微平静一下，一定会给你一个答案。所以，再等我一下……"

"这也说不上等不等的……"

得知相川良之介的死讯之后，震惊、怀疑和悲伤都来得十分激烈。虽然这些冲击姑且平息下来了，但在伸子的心中仍然留有痕迹。那种痕迹很是微妙，很难消退，就像相川良之介一篇叫《蜘蛛丝》的小说中提到的那根纤细发亮的蜘蛛丝，贯穿伸子每天的生活，已经开始对她的日常造成影响。尽管那根蜘蛛丝非常纤细，似乎很快就会断掉，但强韧如斯，它是绝对不会断开的。也正如穿起玻璃珠的丝线一样，这根细丝不知何时将伸子记忆中散落的一件又一件往事串联起来。尽管她不知道这一切的意义是什么，未来又会如何发展，但是往日的种种已经在她心中连成了一串。

这两三个月间发生的各种事情——越智和母亲的内情，阿保的生活和自己一直以来对他的担忧，无论哪一件都不能等闲视之，而且有很多细节问题没有得到彻底的解决。这对伸子来说力有不逮，只能眼睁睁地任它们消失在现实的黑暗中。让她无法理解的还有美丽的大岛则子哭泣的姿态和那三个登门造访的脏兮兮的青年的表情。

正如发现自己在动坂的客厅里的那个傍晚，没能帮助阿保摆脱内心困惑而陷入苦恼，伸子觉得迄今为止，有一根蜘蛛丝将她心中的不解和混乱一并串联起来，那根蜘蛛丝虽然纤细，但有着无论如何也切不断的光泽与黏性。渐渐地，她也并没有觉得自己越来越明白。相反，这些逐渐增加的困惑都被相川良之介对那个时代诚实表达出来的，名为"茫然不安"的蜘蛛丝缠绕住，一点一点，一寸一寸地拉扯着。这股拉扯的力量并不是由理解而产生的，伸子是真的不理解！蜘蛛丝上汇聚的困惑越来越多，好像有一股力量即将冲破禁锢，那股交织着痛苦和欢欣的预感让伸子的心脏生疼起来。

伸子想要彻底理解那些困扰她许久的问题。她艰难地将这个想法传达给了素子。

"所以，我想要得出一个明确的结果。你懂我的心情吗？我不想半途而废。就像听音乐一样，我想一直听到乐曲结束。"

"你这么说的话也对。我也不是非要你马上做决定……"

素子并没有再深究什么，她一边期待伸子所说的"得出一个明确的结果"的那一天到来，一边为自己的海外旅行做准备，继续出门办事。伸子则像一只抱窝的母鸡一样，每天都独自待在家里。

某一天下午，伸子正坐在外廊上，呆呆望着被竹叶映照出一抹绿色的金鱼缸，背后突然传来打招呼的一把男声。

"你好呀。"

伸子吓了一跳，没好气地回头一看。面向少女群体的文艺杂志社记者沼边耕三最近时常跑来约稿。沼边耕三每次来都不走正门，而是从石榴树下面钻进来，突然出现在客厅走廊上。第一次来访的时候，他就这么不走寻常路。

伸子有时候在客厅里坐着，有时候不在。她不高兴的时候，就坐在客厅当中的桌子和壁龛之间，身穿白衣的沼边耕三就在走廊上和她说话。

"今天吉见小姐不在家吗？"

然后，他朝屋里看了看。伸子在心里回答他：她不在怎么了？无论她如何拒绝，对方还是会跑来求她写点什么。伸子实在是无法接受那种执拗。俗话说男人要知难而进，如果是从这种意义上说，他还真是贯彻始终。因此，伸子十分讨厌沼边耕三。

她想着这个男人今天是穿浴衣来的，正准备赶紧离开走廊去屋里。这时候，已经走进庭院的白衣人才发现自己刚才吓到了伸子。

"哎呀，真是不好意思，"他抱歉地说，"我刚才走正门就好了。"

定睛一看，原来这个人并不是沼边耕三。来人也是三十多岁，身形和身高也与沼边耕三特别相似。这个人戴着眼镜，脸色有点苍白，看上去非常斯文。想到刚才自己那么慌张，伸子不禁露出苦笑。

"太抱歉了……我刚刚认成别人了。"

她走到外廊问道："请问您是……"

"姓名什么的不足挂齿。"

身穿白色浴衣的男子就像是要将庭院里高耸茂密的草尖竖立在田野上一样，边捻转指尖边说道："我正在读你写的文章……"

"……"

伸子的眼神里带着疑问，望向那个人。

"我是偶然经过，看到门上的姓名牌才……"

这个浴衣男人的谈吐举止给伸子留下了特别的印象。如果说是读了伸子写的文章而过来拜访，他似乎也太淡定了一些。他给人一种坦率的感觉，还带着那么一点桀骜不驯。他比外表看上去成熟，伸子觉得他似乎拥有自己的世界观。伸子安静地注视着这个不知从何而来的人物，眼里的好奇远比警戒要多。

男人站在庭院里，问站在走廊的伸子："你读过北条一雄这个人写的书吗？"

"那不是文学类的书籍吧？"

伸子只记得自己在哪里的广告上面见过这个名字。

"确实不是文学，"白色浴衣的男人露出像是苦笑的笑容，"是经济和政治类的。"

"那我没有读过。"

伸子如实回答。

"那你也没有听说过那些书吗？"

在伸子的交友圈子里，没有人谈论政治和经济。

"从来没有想读一读的冲动？"

"这个嘛……"

这个男人没有自报家门，突然就开始谈论这些话题，伸子更觉得不可思议。看到伸子脸上困惑的神情，男人又露出了苦笑一般的笑容。

"你不读马克思主义的杂志吗？"

"我没读过。"

"里面也有很多文艺理论，还有筱原藏人[1]写的非常出色的论文哦。"

"这样啊。"

伸子隐约记得自己在哪本杂志上读到过筱原藏人写的关于文学的论文。虽然她读过，却理解不了。他的文章中有很多引用的内容，伸子甚至找不出哪句话是那个人自己写的——对于他的论文，伸子只留下这样的印象，因此她更加疑惑了。

伸子将自己的感受原原本本地告诉了那个穿浴衣的人。

"原来如此啊……他写的是那种风格的论文，但是那种比较好懂呀。"

他强调似的重复着："那种论文，不应该看不懂啊。"

然后他有些拉下了脸，说："你是故意装作看不懂的吧。"

"为什么呢？"

伸子在走廊上蹲了下来，一脸费解的表情。

"我为什么要故意装作看不懂呢？你能明白我的想法吗？"

"……"

"明明我们现在才第一次见面……"

"不是不是，我不是那个意思。"

伸子的确想知道这个人到底是谁。

1　现实中指的是日本文艺评论家、翻译家藏原惟人（1902—1991），后来与宫本百合子等人共同建立了新日本文学会。

"请问您究竟是哪位？"

面对她的低声询问，男人还是沉默不语，手指在杂草穗上一圈又一圈地拨弄着，终于，他像是扔掉吸完的香烟一样，把草穗扔到脚下。

"冒昧打扰，真的是失敬了。希望你有时间读一读北条一雄的书吧。"

他说完这句话，没有给伸子告别的时间，便闪身钻进石榴树的树荫走出了大门，只留下一个腰绑黑带的白色浴衣背影。

二十三

在伸子独自看着金鱼缸发呆的时候，突然出现在石榴树树荫下的那个男人究竟是谁？为什么他反复提及北条一雄的书和筱原藏人的论文，然后又转身离去？而且，他还说伸子是故意装作看不懂那些文章，为什么他会说出这些话？

傍晚素子回来，伸子把这个不速之客的事情告诉了她。

"你对那个男人完全没印象？"

"真的不认识……"

"他是住在附近吧？"

"我觉得不是。"

素子的目光跟随着晚风中烟草冒出的青烟飘向庭院。

"也确实该考虑一下家里的安全问题了吧？"

她之所以这么说，是因为从大门到玄关的道路和庭院之间并没有围墙阻隔。

"最近总有一些莫名其妙的人跑进来呢。"

不只是今天这个莫名其妙的来客，之前那三个蓬头垢面的青年拿着只写了姓氏的皱巴巴的纸登门之后，又来了三波差不多的人，每次都是三四个人一起。不过那些人一定会走正门和玄关。似乎他们觉得，正大光明地从正门走进来才能证明他们的行为名正言顺。

白色浴衣男人说的那句"你是故意装作看不懂的吧"，就像一根刺一样扎进了伸子的心里，刺痛了她。对伸子来说，故意装作不懂的态度中包含了一种防卫意识，针对的只可能是某种特殊的利害关系或者权威。而伸子表达的是，由于筱原藏人有关阶级艺术的论文中全都是对别人作品的引用，因此她看不懂。那么她其中有什么意思呢？她完全没有必要故意装不懂呀。

小说家河野梅子和伸子是同窗好友，两人许久未见。她来伸子家玩的时候，伸子也对她说了这位奇妙访客的事情。

"那个人就是这么说的——'你是故意装作看不懂的吧'，怎么可能有这样的事呢？"

市井里长大的梅子身材娇小，眼波流转，配上长长的睫毛，眉眼中有一股特别的风情。此刻她已经换上了素子那身浆好的浴衣，上面的纹饰颇具一股侠气。

"这事情很蹊跷呀。"

梅子缩了缩细长的脖子，看了一眼旁边的素子。素子没有接话。三个人面前摆放着各自的玻璃碗，里面盛的是梅子带来的冰激凌。

"河野，你能明白那个人说的话吗？"

梅子是一个低调的学习好手，除了她的英语文学专业之外，不知道什么时候，她都已经可以阅读契诃夫的俄语原作了。在创作小说方面，她曾得到须田犹吉的亲传，伸子也间接受到过他的影响。河野梅子的写作风格自然不做作，如今已经是一位公认的女性作家了。

"抱歉，我太懒惰了，没怎么读过那方面的文章。"

梅子笑了笑，露出嘴里面镶的一颗小金牙，那双漂亮的眼睛微微向上挑了挑。

篠原藏人在论文中提到现实主义文学也有阶级的区别，必须分成资产阶级的现实主义和无产阶级的现实主义两种，这一点是伸子无法理解的。在《安娜·卡列尼娜》中，女主人公安娜第一次来到莫斯科出席晚宴的时候惊艳登场；与渥伦斯基陷入爱河之后，在丈夫卡列宁的书房里，安娜为了追求自由，与冷血的卡列宁对抗，释放出蓬勃的生命力。这些场景真实、鲜活。能写出人们那样生动的生活的小说，伸子不明白为什么现实主义文学还要分出资产阶级和无产阶级来。

"无论哪一种，都是想要写出好的小说作品，对吧？这点大家是一样的。"伸子一脸期待地说，"无论描写的是无产阶级的生活还是资产阶级的生活，作家都是想写出具有共识性的现实题材小说，体现整个社会环境的变迁——所谓的现实主义，不就是这样的作品吗？"

"……"

梅子垂下了眼帘，表情严肃起来。她没有着急发表个人意见，而是安静地听伸子说完。一时间，三个人都沉默了。素子本来像个男人一样双手环抱在胸前，此刻她一只手抽出衔在嘴里的烟斗说："其实我们也不明白阶级分化到底是什么，所以没办法全都说清楚。"

伸子不由得睁大了眼睛看着素子。她完全没想到素子会说出这样的话来。

"……那你明白吗？"

"也不是说了解得非常多，但是……大体的情况还是知道的。"

"……"

素子是从什么时候开始了解这些的呢？前段时间回京都的时候，素子又跑到祇园的阿端那里去过夜了。回到东京之后，也像过去一样事无巨细地料理日常，看上去和从前并无二致。但是这样的素子却说出了过去从没提过的阶级论。伸子暗自吃惊。就连喜怒不形于色的梅子在观察素子的眼神中也流露出一丝诧异。

伸子将身体凑向素子问："你从哪里了解的？"

素子脸红了，她习惯性地用手从下往上抚摸着下巴，回答道："咱们家又不是只有小伸知道得多。"

"你别损我了……说正经的呢。"

"有教材呀。"

伸子和梅子不由得对视了一下。

"哪里有？"

素子得意地笑了笑，并未回答。正当伸子眼底开始流露出一丝焦躁时，素子抬了抬下巴，示意她们放在房间一角的那张属于她的书桌："就在那里。"

"真的？"

"我要是撒谎，一开始就不说了嘛。"

伸子马上站起来，走到书桌前。素子翻译完的那本俄国作家书信集印了一版校对稿，放在了桌面上。旁边有一个忘了盖上盖子的红色墨水瓶。看了一圈，她也没找到素子所说的教材之类的东西。

"什么都没有嘛，这里……"

"就在字典下面呀，有书皮的那本。"

那本厚重的俄语字典下面，压着一本厚厚的方形本，外面还包着牛皮纸书皮。

"是这个吗？"

伸子拿着那本书，朝对面坐着的素子展示。

"对。"

伸子站在原地，翻开了那本书。上面印着"布哈林[1]著 历史唯物论"几个字。她在报纸和杂志上看到过好几次这本书的广告。不过单看这个题目，伸子并不理解是什么意思。她随手翻开几页看了看，慢悠悠地回到素子和梅子二人身边，然后把书递给梅子。梅子耐心地按照顺序看了目录和前面几页，随后默默地将这本包着牛皮纸书皮的书放在榻榻米上。从这本书的目录和几篇文章中，伸子感受到了迄今为止自己读过的那些书里所没有的新鲜、尖锐文笔，她还感觉到了一种美感。

---

1 尼古拉·伊万诺维奇·布哈林（1888—1938），苏联政治家，著名理论家，曾任《真理报》主编。——译者注

伸子伸出手，从梅子身边又把书拿了起来。

"有意思吗？"

"很有意思。"

素子非常坦率地点头承认。

"太狡猾了。"

伸子没有掩饰自己的不满。

"什么时候买的？"

"两三天前吧。"

要说两三天前，不就是指那个白衣男人从石榴树下出现之后不久吗？素子又用手抚摸着下巴解释道："我也看了北条一雄的书，不过还是觉得这本比较好，就买了。"

"真的太狡猾了，"伸子又重复了一遍，"我在家里待着胡思乱想的时候，你却……"

"哎呀，我走之前也不可能什么都不干呀。小伸你也可以去买几本看看嘛，还有好多呢，就在东京堂书店。"

梅子听到她的话之后，有点犹豫地发问："……你是要去哪里吗？"

素子一时失言，有点张皇失措："啊，啊……其实还没有最终确定呢……反正我这辈子就干俄语文学翻译了，所以就想狠狠心去一趟苏联……"

"真的？！"

梅子的眼睑上方浮起一抹红晕。

"这是好事呀！一定要去！"

她用自己特有的谦虚态度表示赞成。

"如果能去的话，那可真是太好了！我也会替你高兴的。"

一不小心，她兴奋的语气里就带上了东京本地姑娘的口音。素子的浴衣穿在梅子身上十分宽松，她有点不好意思地缩了缩脖子。

"那伸子也会一起去吧？"

"我没有钱啊。"

于是素子就用调侃的语气说："也不仅仅是钱的问题。她还在犹豫呢……说是没有充分的动机什么的。"

"这种事梅子也理解吧？如果就这么糊里糊涂地去了，难道不是很浪费吗？海外旅行又不是轻易就能成行的。"

如果说到动机的话，从那个没有报上名字的白衣男人来访的那天开始，伸子就已经不再只是拼命审视自己不理解的事物了，而是多去思考如何脱离这种状态。在她的不解之外存在着她本该认识的事物，或者说她开始觉得那里确实存在有意义的事物。

梅子当晚留宿在了伸子她们郊外的家里。第二天上午，在她离开之前，素子非常务实地叮嘱她："出国旅行这件事，实际上还没有完全确定。我只是有这个打算，所以拜托你先不要说出去。万一最后我没去成，那就丢脸啦……"

"嗯，你放心，我一定不会对别人说的……"

走出玄关的那一刻，梅子扬起又浓又长的眉毛，回看了一眼伸子说："不过，如果真的能去，那就太好了。"

　　浅灰的纸制封面上印着红色的字，"布哈林著 历史唯物论"。这本定价一元的厚书，也开始出现在伸子的身边。这本书比较客观地向伸子展示了社会的构成。这么长时间以来，伸子一直是通过文学的形式感受人性的发展来体会社会的进步，此时她才意识到生产条件的革新才是实现这种变化的决定性力量，这对她来说是一个崭新的认识。社会上分为不同阶级这件事，尽管她从文学的角度无法一下子理解，但是这本书从没有阶级划分的原始社会开始讲解，详细说明了人类随着社会发展产生阶级的过程，伸子从这个角度就能读懂了。存在于一个发展阶段的矛盾，同时也是为进入下一个阶段所做的准备，发展的脚步是不可能停止的，不存在绝对的事物，现阶段的所有问题也不可能全部被解决——这些观点都让伸子感同身受。伸子在这之前就认为阿保反复强调的"绝对论"实在是太迂腐了，心中一直有些抗拒。如今看来，她这种抗拒的心理是有理有据的，而且是自然的。

　　伸子每天用大把的时间读这本书。随着一部分一部分地学习，她逐渐开始看清人类社会的本质。她在千变万化的繁杂关系中看到了最根本的矛盾，社会科学这一导向历史发展的必然方向的方法，以一股全新的力量充分满足了伸子的求知欲。

　　读着读着，伸子常常会抑制不住自己的感动，对素子说："我真的好高兴啊！简直就像拨开了心中的迷雾一样，一座座山、一片片森林，还有江河湖海都清晰地展现在我眼前。你读的时候是不是也有这种感觉？"

　　"……"

"是不是呀？你也有同感吧？"

"你也太吵了吧，我现在正工作呢……"

素子已经被她烦得有些生气了，毫不客气地顶了回去。

"你昨天不是也说了一样的话吗？"

"啊，有吗……不好意思。"

然后伸子又回去继续读那本书。

阶级的存在是客观的，不会因为个人的主观因素发生改变，这是社会性事实。这点让伸子感慨颇深。人从属于某个阶级，阶级本身在整个历史阶段有各自的利害关系。这个客观事实不会因为人们对阶级分化一无所知而发生改变，它是现实存在的。读到这里，伸子也大致可以站在第三者的立场上，重新审视那些来"征收"的青年和自己的不同立场，逐渐明白了分歧的根本在哪里。伸子明白了，在社会阶级划分中，自己应该是一个属于中产阶级的女人。即便自己有工作并且经济独立，她仍然属于中产阶级、小市民阶级。然而，中产阶级正面临着这样的处境，夹在越来越寡头化的资产阶级和劳动阶级的矛盾中间摇摆不定。在历史发展的进程中，劳动阶级即将开始承担新使命，中产阶级是转而与他们利害与共，还是同本质上被阻碍了发展的支配阶级一起消失在历史的洪流中，只能二选一。

"原来如此。所以动坂的家里无论是买汽车还是别的什么事，最后都显得寒碜。轮船公司在第一次世界大战期间发了大财，所以那些建筑师才会盖那栋大楼……"

伸子一边自言自语，一边回想起建筑师父亲曾经屡次向她抱怨客户的不合理要求。父亲的方格纸笔记本上除了已经动工的房屋设计图之外，还有他在设计的时候想出的一些天马行空的方案。坐在椅子上的泰造弯下腰，拉着坐在小凳子上的伸子的手，对她说："来吧，尽情发挥你的 imagination（想象力）！"他故意在日语中混杂着英语，似乎想让这句话更有深意。而那个时候，伸子笑着说："父亲就是 imagination 太丰富了！"

如果那时的她能多多少少明白一些社会规则，从作为建筑师的父亲的立场来思考，就会理解父亲那么丰富的想象力背后，实则隐藏着他无法实现的建筑理想。而她当时没有理解父亲，只是毫不在意地嬉闹。伸子觉得这实在是太无知，不由得厌恶起曾经的自己。

因为自幼就过着衣食无忧的生活，伸子的作品遭到了不少攻击。迄今为止她都觉得，即便是衣食无忧，也可以让人持续思考作为人的更多的可能性。但是现在，伸子觉得那些庸俗的，仅从表面现象就收到的评语，似乎还有其他不同的含义。这个不同的含义就是伸子不是在劳动阶级生活中长大的。她在阿保身上也看到了这一点，并且为他那种同样的小市民做派和思维方式感到心痛。伸子现在已经能够理解，自己生活的根本与产生那种思维的阿保一样，根植于相同本质的阶级基础之中。所以她也终于明白了，自己不知道从什么时候开始，已经做不到用有力的语言回击阿保，让他哑口无言了。

每一个新的发现都让伸子感觉到曾经的自己是多么愚昧和软弱。但是，伴随着自己的痛苦一层层暴露，一种爽快感同时油然而生。

随着阶级的不断分化，小市民阶级的正确的生活方式究竟应该是什么样子的呢？

"素子，你知道吗？"伸子在专心校对的素子身边小声嘀咕，"我似乎明白了为什么相川良之介的智慧也是有边界的——阶级的过渡对每个人来说，比如你和我，是怎样实现的呢？"

"小伸，阶级是生来就具有的，你太烦人了。"

手拿红色墨水笔的素子这回是真的生气了，她在椅子上仰头看着站在她身边的伸子："无论什么时候，你都是一副'这件事是这样的，你知道吗？'的样子——这回也是，那本书明明是我发现的，小伸你只是在家里坐着。我必须出门办事，然后你呢？就在家坐着看书。你把看到的东西全部吸收了，变成了自己的知识。每次都是这样，我来制造一个契机，而小伸你呢，就会从一旁占为己有。"

素子用仇视的眼神盯着伸子，像咬着后槽牙一样，讥讽地说："也许这就是所谓的实力差距吧……但是我不想再做你向上爬的梯子了！"

伸子想说点什么，她张了张嘴，但是也不知道该说什么。素子黯淡的眼神里有一层阴影，她心情复杂，却也真的想把伸子推开。但是……伸子和素子如今的生活并不是高枕无忧的，就像伸子与佃曾经的婚姻生活一样，总有波澜。当初，面对在婚姻中感到不安、急切想要离开丈夫的伸子，素子给予了支持。而现在，伸子的心再次蠢蠢欲动了。她想探索她们自己的生活，去发现生活中新的意义。素子为什么无法和她产生共鸣呢？她们两个人之间还能心意相通吗？素子站起身离开了书桌，只留下伸子默默垂泪。

二十四

　　苏联革命十周年纪念活动从十月初开始为期一个月。素子的计划是在庆典结束之后再去苏联。因为她这次完全是以个人名义出国的，也不属于被邀请过去的客人，还是一介女流，所以她觉得还是等到热闹的庆祝活动结束再出行比较好。

　　进入九月之后，素子开始正式办理签证手续。申请签证的时候，需要准备一张用于贴在签证上的照片。

　　"真麻烦呀，早知道我就在家里照了。好像还剩一两张吧。"

　　素子从壁龛的地柜里拿出了旧点心盒，里面放着快照相片。她将照片都倒在桌子上，开始翻找起来。伸子就坐在走廊的椅子上看着她找。

　　素子说："没有合适的，这个太小了点。"

　　因为是附在正式材料上的照片，所以尺寸也有严格的规定。伸子眼神认真地观察素子翻弄一堆旧照片，终于含糊地问了一句："要不然，重新拍一张？"

　　她说着站起身，来到桌子前面。

　　"咱们相互拍张新照片吧……"

伸子有点难为情地提议，露出了一个略带兴奋的笑容："反正我也要拍……"

"你说什么？小伸！"

素子听到之后，脸一下子红了，然后像是要再确认一下似的盯着伸子问："你说的是真的吗？"

伸子微微点了点头。

"那……你找到自己要去的目的了？"

那本厚厚的、灰色封面的书籍教给了伸子很多她从前不知道的东西。她已经隐约意识到，自己心中产生的各种疑问都和日本的社会环境相关，但是这种认识还非常模糊。例如，如果自己要实现阶级性成长，具体应该做什么、怎么做，伸子并不知晓。而这本书中明确地指出来了，那就是小市民阶级和知识分子都该加入无产阶级革命的阵营，才能在历史的进程中发展自己。

纵观俄国的历史，伸子也已经充分理解了这一点。已经有千千万万的人按照这种方式生活。但是在日本，具体到自己身上，伸子丝毫看不到这样的痕迹。如果大家都要成为革命者，而且也没有其他道路可走……她有些害怕了，一想到无政府主义者大杉荣和伊藤野枝被宪兵大尉甘粕残忍虐杀[1]，她就感到非常恐惧。伸子想要好好活下去。筱原藏人在论文中提到现实主义也有阶级

---

1 甘粕事件，又称大杉事件，发生于 1923 年 9 月，日本关东大地震半个月后。由于担心无政府主义者会推翻政府，宪兵大尉甘粕正彦在东京有计划地杀害了无政府主义者大杉荣及其家人。此事引起轩然大波，东京市内人心惶惶。大杉荣的伴侣——日本妇女解放运动家、作家伊藤野枝（1895—1923），也在此次事件中被杀害。

划分的观点。看完那本书之后，伸子多少明白了。站在无产阶级的立场上，带着那样的感情看待现实生活毋庸置疑，但是，这些又和伸子的日常生活和写作怎样产生关系呢？伸子发现，在被称为无产派的这群人里，特别是像筱原藏人这样阐述类似理论的人们，基本都是出身于劳动者家庭、生活贫苦的作家，不然就会被认为没有发言权。所以实际上，伸子之前写的那些作品是完全被这群人无视的。

无论能不能被这群人认可，伸子作为一个人，一个女人，她都希望对人生有所发言。她不想使自己的生活方式一笔勾销。如果出于某种理由想在某处止步的话，那她为什么要做那番考虑，亲手推开穷追不舍的前夫佃呢？佃脸上油腻汗渍的感觉至今还未从她手掌上完全消失，她为何要做出如此种种，彻底走出和佃的过往生活呢？

"我呢，就是因为这个才想去苏联看一看，试试在那边生活。无论是好还是坏，我都要用我自己的眼睛去看，用这副身体去体会。"

苏联被一部分人视为人间乐土，被另一部分人看成恶魔的巢穴。伸子想去见识一下那里真实的生活。只要将自己的眼睛和心灵投入进去，就能了解那里实际的状况。同时，她也期待能够从中真正理解自己，找到自己未来的生活方式。

"我也说不太清楚……你能明白吗？我想磨砺一下自己，不会俄语也没关系。我想试试看自己能不能适应那边的生活……"

"这确实是小伸你的风格。"

素子沉默着思考了一会儿，然后说："看来虽然你要和我一起去，但是目标却不同啊。"

她像是要再次强调一遍，慢悠悠地接着说："不过，既然事情已经定下了，那就要赶紧行动。"

"是啊，旅行的钱还没有着落……"

看到素子实打实地开始为两个人做规划，伸子一边附和，一边长长地叹了口气，把脸埋进交叉搁在桌上的胳膊里："啊，啊，看来得找点什么工作做做了。"

"什么工作？在确定去之前？"

"毕竟我们两个都讨厌被惰性驱使着去工作……但是只有你的工作顺利进行，而我还是做什么都不知道，所以必须干点什么才行。"

"……"

素子瘦长的小麦色脸庞再次染上了红晕。然后她一言不发，用赞许的目光注视伸子。看着她亮闪闪的眼睛，伸子又想起来她之前看自己的眼神。"我不想再做你向上爬的梯子了"——素子说这句话的时候眼神黯淡，是那种拒人千里的神色。现在伸子眼前的素子眼睛里明亮不已，与之前那股幽暗之间仿佛隔着千山万水。伸子咧嘴笑着，半开玩笑地说："你之前一个人要去的话是怎么想的？你觉得怎么样才最好呢？"

素子依旧沉默着，拿出一根香烟点上，吸了一口。

"还是现在这样最自然了……对咱们都好。"

"……"

伸子在脑海中想象着这样的场景——太平洋航路上的巨型客轮从横滨码头一艘接一艘地启航，驶向大海。出航的铜锣声响起，栈桥也升了起来，庞大的轮船在音乐声和飘扬的彩带中缓缓离开岸边。海面上漂浮着细小到几乎注意不到的稻草和果皮，轮船和海岸之间渐渐拉开了距离。随着那道脏污的细长海面变得越来越宽，岸边送别的人群也开始逐渐看不清表情，变得越来越渺小而远去。船客们此刻才感觉自己真的漂浮在大海之上了。

伸子感觉到自己终于逐渐离开了之前一直生活的海岸。岸边还能完整清晰地看到动坂的家，朋友们的生活场景，甚至看到自己的日常生活。但是，这时决定性的海面已经出现了——几年前，动坂的生活已经不属于伸子了，无论她出国生活，还是在现在这个东京郊外的房子里生活，动坂的岁月都只会围绕着动坂家里的人们运转。朋友们的生活也是一样。可是，在生活的车轮转动的间隙，隐藏着一张牵动着伸子内心的脸庞。鬓角和鼻子下面长着细密汗毛，那是阿保圆乎乎的稚嫩面庞。那张脸上写着他心里没说出口的千言万语，因此他才总是低垂着眼帘，时不时还发脾气。二十岁的高大身材，高中制服穿在他身上已经显得有些局促，裤子膝盖部位已经磨旧而发亮。他是全家人的骄傲，看上去一丝不苟，实际却非常孤单，还被同学指责："佐佐这个傻瓜！天生的调停派！"

伸子用圆润的手背撑着脸颊，反手托腮，就这么陷入了沉思。

"你怎么了？"

"……"

"还有什么事？"

"我又想起阿保了。"

"……那——要不然你别去了？"

"我不会再改变主意了，"伸子回答道，"所以我才担心。"

素子像是要为自己对现实的判断找一个依据一样说："那个孩子，又和你不亲。"

她不假思索，直截了当地说出口。

"是呀。那个孩子太有主见了，觉得谁也靠不住。而且我也知道自己不会成为他的依靠。正因为如此，我特别担心他。"

如果知道自己的姐姐要出国了，估计阿保也不会表露任何心迹，只会表示赞成，然后力所能及地协助伸子。但是，在阿保心里真的只是如此吗？看到伸子托着腮帮子一脸忧郁，素子兀自抽了一会儿烟，终于下定决心似的说道："那我们来想想旅费怎么办吧。"

"暂时没想到好办法。"

伸子的思绪从阿保身上转移到了这个非常实际的问题上。

既然决定了要一起去，伸子当然考虑了费用的问题。这次旅行从头到尾都是自己去经历，所以任何困难都无法阻挡她。伸子无论如何都要自己凑齐旅费。有一个方法是可行的，那就是与报社或者杂志社签约，做海外特派记者。问题是伸子能不能写出合格的新闻报道。她本来就不熟悉新闻稿的语言，也完全不具备经济和政治方面的知识。

"如果只是交通费，按月付款就可以了。"

272

素子指的是她一直主张的向小银行贷款。

筹措旅费的事情还是没有着落，两人暂且先办理签证。夏天的草木开始枯萎了，两个人在庭院的檐廊上互相拍照，把拍得不怎么样的照片贴在申请签证用的文件上。签证审核要等待一个月以上，说不定这段时间里就能筹到旅费了。

既然两个人要一起去俄国，那么这个郊外的房子就不需要续租下去了，只需找个地方寄存书和行李。素子的表弟在日本桥工作，店里有个仓库，素子想把东西放在那里。还有一个选择是老松町，就是伸子过去租住过的那家裁缝铺的二层。伸子的物品准备放回动坂的家里。两个人开始张罗着搬家。这一天，一直连载伸子长篇小说的杂志社社长木下彻来到了她们家里。木下彻身高不高，他身穿鼠灰色夏装，没有戴帽子，从汽车上下来。

"哎呀，您在家呢。"

木下操着一口南方口音，站在玄关外。

"我正好有点事，就到玉川这边来了……这里环境真的挺不错呀，安静闲适。"

他一脸好奇地打量着这个女性居所，房子里尘埃堆积，庭院里杂草丛生。伸子和这位社长只在市内大楼的一间办公室里有过事务性的会面。她招呼木下坐下，但没有让他坐到她俩的椅子上。

随便聊了几句家常之后，木下说："唉，最近实在有点头疼呀。"他双手交叉枕在脑后，在椅子上拉伸着后背。

"实际上，现在我还是有点不知道该怎么办。"

这个人经营着一家杂志社，同时有意参选议员，在伸子她们不熟悉的政治领域也十分活跃。

"木下先生贵人事多，遇到的问题肯定不少。不过您应该已经习惯了吧。"

"——这个嘛，这次的事情有点棘手啊。"

木下微微垂下头，那张混合着温柔和刚毅气质的脸庞棱角分明，略显苍白。他抬起黑暗而略带忧郁的眼睛看向伸子。

发觉他好像要说什么严肃的话题，伸子来了兴趣，于是她的态度也认真了起来："木下社长，真是什么重大的问题吗？"

"对我来说非常重大。夸张一点说，它会决定一生的命运走向。"

"那我来帮您一把吧。"

伸子站起来，从地柜的相册上拿起一本薄薄的小册子。黄色的封面上印着冈本一平的彩色漫画。

"这是什么？"木下伸手接了过来，"《命运占卜》……哎哟，真没想到你们这里还有这种书。"

"这个特别灵验。查我自己的运势，基本上都是准的。不信您也试试，肯定大吃一惊。"

伸子从抽屉里拿出一张纸，裁成细纸条，然后用唾液将一寸[1]来宽的纸条粘在鼻尖上。再把《命运占卜》打开，翻到只印了数字的双联页凑到脸前面，嘴里念叨"急急如律令"，然后把纸条吹落。根据纸条落下的数字位置，打开数字对应的那一项，

1　日本度量衡制中，1 寸 ≈3.03 厘米。

上面画的漫画就代表命运的占卜答案。

"欸……这可真是个奇特的占卜方法。"

身穿浅灰色西装的木下一边说着，一边动手将一个纸条贴在自己的鼻尖。

"是'急急如律令'？"

"对，就那么说。"

纸条落在了第 86 项，打开一看，上面画着一个梳岛田发髻的女人。女人提着和服衣摆，站在一条水流湍急的河水中央。除了美人流水图和几句签词之外，还有一些浅显易懂的话，大体的意思是：你现在最重要的就是要做出决断，如果犹豫，事态就会继续恶化下去。这些话都是以这位漫画家最擅长的那种禅意措辞表达的。

伸子饶有意味地问："怎么样？是不是非常准？这和外面那些占卜可是不一样的哟。"

"哎呀，还真是非常准确呢！"

木下如此一本正经地回答，伸子也吃了一惊。占卜这种东西，不过是利用求问者的共通心理，提供一个像是最大公约数一样的普适性答案。但这都是常识，根本没有什么正经作用。

伸子没想到木下真的信了，她追问了一句："怎么个准确法？"

"这个说起来……有点复杂，但是真的准啊。哎呀，谢谢您，帮了我一个大忙。"

他的表情看上去真的是心满意足。伸子心想，看来这位浅灰色西装的社长一定是从中得到了什么启示。

"我的运势是这样的……元旦那天求问的，也非常准，您看看。"

她翻开的是第 43 项，那是一幅写有"只剩勋章，无米下锅"的漫画。画得也非常切题，一个长着胡子的男人戴着鸟羽装饰的礼帽，身穿华丽礼服。他跪在地上搅拌着一口锅，然而锅里空空如也，一粒米也没有。

"哈哈哈哈哈！"木下被逗得开怀大笑，"这可是太妙了！难道不是吗？"

"是呀，我也觉得非常有趣。"

伸子不由得也兴奋起来："但是我也有点为难。如果这幅画预示了我的命运，那我估计不能轻轻松松地说一句'承蒙关照'就跑到外国旅行去了。"

"您还有这个计划？"

于是伸子对他讲了自己和素子决定要去苏联旅行并且提交了签证申请，以及素子已经做好了准备，自己的旅费却还没有凑齐的事情。

"肯定有什么办法吧。"

"如果我这个人除了写小说，还能写出其他东西的话，我肯定会去找木下社长您商量这件事，哪怕是去求您也行。但是，我确实做不到……况且我连俄语也不会……"

此刻，想到自己无论去哪里都只会写小说，伸子备感自己生活上的无力。而且她也预感到，在旅行的那几年里，有可能连小说也无法继续创作。

"要不然去找您父亲谈谈……多少能要一点吧。"

"不到万不得已，我是不会去的。"

两个人都不再出声了。木下像是突然想起自己的工作，他问伸子："您之前一直连载的小说，是不是很快就要从我们社出单行本了？"

"第二次校订完成之后就快了。"

两个人又沉默了一会儿，木下才开口说："那不如就这么办吧。"

他上下交换了一下翘着的腿，继续道："我们社最近不是在出一个全集嘛。其中一册让您和楢崎佐保子、村田寿子三个人一起做一本合集，您看怎么样？"

"真的吗？"伸子喜出望外，"如果真能有这种机会，实在是受宠若惊……"

这家社最近正在着手一项大规模的工作，刊行明治以来的日本文学全集。从尾崎红叶到当代新锐作家的作品一并网罗。有的是一位作家的作品合成一册出版，也有的是三四位作家的作品合成一册出版。这件事在报纸上也刊出了大幅广告，开创了当下流行的一元本的先河[1]。一直以来，这都是伸子可望而不可即的成就，她从未想过自己的作品也会位列其中。之前女性作家中只有樋口一叶入选。

木下似乎认为自己的提议不仅可以在经济上资助伸子，也利

---

1 1926 年末，日本改造社开始刊行《现代日本文学全集》之后，其他各大出版社也陆续出版全集类图书。"一元本"即指一册定价一日元的意思。

于满足出版发行的工作需要，因此信心满满地说："就这么定了。你们三个人出一册合集，确实不错。这么一来，佐佐小姐也就不用借钱了，不是一件好事嘛——毕竟要付给您版税呀。"

"太好了！"伸子激动不已，目不转睛地盯着木下有些发白、圆中带方的面孔，"要是借了钱，恐怕我也还不上。"

"那确实也很麻烦。不过要给您多少呢？毕竟书还要很久之后才能出版……"

木下似乎在计算着什么。

"预定出版的书通常在一开始的时候版税高一些，之后就没多少了……但是一万元总还是有的。"

"三个人一万？"

"不，一个人一万。"

"那就很好啦，我去俄国够了。"

"那就先付给您一万元。之后如果您写出来了什么，就给我们寄回来。当然还会另给您算稿费的……"

这是一个伸子之前想都没想过的方法。这样一来，她的旅费问题基本解决了。

外出的素子这时候也回来了。

"哎呀，这可真是稀客。"

素子刚坐下来，伸子就迫不及待地对她说："还有更好的事情呢！"

伸子把自己能够在全集里出一册书，用版税作为旅费的事情告诉了她。

"那可太好了。本身这个企划已经出了那么多名家名作，也该出一出你这样的一本啦。"

素子略带揶揄地笑着，一边向木下递出一根威斯敏斯特香烟，一边说："不过木下社长，这样真的好吗，您这就一个人做主了？——既然皇上已经下了圣旨，下面的大臣也只能照办啦，不会有人提出异议吧？"

"您这张嘴啊，还是这么厉害——不会有人有异议的，没问题，我说到做到。"

已经赴美旅居的村田寿子和素子多年前是非常亲密的朋友，所以就由素子来决定村田寿子入选的作品。伸子则选择了自己最早发表的小说和最近即将单独出版的长篇小说。

"既然如此，接下来就是一些具体的工作了。还有楢崎女士那边，我们社会直接和她商谈。"

木下离开之后，伸子依旧有点恍惚，她的视线在桌子上放着的烟灰缸上停留了许久。

"小伸，振作一点！"

"不过，真的没想到……"

"所谓双喜临门，就是这个意思呀！多好的事情！"

之前为了筹集旅费，伸子几乎想破了脑袋也束手无策。只想着需要钱，却不知道钱能从哪里来。而木下仅仅是偶然经过伸子家门前，停车过来坐一坐，就是这样一个小小的巧合，聊起了伸子缺旅费的问题。对伸子来说，靠工作挣钱也合乎情理。

但是，如果不是木下表示自己很发愁，伸子为了当时的气氛而随意说出那些话，她可能根本不会提到钱的问题吧。所以伸子觉得，对自己来说那么重要的问题，也许仅仅是因为对方的心血来潮，一次偶然才得以解决的，如此想来，难免沮丧。

"你干什么呀，没必要在意这些细枝末节。"素子说，"既然事情都商量好了，刚才也做了一个大体的计划，你再考虑那些有的没的——简直就是自作多情嘛！无论是谁，不都会因为当下的心情或偶然而动心起念嘛。"

此时素子已经做好了外出的准备，她抽着烟招呼伸子："小伸，走吧，去散步！"说完之后就先走出了玄关。

伸子身穿一件紫色薄毛呢围裙，就这么跟着出了门。从大门向右拐是一条长长的坡道，爬上去之后，来到这块郊外住宅区的中央大道附近的一条樱花路，从那里向左转。高耸外墙的西式洋房挂满了爬山虎，透过时髦的铁艺围栏能看到洋房的入口。下午三点，秋意渐浓的光线清澈透明，从樱树枝叶的缝隙间洒落下来。两个人穿过樱花路，眼前出现了一片农田。在秋日照耀下，起伏舒缓的耕地上，或远或近的杂木林点缀其中。伸子和素子走在田间小道上，朝着一片稀疏的杂木林前行。一片菜地里种着萝卜，还有五颜六色的辣椒，空气中弥漫着植物结果的香气，还有午后被晒得发热的堆肥散发出来的强烈气味。离开小路之后，伸子一边走一边采摘秋天的野花，有粗壮的犬蓼花、形似紫菀的紫色野菊花。她把摘下的野花握在手里，一朵朵细小的花儿使她的心情镇定了下来。伸子遥望着地平线，广阔的视野令她心旷神怡。随着情绪逐渐趋于平静，她又开始高兴起来了，那份快乐的感觉非常清晰。

刚才为了摘花，伸子落在了素子的身后，她追上素子后说："突然觉得好开心啊！"

原本只是小声说了一句，但是快乐之情很快就被召唤出来，一下子喷涌而出。伸子迈着雀跃的步伐，想要放声歌唱。这次真的可以去国外旅行了！一定要去！——这个想法仿佛传递到了远处森林的地平线和那些飘荡于高空的白色云彩上。

伸子说："把手给我！"

说着牵起了素子的手，两个人都开心极了，精神抖擞地沿着农田之间的小路大步向前跑了起来。她们绕过一个小山丘的山脚，又经过一座架在小河上的独木桥，就这样朝前奔跑，直到两旁出现了有灌木丛和木栅栏的农户。正是之前去拜访竹村温室的时候经过的那个养着鹅的农家。

"哎呀，都跑到这里来了！"

伸子饶有兴味地停下脚步。今天鹅都不在，两三个男孩骑在木栅栏上面玩耍。他们并没有听到路上有脚步声。一下子看到两个女人突然出现在灌木丛后面，孩子们盯着她们看了一会儿。等到伸子和素子经过栅栏边，又过了好一会儿，身后突然传来一阵喧闹声："大白天的，妖怪啊！"

讨厌晒太阳的伸子把一块白色的大手帕蒙在头上，一只手里拿着野花，另一只手提着手帕一角，一边遮挡着西沉的阳光，一边走回了家。

二十五

在正式下签，拿到苏联大使馆的背书之前，伸子不准备把要去旅行的消息告诉动坂的家人。

"一定要这么做，要不然肯定有一场轩然大波。"

如果多计代知道了这个消息，肯定立马火冒三丈。

原本都计划好了。这一天，素子一脸愁苦地从外面回来，计划突然乱套了。她对伸子说："小伸，好像出了点岔子。"

原来，素子有一位在苏联有关系的记者朋友。今天她从朋友那里得知，伸子和素子的签证有可能不会顺利签发。

"为什么呢？"

"对方也没有详细说，我不太清楚，但是听那个意思，似乎对方怀疑我们的来历。"

"来历……"

"大概是觉得身份有问题。"

伸子一脸难以置信："这也太奇怪了，是他们没搞清楚吧？你是翻译家，我是作家……这些工作又不是昨天才开始做的……"

素子将红色半透明烟斗在嘴里来回转着，一脸沉思的表情，过了一会儿才低声说："他们是觉得咱们有政治目的。没想到，他们可能需要进一步调查。"

为了遴选参加苏联革命纪念活动的日本嘉宾和联络需要，那时候苏联派来了从中斡旋的文化联络员。素子提到了那个外国人的名字。

"咱们作为民间女性人士，又是第一次去，对方觉得麻烦也可以理解。"

伸子听她这么一说，马上就有些不高兴了："如果他们非要说是因为我们两个人不属于无产阶级，那可真是够糊涂的。但凡是无产阶级的立场，身份就没有问题了吗？"

"不过，小伸呀，"素子这次却一反常态地冷静，她看着有些激动的伸子说，"这也不是不能理解。毕竟从对方的角度来看，他们也有理由对日本这个国家抱着提防的态度。"

她这么一说，伸子也有点明白了。日本政府从一九一七年开始出兵西伯利亚，连带弗兰格尔岛等地，一直试图阻止苏联的革命。伸子和素子从老松町搬到这个郊区房子的时候，两国邦交才恢复。从这个角度来看，两个日本人仅凭一纸申请书就想拿到签证，也能推测对方的反应一定不会太积极，要对她们翻来覆去地检查了。

"看来需要开诚布公地说明一下我们的立场了，但最好还是有一个介绍人。"

"是呀，如果中间有个介绍人，就不会这么麻烦了。"

伸子日常交往的朋友里并没有这种在外交领域有影响力的

人，自然她就想到在父亲认识的人中间物色一下。但是父亲佐佐泰造是个讨厌官僚的民间建筑师，所以伸子也不认为他会认识什么可以帮到她们的官员。思来想去，伸子突然想起了一件事。

"对了，加拉罕[1]来日的时候，日本这边有个代表不是挺活跃的嘛，是叫藤堂骏平吧？"

"好像是。"

"要是这样的话，说不定有办法。"

十年前，伸子的小说第一次在杂志上连载的时候，有一位读者老妇人给那时还是少女的伸子送来一匹做和服用的布料。料子是锦缎的，质地上乘，拿在手里就能感受到非同一般的厚重，上面的图案是大片具有凹凸感的麻叶。而且那匹布的颜色，正是伸子最喜欢的淡紫色。后来又染成了黑色，做了一件和服外褂，她现在还是很喜欢穿。当初送这件衣料的，正是藤堂骏平的母亲，当时老夫人已经七十多岁了，每天还在坚持读书。伸子还记得自己因为回礼的问题，曾和母亲多计代拌了嘴。多计代认为，反正是别人送的，就应该做成和服，然后穿上身去给送礼的人展示一下。伸子严词拒绝，两人闹得很不愉快。

"母亲，如果这件衣料是别的普通老奶奶送的，你还会这么说吗？如果不是因为藤堂骏平是一位男爵，你还会这么说吗？如果事情搞得那么复杂，那我不穿了。"

她说到做到，衣服做好的那年冬天她就没有穿。

1　加拉罕（1889—1937），苏联外交官，1924 年推动缔结《中苏解决悬案大纲协定》，1925 年推动缔结《苏日协定》。——译者注

伸子于是想到，藤堂骏平和佐佐泰造之间的交情应该不浅。

"我去打听打听。"

伸子从郊外电车站旁边的酒馆给父亲的事务所打了个电话。

过了一会儿，她兴冲冲地跑回来，马上绕到走廊这边对素子说："太好了！父亲说一起想想办法，现在就要我回去……"

多计代还在东北乡下没有回来，动坂的家里只有父亲一个人。伸子想趁机邀请素子一起去家里坐坐。

"一起去吧？"

为了拿到签证而需要父亲帮助的不只伸子一个人。如果素子也出面去拜托他的话，父亲一定会非常高兴。伸子觉得这个主意不错。

"这个嘛……"

素子似乎和伸子的想法一致，也觉得去一趟比较好。但是她脸上露出了自嘲的苦笑："算啦，我不去了。非挑你母亲不在的时候我过去拜访，万一被说什么闲话就不好了。"

她们两个人在老松町住的时候多计代去看过一两次。搬来这边之后，多计代也来过两回，而且每次不是带着和一郎，就是领着艳子一起来。那时候，素子也会停下手上的工作接待他们。然而，多计代一次都没提过让素子和自己的女儿一起回动坂的家里玩。

"等我有机会去你父亲的事务所里拜谢吧，请替我给他带个好。"

秋日的傍晚，涩谷大街上人潮涌动。伸子步履匆匆，换了两次电车之后，终于来到自家附近高台的坡道下面。在那条十字路口，有一家历史悠久的墨水制作工厂建在民宅中间，它隶属于日本桥一家知名的书籍文具店。此时正值下班时间，梳着小银杏卷[1]或者西式发髻的年轻女工成群结队地走来，与伸子在狭窄的道路上擦肩而过。每到中午，面朝小路的工厂大门旁边，总能看到上了年纪的商贩拉着流动摆摊车，售卖关东煮之类的小吃。那里有一棵枝叶茂盛的大树。一到那时候，穿着袖口修改过的深蓝色筒袖棉服和围裙的工厂女工们，就高高兴兴地捧着盘子或者小碗围在卖关东煮的大叔身边。不过，少女们不会站在那里吃东西，而是规规矩矩地拿上装了关东煮的盘子和小碗回到了工厂里。伸子小时候曾经站在摆满瓶子的工厂车间入口处长时间地张望，那些女工看到也不会生气。年幼的伸子觉得，正因为墨水是深蓝色的，所以那些女工身上穿的工作服和围裙才会是深蓝色的。

即将出国的伸子面对无比熟悉的那条小路的傍晚光景，不断从她身旁经过的年轻女工们，这些她从小到大在这长大的记忆，在她脑海里留下了鲜明的印象。

从这条小路往前走，走到大路拐角有一个派出所和一个红色的邮筒，佐佐家就在斜对面。伸子马上就要走上大路边，还没看到佐佐家大门的时候，就听到了熟悉的汽车喇叭声。那个声音让她心情愉悦。太好啦，正好赶上父亲回家——这么想着，她已经拐进了汽车所在的道路。

道路尽头的玄关处站着三四个人，显得有些挤。伸子远远地

1　银杏发髻，将发髻上部左右分开，形成一对半圆形的顶髻。这是江户时代末期10~20岁少女的传统发型，明治时代以后，30岁以上的妇女也会梳此发型。

看过去，感觉有点意外。门口混乱的状态让她有些担心是不是父亲身体不舒服才回来的。脚下快走了几步到汽车拐弯的地方一看，瞥见一双穿白袜的脚正从踏脚石进入玄关，茶绿色的外褂衣摆一闪而过。原来坐汽车回来的是母亲多计代。伸子不禁立刻感到庆幸，还好是自己一个人来的。

玄关还放着从车上卸下来的手提包和旅行箱。换鞋的地方则摆着父亲刚刚脱下的鞋子，还没来得及摆放整齐。伸子问正在叠放盖膝围毯的司机江田："他俩一起回来的？"

"是的。老爷去上野车站接夫人一起回来的。"

多计代没换衣服就坐在了餐厅里自己的位置上。她急匆匆地让用人倒一大杯柠檬水来。看样子，这次她是紧急赶回来的，家中里里外外一片嘈杂。

"欢迎回家……我在拐角那里就听到汽车喇叭声了。"伸子边说着，边坐到了母亲身边。

"你还不知道我要回来？"

"不知道呀。"

"明天隔田家办婚礼，不回来不行啊，所以匆匆忙忙赶回来了。"

多计代有段日子没见到伸子了，她上下打量着自己的女儿。

"有什么事吗？"

"今天有点事情，过来找父亲帮忙。"

"是吗……"

只剩父亲一个人在家的时候，伸子来寻求什么帮助呢？多计代的脸上明显露出了困惑的神色。

"我也不知道你有什么事，不过我得先去换个衣服再回来。"

她说着就离开了，此时传来脚步声，扎着兵儿带[1]的泰造走了进来。

"你这丫头，干了一件大事嘛。"

伸子默默握住父亲伸过来的手，她像是在撒娇似的，脸上露出了难为情的笑容。从给父亲打完电话到刚刚在街角听见喇叭声，伸子都沉浸在亢奋和喜悦中。父亲，能出国是不是很棒？所以请助我一臂之力吧——怀着这种心情，她迫不及待地赶过来了，没想到却撞上了提前回家的母亲，这让伸子原本单纯愉悦的心情变得有点复杂。

"然后呢，现在怎么样了？"

"在申请签证，现在只需要一个保证书之类的……"

"那得赶紧，我明天就去藤堂家问一问。你也一起去吧，这样比较方便。"

这时候，多计代换好衣服回来了。

"这是要去哪里？"

她走过来坐下，对泰造说："孩子她爸，明天可别忘了隅田那边的事。"

"那边下午五点才开始，这边的事情上午就能办完——伸子准备去俄国了。"

1　男人或孩子系的装饰腰带。

"俄国？"

多计代故意将这两个字的音拉长，然后一脸狐疑地回过头来看向伸子。她精致优雅、光泽动人的面庞上浮现出的那副表情，让伸子觉得有些窘迫，赶紧回答道："文明社要出版我的全集，我是用那笔钱去旅行，所以费用的问题不需要担心。今天是为了签证担保的问题过来请父亲帮忙的。"

"是吗……"

多计代还是半信半疑的表情，她一边打量着伸子，一边用那只戴着钻戒的手在鼻子周围来回抚弄。

"那……什么时候动身呢？"

"这就要看什么时候能拿到保证书了。"

"那位吉见小姐也会一起去，对吧？"

伸子还没张口，旁边的泰造就插了一句："那肯定是这样啊，不然伸子多为难。人家可是专门学俄语的。"

"是的，吉见说她要去事务所感谢父亲您帮忙……"

多计代默默思考了一会儿说："好吧，反正小伸你现在自食其力，去哪里都是你的自由，而且经常出去走走也有好处嘛。这都没有问题……"

然后她话锋一转，用一种公事公办的口吻问起伸子要保证书的事情。

"原来如此，我差不多明白了……怎么说呢，那个担保，也包含吉见小姐的份，对吧？如果是小伸你一个人的话……"

"如果不是为我们两个人担保，那就没有意义了。"

"你能够对吉见这个人负责任吗？以后不会出问题吗？"

"问题？"

"吉见小姐在东京可是举目无亲呀，连个熟悉的人都没有。"

要是多计代知道素子之前还准备想办法给伸子负担旅费的话，看她怎么说。伸子压抑着心中的怒火，口气生硬地低声说："这个世界上的人和事也不都是母亲你想的那样。要说钱的问题，吉见她们家说不定挺有钱呢，因为她完全是拿自己的钱去。"

"我说的不只是钱的问题。"

多计代有个习惯，就是总对自己的儿子和女儿的朋友保持戒心，还有些瞧不起他们。要不然呢，就是像对待阿保的朋友东大路那样，盲目相信偶然间知道的声名显赫的家族。因此，无论是和一郎的朋友还是阿保的朋友，那种同年龄孩子之间自由自在的纯真友谊都被佐佐家拒之门外。例外就是那几个经常来访的年轻人，他们都不会对多计代的这种态度抱有太多异议。这种态度潜藏着将对和一郎和阿保的人生带来的危险，关于这一点，多计代全然不在乎。无论伸子的前夫佃是怎样的性格，都曾受到多计代的极尽嘲讽。对于这件事，伸子不禁觉得佃挺可怜的，自己做妻子的无法为他分忧，还拖延着迟迟不帮他解决。

"母亲，您究竟什么时候才会认为自己的女儿长大成人了呢……不相信我的朋友，就是不相信女儿呀……"

一旁的泰造赶紧先发制人，拦住了看上去越说越起劲的多计代："那也没问题吧，多计代。高兴一点嘛，这可是大好事。咱俩的女儿伸子，从前还是抱在怀里的小婴儿，现在已经要一个人出国了。"

多计代听到这句话，难免有点感伤，陷入了沉默。

"我也为她高兴呀，不过……"

"你说吉见，对吧？不用那么纠结，你想啊，比起让伸子一个人去那么远的地方，像这样有个人陪她一起去，咱们也更放心，不是吗？"

"……"

伸子非常明白多计代为什么难以释然，她心里一定觉得，这次旅行，素子肯定也是想要利用她的女儿。

为了能够让伸子顺利出国，多计代还是希望通过家里的关系帮到她的。至于还要顺带着为吉见素子做个担保，这件事也就得过且过了。多计代一脸无可奈何地把伸子送到了玄关。第二天，伸子和父亲去了藤堂骏平的宅邸。

麻布的天文台旁，簌簌落叶的樱树枝一直伸到了大门的石墙处。家里带路的男用人领他们到会客室里等待。客厅是西式近代风格，色调明快，十分宽敞。其中一面墙壁的高处设有一个形似壁龛的空间，里面挂着一幅日本画，紫檀隔板上放着香炉。伸子好奇地打量着这间政治家的客厅。

"啊呀，稀客！"

身穿和服、脚踏拖鞋的藤堂骏平出现了。他对初次见面的伸子点了点头："欢迎！"

藤堂骏平戴着黑框夹鼻眼镜，留着楔形胡须，看得出他皮肤白皙，是个不拘小节的男人。

泰造对他完全是一副好友的说话口吻，却在说明来意时用了一种微妙的语气将两人区别开来似的。

"哦，原来是这样。这么说来，也不是什么难办的事情。"

藤堂骏平按了一下身边的铃。刚才为伸子他们领路的少年走了进来。

"你去叫一下今井。"

不一会儿，进来了一个秘书打扮的男人。他穿着黑色西装，恭恭敬敬地行了一礼，看了一眼在座的泰造和伸子，然后不紧不慢地走到藤堂骏平身边。

"这边的这位小姐，要和朋友两个人一起去苏联。关于这件事情……"

伸子坐在离他比较远的一把椅子上，听不到他们小声交谈的内容。藤堂骏平坐在扶手椅中间，舒适地靠在靠背上，戴着夹鼻眼镜的脸庞微微扬起。秘书听着他说的话，时不时简单地回答一句"遵命"或者"那应该是可以的"。

秘书的眼睛来回转动着，时不时看向伸子的方向。

"就这么办吧。"

"……"

秘书行了一礼，退了下去。

藤堂骏平说："佐佐小姐，明后天请去一趟大使馆，我会事先安排好的。"

他打开面前小桌上的箱子，拿出一根雪茄，把尖端剪开后点上火，吸了一口，身体在椅子里陷得更深了。

"日本的女性这几年倒是经常往外国跑呢。"他抽着烟继续说，"有些日本人也不知道为什么，对三浦环[1]她们漠不关心，甚至还有人说坏话。你一定要去看看更广阔的世界，然后写出更有趣的小说。"

之前送给伸子和服衣料的老母亲，庆祝过喜寿[2]之后就搬去了别墅生活。又聊了一会儿家常，泰造和伸子在藤堂骏平家待了四五十分钟之后，起身告辞了。

"实在太感谢了！"

汽车缓慢行驶在麻布大街上，伸子再次向父亲道谢。

"这下子就安心了。不过总觉得太简单了。"

"什么太简单？"

"所有的事情——那些人，真的什么都能那么简单就办到吗……"

"怎么说呢，能轻易办到，也说明人家有了不起的地方。"

"他总叫我小姐、小姐的。"

伸子苦笑着说，但是泰造的表情却很严肃。

"你难道不是 Miss 佐佐吗？"

"这么说也对……"

被人称作"小姐"，伸子却感觉其中包含着与 Miss 的意思

1　三浦环（1884—1946），日本第一位走向世界的著名女高音歌唱家，《蝴蝶夫人》女演员，曾留学德国，后旅居英美。

2　在日本，77 岁生日称为喜寿。——译者注

更多不同的内容。还明示她要写出有趣的小说来，这也让她有点难以回答。在政治家中间，藤堂骏平是一个非常开明豁达的人，这一点伸子也明白。但是他刚刚派头十足地坐在椅子上和自己说话的时候，伸子总觉得和他的距离忽远忽近，相互之间也似懂非懂，那种感受很别扭。

伸子在二十岁的时候曾经跟随父亲去了纽约。那时打点准备的记忆复苏了。长大成人之后，伸子就再也没有穿过洋装。为此，多计代带着她去拜访自己的同窗好友，一位刚刚从圣彼得堡回国的大使夫人。但是多计代真正想要见面商量的，是那里一位刚刚嫁过来的少夫人，夫人的母亲是法国人。母女二人坐了一个半小时的人力车去了那家人家。客厅的长沙发上放着很多华丽的靠垫。招待她们的是夫人，夫人的袖口附近戴着一个看上去挺重的金手链。她们还被少夫人带进了卧室。那间卧室里有一张铺着蕾丝被褥的双人床和一个衣橱，挤得满满当当。少夫人就在里面检查伸子试穿的洋装。这位夫人一半法国血统，一半日本血统，混血的美貌令她光彩夺目。伸子在她的注视下小心翼翼地把和服脱了下来、裸着身子，感到自己的双肩一阵被火灼伤似的羞赧和伤感。

伸子戴着一顶自己一点也不喜欢的礼帽到达了维多利亚港。那顶帽子上装饰着巨大的蝴蝶结，就像三个突兀的大翅膀一样。她发现那边的大街小巷没有一个女人会戴这样的帽子，于是把它摘了下来，一头扎进了自己乘坐的观光马车。伸子从小在家里都是饭来张口、衣来伸手，在纽约的那段时间，她拼尽全力想要迅速摆脱那样的家庭环境和关系。她和佃结婚，就是要把自己放到一个完全不同的世界，摆脱那些所谓的体面人。伸子从纽约回到日本后，想去找一年前曾经指导过土里土气的自己穿洋装的那位大使夫人，却因为对方病了而没有见上面。那位夫人的大使丈夫从圣彼得堡卸任归国的时候曾经接受记者采访，一口预言克伦斯基[1]内阁掌控下的俄国不会再发生革命。然而就在他做出这个预测不到半年时间，十月革命就取得了胜利。当时，伸子感到匪夷所思，像驻外大使这样精通国际关系的人竟然对如此大的事件毫无察觉。往事历历在目，这些正是伸子去纽约之前那一年的事情。

这回出国，意想不到的是她要借助藤堂骏平的力量。对于藤堂骏平说的让她写出有趣的小说这样的话，伸子确实不知该怎样回应。苏联的生活充满了未知，她的心灵会受到怎样的震荡呢？

按照藤堂骏平所说的，隔了一天，伸子和素子一起去了苏联大使馆。一进门就看到一片苍翠的绿植，左边有一个地势微高的庭院，像个小公园。几个年轻的金发女人坐在长椅上，秋日上午的阳光使她们看上去亮得发白。她们正在和蹒跚学步的幼童玩耍。据说，苏联大使馆埋伏着日本警视厅的便衣警察，负责监视进出大使馆的日本人。绿植的右边是使馆办公室，伸子和素子怀着一种说不上来的紧张感按了一下门铃。门向内侧开了，一名朝气蓬勃的馆员走了出来，他全身光彩照人，一股如同新鲜麦秆的清新气息。听了两个人说明来意之后，职员退回去询问，而后请伸子

1　亚历山大·费奥多罗维奇·克伦斯基（1881—1970），俄国临时政府总理、政治家，1917 年发动了俄国二月革命。

她们到文化联络协会办公室找帕尔万博士。

两个人绕过绿植，来到一座背阴处的木造洋房前面，那是独立的别馆。到了大门口，一个像日本女佣的女人出来迎接，把伸子她们引领到会客室里。墙上贴着旧式暗淡的壁纸，房间正中央有一个巨大的圆桌。桌子上像是在办家庭展览会一样，摆放着苏联发行的各种杂志、报纸和书籍。幽暗的走廊深处，从一个门口挂着许多名牌的房间里，走出来一位身高和腰围都让人惊叹的壮硕男人，他正是帕尔万博士。他向前躬身行礼，像是与小人国的居民打招呼一样和伸子她们握了握手。他看着伸子和素子两个女人，一双混浊的灰色大眼眸带一点金色，满脸的笑容已经快溢出下眼角的褶皱。伸子一看到那双眼睛，脑子就有点发热，感觉不知所措。帕尔万博士身着雪花纹西装，一边说话一边伸开双肘，两手互搓着。主要是由素子用日语向他介绍她们的旅行计划。帕尔万博士则是日语和俄语交替着说，随后他用日语对素子说："你的俄语发音是正确的。去了那边，一定会说得更好。"

他又转向伸子。"你呢？会说俄语吗？"他低头看了一眼名片，"是佐佐小姐，对吧？"

"我不会说俄语。"

"不过，佐佐小姐会说英文，也不会有什么不便。"

素子赶紧补充了一句。

"说得也对，最近苏联也很流行说英语。"

帕尔万博士又提出素子俄语是从哪里学的，她的老师是谁之类的问题。这时候，暗处的一扇门里走出来一个穿着洋装的日本女人。她非常娇小，身材很瘦，像一只骨骼纤细的小鸟。帕尔万博士对她们介绍说："这位是我的妻子。"

"幸会，幸会。"

夫人将双手放在裙子前面鞠了一躬，完全是日本风格的礼仪。她举止端庄地坐在博士身边，笑容得体大方，像是习惯了每天接待和观察各种各样的客人，以此作为自己的工作。这对夫妻看上去好似脱离了现实一般。外国人丈夫那双灰色大眼带着金色的柔光，身材像个巨人；日本人妻子则瘦弱、矮小、身材轻巧，像一只机警的金翅雀。在装潢气派的房间的映衬下，夫妻俩的对比更加鲜明。

帕尔万博士说："签证就快办好了吧。"

他说着，眼神瞥向一边的夫人。夫人还是微笑着点了点头，并没有看向自己的丈夫。

"我看，再过一周应该就办好了。到时候请再来一趟吧。"

离开博士所在的茶色别馆，伸子和素子相互都没有说话，不紧不慢地走出了大使馆。沿着连棵像样的行道树都没有的人行道走了一会儿，她们来到一家文具店前。

"小伸，稍等一下，"素子停了下来，从单层外褂的袖兜里拿出烟盒，"我得抽根烟！"

她好像才回到现实一般，还有点恍惚。

"真是的！你还能在这种时候抽上一根，真好。"

伸子一边说着，一边环顾商店林立的街道。

"不过，一边走一边抽烟是不是不太好……"

时间接近中午，电车道的对面坡下能看到一家咖啡馆，门口探出稍有褪色、蓝白相间的遮阳棚。

"那就去那边吧，别管是什么店，可以吸烟就行……"

素子迫不及待地走进刷了白色油漆的咖啡馆大门，擦亮一根火柴，点上了烟。

按照规定，签证下达后一个月之内必须出发。伸子她们马上就面临着买旅行箱，出行服装、用品等现实问题。每周六下午的俄语课也在两个人去大使馆的第二天结束了。素子对每次上课前都认真拿出笔记本和书并摆放整齐的浅原蓣子说："浅原小姐，今天就是最后一次课了。因为我们的签证一周之内就能拿到手。"

"真的吗？"

蓣子的声音还是和平时一样沉稳。她睁大眼睛，露出吃惊的表情，然后又问了一遍："这是真的吗？"

为了确认素子说的话，她还回头看了一眼和她并排坐在长椅上的伸子。

"这次肯定没问题了。"

于是，伸子对她讲起了昨天两个人拜会帕尔万博士时有多紧张，还有他们夫妇俩坐在一起看上去多不协调的事情。

"原来如此，那这次应该是万无一失了。"蓣子脸上原本不可思议的表情渐渐放松下来，一脸纯真地说，"这是好事呀！"

她一脸羡慕，用自己的肩膀碰了一下伸子的肩头。

"可是……还不知道以后会怎么样呢。"

伸子的表情混杂着喜悦和不安。

"不管怎么说，既来之，则安之。"

浅绿色封面的贝立兹[1]教材《给外国人学习的俄语》在桌上打开着。翻开的那一页上有"在停车场"的标题，上面写着"请叫我们小红帽"，教的都是这样简单的内容。

"总之，祝你们一路顺风！"

蕗子歪着头，圆乎乎的年轻的脸上，微笑和眼泪瞬间交织在一块儿。

"要去两三年吧？……这段时间，我也要好好努力，争取学出个样子来。"

蕗子已经决定去读素子毕业的那所大学的俄文系了。

"我们一点也不担心你。只要你能一如既往地认真学习，一定可以的！瓦拉也经常夸你呢。"

"……"

蕗子的思绪似乎已经飘到了伸子她们离开之后自己生活的样子，她把目光移向邻家树篱上已然变黄的梧桐细叶，小声自言自语道："不光要学俄语。"

听到从那张嘴里漏出的低声细语，伸子来了兴趣："你还有什么计划？除了俄语之外——"

蕗子像是被突然拉回现实一样，与伸子对视了一会儿。然后，她又歪着头，用可人的口气低声说："还有很多事情吧？"

---

1 贝立兹（Berlitz）是一家全球化的语言培训机构，历史悠久，日本东京也设有分部。

　　不过说完这句话之后，蕗子就恢复到平时的稳重，马上坐直身体问素子："有没有什么我能帮上忙的，请尽管告诉我。只要是我能做到的，一定全力以赴。"

　　伸子她们需要立即收拾家里，首先就得把书都整理好。

　　"这回我们只想拜托非常信赖的朋友。要是还像之前我们搬过来的时候那样，被人拿走了那么珍贵的书可不行。"

　　从老松町搬来这个郊外的房子时，她们是请一个来玩过一两次的学生帮的忙。那个青年在收拾东西的时候随手翻看过一本精美的莫斯科大剧院写真集，后来那本书就再也找不到了。而那个学生再也没有来过素子家。

　　下课之后，素子邀请蕗子："如果没什么事，就留下来吃晚饭吧。我把你可能会用到的书挑出来，过一会儿一起给你。这种时候越收拾越乱。"

　　等候吃晚饭的时间，伸子去了她平时经常打电话的车站旁边的小酒馆。她定了十来个装啤酒的空箱子，准备装上自己的书，送回动坂的仓库暂时保管。回到家里，素子和蕗子正在抽烟，桌子上堆满了与俄语相关的辞典和工具书。抬头见伸子回来了，素子用眼神示意她看看那些厚重的辞典。

　　"真头疼啊，小伸……光这些也得装一大箱。"

　　"达尔[1]这类的书，等你们去了俄国应该要多少有多少吧？"

　　听到蕗子的建议，素子把好几本大开本的百科辞典拿了出来。

1　弗拉基米尔·达尔（1801—1872），俄国民俗学家、辞书编纂家。——译者注

"小伸，你大概要带多少书过去？"

"我也不清楚……"

伸子还没有开始收拾。历史年表，日本辞典，简明版的日本和世界文学史，这些都是必需品。不过，"小说，带哪几本过去呢……"。

如果一本小说都不带就跑到国外去生活很多年，这对伸子来说，会产生无法忍受的寂寞。之前写长篇小说的那段时间，伸子的书桌上一直放着一本《暗夜行路》[1]。写作休息的间隙，或者是虽然想写，但还无法清晰地表达心中所想的时候，她就会翻开那本小说读个一两页。她断断续续地读着，有时候就是随手翻开一页看看。从某种意义上说，那本小说陪伴着伸子度过了那段时期。就这样，伸子完成了自己的小说。不过，想到接下来的几年里一定想要带在身边的小说——又会是哪一本呢？伸子无法马上做出决定，脑海中没有一下子浮现出哪本小说集来。虽然一直喜欢《暗夜行路》，但是对于伸子如今的生活感情来讲，那部作品描绘的世界只是在讲述过去，而不是她未来前进的方向。伸子隐约感受到生活的窒息和狭隘，她强烈渴望突破这种感觉。而这样的极限，她在《暗夜行路》中也感受到了。她不知道自己应该带哪本小说走，对伸子来说，此刻再一次切实体会到了自己的内心状态——自己真的要奔赴外国了。

"那小伸的书以后再说。浅原，你就来负责与俄语相关的联

---

1 日本白桦派作家志贺直哉创作的长篇小说。——译者注

络工作吧，拜托你了。"素子嘱托完蕗子，又说，"日语方面就麻烦河野吧……小伸，你看怎么样？反正她还要帮你做校对……"

两三天之后，她们和河野梅子见了一面，三个人商量了一番，决定家里收拾停当之后，素子一个人先去京都，然后伸子和梅子也在京都会合。京都有好几个朋友是她们三个人都认识的，而且梅子在文学领域的老师须田犹吉当时住在奈良。

"那真是太好了，还能顺便去趟奈良……"梅子所言甚是。

到达京都会合之后，她们决定住在一位女诗人经营的朴素小旅店里。

"那可是个好地方，就在鸭川边上——从房间里能看到河畔的风光。"

素子先一个人过去做准备，伸子把自己还没最后校订的小说交给了梅子。

"我的水平有限，非常抱歉。但是我会好好努力的。"

梅子美丽的眼睛微微向上挑起，一片赤诚地应允了下来。

"等书一出版，我马上给你寄过去。尽管我的俄语挺靠不住的，但写个收件地址还是可以的。没想到我也可以派上用场呀。"

梅子和她们开着玩笑，露出嘴里的那颗小金牙，吐了吐舌头。

确定好货车来搬行李的日子之后，伸子心事重重地去了动坂。驹泽家里行李的运送顺序是第一天先去动坂，第二天再去日本桥，也就是素子表弟的仓库。伸子猜测，多计代一定会以往常的语气询问她那些啤酒箱里的书有多少是素子的。一想到这里，她就一脸无奈，悻悻地对多计代提出要把书放在家里。

"一共有几个啤酒箱？"

没想到这一回，多计代答应得非常痛快。

"一共只有十个。"

多计代短暂思考了一下仓库里还有多少空间。

"那应该放得下，搬过来吧。"

她回答得很干脆。

"天灾人祸那些不好说什么时候会发生，再说，等真的发生仓库着火这样的事，那也到时候再说吧——不过，如果真有个三长两短，我们就都别管了。"

然后多计代又追问道："小伸，你什么时候搬回来？既然已经决定从驹泽出来了，干脆就回来这边吧。给你打个电话还要转接，太麻烦了。每次打电话问伸子在不在，得到的答复都是'不在''不知道'。还有，趁你父亲也在，至少该去拍张全家福吧……"

素子和伸子要去旅行的消息传开之后，似乎有很多人打电话到动坂的家里询问情况。外界的声音使多计代的心情受到了影响。按照多计代的想法，家里人出国这种事情确实是风风光光的，唯有素子的存在让她非常介怀。不过，伸子制订的日程表里已经最大限度地减少了在动坂家里逗留的时间。

和母亲商量好之后，伸子正准备动身回去，这时候砂场嘉训突然到访。他身高不到六尺，小腹突出，脸色黝黄，这样的外表与其说是个日本人，不如说更像"约翰牛"[1]。

"您好呀，夫人。"

砂场在英国生活了近二十年，前不久才刚回国。他是一位油画家，妻子是英国人。他站立鞠躬的动作很生硬，微微屈膝，对面前的这位夫人尤其绅士。

"佐佐先生还没有回来吗？"

"没有呢，您往他的事务所打电话了吗？"

"打过了。他说过一会儿就回来。伸子小姐，有段日子没见了。"

砂场嘉训两腿分开，坐在壁炉前面的长椅上，肚子更显突出。他朝伸子伸出宽大的右手。

伸子幼年时，砂场嘉训还是从山阴[2]那穷乡僻壤的地方来东京学习日本画的美术生。那时候，砂场嘉训穿着带袖兜的碎白花纹和服和小仓裙裤，在伸子家的客厅里展开一幅谷文晁[3]的挂轴，旁边铺上宣纸，恭恭敬敬地临摹着。小伸子经常顺着走廊来到客厅张望，那幅场景能让小孩子的心情平静许多。

之后没过多久，不知为何，嘉训就去了伦敦。那时候的他只知道面包和牛奶这些个英语单词。他继续创作自己擅长的绘图故

1　约翰牛（John Bull），英国的拟人化典型形象，源于 18 世纪初的苏格兰作家约翰·阿巴思诺特创作的讽刺小说《约翰牛的生平》（*The History of John Bull*）中名为"约翰牛"的主人公形象——一个头戴高帽、足蹬长靴的矮胖绅士。这一形象逐渐成为英国人的一种自嘲。

2　指的是日本本州西部面向日本海的地方。——译者注

3　谷文晁（1763—1841），江户时代后期的南画画家。

事来弥补劣势，故得以从伦敦的美术学校顺利毕业。后来选送了一幅纯英国式的妇女画像到日展[1]上，那幅画作当选优秀作品。接着，他就成了英国皇家艺术学院的会员。之后，他以一流油画家的身份离开居住多年的英国，前不久回到了日本。回国之后，嘉训常常到昔日的好友佐佐家串门。

"夫人，您脖子的曲线非常美丽。在日本的女人里面，这可不常见。维多利亚女王，她脖子的线条和您的差不多。您一定要让我为您画张肖像，还有佐佐先生，我一定要为你们作画，两位可是我的恩人呀。"

砂场嘉训也许是因为长年面对着画架作画，才变成了这样的姿态。无论坐在哪里，他都张开双腿，肚子前倾下沉，屁股朝后撅着。说话的时候，常常一脸陶醉，还有些奇怪地轻轻挥舞手腕。他的眼睛眯成一条缝，视线笔直，一副大画家的样子，目不转睛地注视着对方，中间只做两三次呼吸似的。在伸子的幼年记忆中，那时的砂场嘉训身材要矮小一些，似乎就只是个粗鲁顽固的年轻人。而今天，已经成为著名画家的嘉训坐在面前，却让伸子莫名其妙地感觉到不怎么踏实。

嘉训刚回国不久的时候，佐佐泰造就诧异地说："砂场嘉训这个男人和过去不一样了，好像不太会算账啊。"

"怎么会呢？"多计代给出了不同意见，"他不是一直以来都很勤学苦练吗？"

1　1907 年设立的日本文部省美术展览会的简称。

"他年轻的时候确实吃了不少苦，可是现在似乎算不来日元了。"

之前他和泰造一起出门，付饭钱的时候拿出来的钱和实际金额相差很多。泰造提醒他之后，他表示自己不会算账，就掏出钱包拜托泰造付账。和砂场一起出过门的人都是这么说的。

已经不会用日元算账的砂场嘉训，也没能实现为佐佐夫妇画肖像的承诺。

"砂场嘉训那个人吧，看上去就是那样。"

多计代告诉伸子，砂场净跟他们说自己给佐佐介绍他的那些知名企业家和富豪们画的肖像收了多么高的价钱。

"上当的那些人真是傻瓜，根本什么都不懂。"

砂场嘉训回到日本以来和主流画坛保持着一定距离，却成天去巴结上流社会的客户。颇受法国绘画影响的日本新生代油画家们，似乎毫不在意这个学院派的嘉训是不是回到日本了。他现在的住处是涩谷一栋带浴室设施的两层洋房。

多计代问嘉训他的妻子最近怎么样了，上次见面的时候她的身体还不太好。

"您家的乔治，现在已经够得到门把手了吧？"

"够得到了。"

砂场嘉训重重地点了点头，右手在自己面前挥动着。

"不过现在只能碰到儿童房的门把手，哈哈哈。"

"那已经可以帮妈妈干活了，真是天伦之乐呀！"

砂场嘉训没有接多计代的话，沉默了片刻，随后突然抬起眼晴看向伸子这边："伸子小姐，你什么时候出国？"

伸子有些意外，没想到砂场也知道这次出国的计划。她毫不掩饰意外的样子，直白地问道："您是怎么知道的？"

"报社记者每天都去我那里，还有各种各样的人来来往往的。"

"我十一月就出发了。"

"今天是几号？十月二十日了呀，那不就很快了嘛。"

每次砂场嘉训来这儿，多计代都会把拿出来的利口酒酒杯放到壁炉前的桌子上，让他等泰造回来。

"您自便，我去去就来。"

伸子见状也想离开，没想到砂场嘉训叫住了她："伸子小姐，我想占用一点你的时间。"

他向站在原地回过头的伸子招招手，招呼她来到自己所在的壁炉前面。

"你去国外这件事非常非常好——简直不能再好了！"

砂场嘉训的语气充满真情实感，声音庄重低沉，他一边晃头一边说："在一个广阔的地方成长，这是非常重要的——这是给你的贺礼。"

不知道什么时候，砂场嘉训掏出了一张一百日元纸币，递给伸子。

"谢谢您。您说的话我记住了——钱就不必给了。"

"那可不行。伸子小姐，钱是生活必需的。"

砂场压低了声音，一板一眼地试图说服把手收回去的伸子。

"一定会派上用场的。你拿着，拿上吧！"

无法再拒绝的伸子只好把钱接了下来。砂场嘉训坐在椅子上仰视着站在他面前的伸子，更加小声地念叨："想要成为厉害的人就一定要装傻。让别人都认为你是个傻子，装作完全不懂金钱之类的事情。"

砂场嘉训欲言又止，伸子俯视着砂场黝黄的面庞，突然打了个寒战，然后便离开了房间。

想要成为厉害的人就一定要装傻，装作完全不懂金钱之类的事情——砂场嘉训为什么会说出这番话，为什么要把他自己的秘密透露给伸子呢？在这句话中，伸子感觉到了砂场嘉训默默隐藏在心中的酸楚和悲凉。伦敦和日本的社会发达程度及经济状况都不同，出国前只知道面包、牛奶这么点英文单词的贫困东洋学画生砂场嘉训，最终蜕变成为英国一流的学院派画家，其中一路走来的艰辛，就清晰地展现在他奇怪的人生哲学当中。他在英国固有的中层和上流绘画爱好者中间打通了自己的生存之道。为了让他们认可他的才华，砂场嘉训将日本画的笔法活用到西方油画的技法上，不仅创立了新的绘画风格，而且让英国人认识到他是一位与众不同的东方画家。他对传统渊源颇深的欧洲上流人士的生活方式并不熟悉，但是他反过来利用了这一弱点，将它转化成为自己绘画的新奇之处。

装作完全不懂金钱之类的事情——这句话让伸子开始思考，砂场嘉训在金钱上吃了多少苦头呢？在画商们纷纷压价，肖像画客户对润笔费挑三拣四，暗示他降低价格的时候，日本画家砂场嘉训一定是装出一副对英国货币完全不懂的样子，这样反而一步步地抬高了画的价格。

回到郊外的家里，伸子对素子说起砂场嘉训在饯别时对她说的那些让人难以理解的话，不由得鼻子一酸。

"好啦，咱们两个去苏联，绝对不是为了在那边出人头地的，好不好？在那边奋斗成为社会名流什么的，想想就可怕。"

伸子露出防备的眼神，像是要防止她们现在的生活被什么东西打破似的。

"我们就是去粗略地看一看，感受一下，对吧？那样就可以了吧？"

作为素子来说，她的目标肯定是无论如何都要精进自己的俄语。伸子从素子的沉默中再次感受到了这一主张。

终于到了搬家的日子。素子的表弟从日本桥的店里叫来了四个年轻的帮手，习惯干体力活的工人很快就把家里搬得一干二净。最后一辆小货车离开了驹泽的家门，来帮忙的男人们也都坐在上面。被褥已经叠好收纳起来，房间里空空如也，伸子和素子坐在家徒四壁的外廊上喝着粗茶。阿丰也要回到驹泽腹地的老家去了，今晚她们只能去老松町裁缝铺的增田家里住一晚。素子还有几天才去京都，所以两个人决定暂住在那里。尽管已经是一座空房子，她们还是细心地将家里的防雨窗关上，门窗也都关好，然后从浴室后面的小门出去。伸子看着阿丰锁上虾形锁的动作，终于切实感觉到自己即将离开日本了。日本并没有什么伸子留恋的东西，无论是在这个家里的生活，还是其他地方的生活——但是，最近一直在做离开这里的准备，经历了不知所措的慌乱和按部就班的忙碌之后，迄今为止的全部生活连同满身的疲倦和厌恶，都变成了一份难以忘却的感情。如果称之为记忆，似乎时间还没有隔那么久，而如今这里已经不再是属于她们生活的地方了，这让伸子的内心被深深地揪了一下。因为到今天早上她还住在这里，现在却伴随着最后一扇门的关闭即将离去。

在伸子和阿丰关门的时候，素子去和邻居道别，她们约好在叶片已变秋黄的白杨树下会合。终于，三个人拿着各自的包袱，朝郊外的电车站走去。阿丰乘坐的电车与伸子她们坐的是相反方向，她的电车先一步到达了车站。阿丰把包袱放在空着的座位上，站起身望着轨道另一边的伸子和素子，她隔着车窗接连鞠了好几个躬。电车开动了，阿丰仍然弯着腰，头上的七三分刘海随之摆动，碰到了窗玻璃上。

伸子和素子在涩谷叫了一辆出租车，这些天的忙碌令她们疲惫不堪，伸子的胃部似乎有些隐隐作痛。她头枕着出租车后座上的靠垫，望着窗外飞逝的街景。素子也筋疲力尽了，她也头靠在后座上，闭着眼睛抽烟。

出租车行驶在青山大道上，被前面的电车和堆着木板的拉货马车挡住了去路，司机有些不耐烦地减缓车速，慢慢向前开。从伸子这一边的窗户看出去，旁边就是人行道，卖鳗鱼饭的店铺门口那藏蓝色的门帘映入眼帘。门帘上印着"桥本"的白色字样。伸子的头依旧枕在靠垫上，目光一直盯着那块门帘。她还记得这家店铺，印象非常深刻。当她还是佃的妻子的时候，每逢家里突然来客人，来不及准备餐饭，她就会穿着围裙从厨房后门直接去这家鳗鱼饭店，买上一些烤肉串或者盖饭。从佃的房子后面的小路到这儿的拐角处有一家钟表店——今天出租车走的也是这条路。伸子从车窗看到了钟表店的橱窗，里面放着一个青铜装饰座钟，表盘吊挂着，两个天使翩翩起舞。从这家钟表店到佃的房子，走小路只有两百多米。从钟表店拐出来，一侧是一家石材店，从那里走进小路再往前走一小段，右侧就是佃的房子。伸子记得自己对那家硕大的石材店充满了恐惧和厌恶。此刻，立着几根石柱的堆石地和店铺旁边的消防水桶都从车窗外慢慢溜过。到了十字路口前面，伸子她们的出租车突然提速，绕过了前面的障碍物，朝着赤坂的方向继续开去。

伸子枕在靠垫上的头，自始至终没有移动过位置。车窗外的景象快速向后移动，那些她曾经生活过的场所映照在眼中。即便从桥本鳗鱼店旁边，佃突然出现在人行道上，他那苍白的脸和宽大的下巴在出租车窗玻璃外与伸子面面相对，伸子可能也只是头靠在垫子上，不会移动分毫。那些街道的风景和那个时代生活中的痛苦一道凝固成了伸子的过去式，并没有进入述说着当下情感的生命之中。伸子已经和佃离婚四年了，这期间，她一次都没有在任何地方再见过佃。

穿过一条又一条街道，绕过几个弯之后，青山一丁目渐渐被出租车远远地甩在身后。伸子突然想起刚才的鳗鱼店前面还有一家冷饮店，店门口突出来一个涂蓝的露台。冷饮店现在竟然还开着。伸子回想起一件事，不知道到底是怎么个来龙去脉。她和佃的生活逐渐走向破裂的时候，她频繁地从佃的家里出走，有时候去东北乡下的祖母家，有时候去湘南的表妹冬子家，有时还会跑回动坂的家里。有一回，多计代露出一种奇怪的表情说："没想到佃这个人，没你在倒也没那么不方便。"

那时候，佃的家里有一个女佣叫阿蜜。佃生病去镰仓休养，也把阿蜜带在身边，便于随时照顾他。当时，伸子只是觉得阿蜜能这么尽心尽力挺好的。后来，伸子再次犹豫不决，又搬回去和佃一起生活。那时候，阿蜜却说自己身体不好，租下了那个阳台涂成蓝色的冷饮店的二楼并搬了过去。无论伸子怎么劝说阿蜜在家里静养，她都没有答应，而是独自住了过去。

过了两三天，一个下午，伸子去探望阿蜜。房间是阿蜜和一个朋友一起租下的，比想象中宽敞。日式和西式风格融合的房间正中央放着一张床，阿蜜正在床上躺着。伸子打开门，站在只有三尺宽的换鞋处。阿蜜听到声音问了句："谁啊？"

声音听上去格外有精神。她从枕头上抬起头，从被子里坐起来才认出来人是伸子。

"哎呀……"

伸子还以为自己身后跟着什么人，赶紧回头去看。听阿蜜的声音好像真的大吃一惊，随后她直接躺回了床上。

"我能进来吗？"

没有听到回答，伸子就走进屋里来到床边，阿蜜从头到脚都蒙着被子。伸子还以为因为自己是佃的老婆，所以阿蜜有点顾虑。伸子对着被子里的阿蜜语气轻松地说了些玩笑话，还宽慰了几句，但是阿蜜始终没有从被子里把头露出来。过了一会儿，伸子才意识到她正在被子里埋头痛哭。伸子当时完全没有搞明白阿蜜为什么会有这么激烈的反应。做妻子的伸子不在的这段时间，家里全都仰仗阿蜜的照料，看来现在回来安慰也无济于事了吧。伸子觉得阿蜜还在怪自己，有些无计可施，只好把她带来的慰问品从被子下面塞了进去，自己回家去了。那次究竟是怎么一回事呢？伸子将自己去探望阿蜜，还有她让人无法理解的激烈反应讲给佃听，而佃只是老生常谈地说了一句"她是因为生病，所以容易情绪激动吧"。没过多久，伸子再次忍受不了那样的生活，开始挣扎和反抗，最后一次离家出走了。那些事情都发生在四年前。那间冷饮店的蓝色阳台至今还伫立在秋日下。佃在鳗鱼店后面的房子里和后来的妻子住在一起，还生了孩子，而自己马上就要远赴国外了。

出租车开始从江户川大道向丰川町的高地攀爬。枕着靠垫的素子不知道什么时候迷迷糊糊地睡了一阵，此刻她睁开了眼睛。

"这是到哪儿了？"

她支起上半身，朝车窗外看去。

"马上就到了。"

她又靠回垫子上。

随着目的地逐渐接近，伸子心中开始升起即将远行的慌张和不安。还有一件和一郎交代给她的事，明天去动坂的时候她一定要对母亲多计代说。前天去动坂的时候，和一郎刚在走廊里碰到她，就把她带到空无一人的客厅。他连灯都没有开，就站在两张椅子中间，然后告诉她自己无论如何也要和表妹小枝结婚。母亲他们一定会反对这件事的。但是无论家长如何反对，和一郎都不会让步。他希望在伸子离开之前，由她将这件事转告给母亲。

"你的决心——真的不会变吗？"

伸子沉默了一会儿之后，便平静地问他。伸子对近亲结婚这件事也感到担忧。

"不会变的！"

隐约感觉到姐姐也站在自己的对立面，和一郎狠狠地瞪着她，声音低沉而热烈地重复回答："只要我还活着，这份心意就不会改变。"

对伸子来说，除了把这件事原原本本地转告给母亲以外，别无他法。她已经没有时间从根本上搞清楚这件事了，再有四五天，她就要离开东京了。巨大的手提袋里装着从国际航运售票处购买的东京到莫斯科的船票。然后伸子又想起了和阿保的另一件事。前天伸子叫了两辆出租车，把放置随身物品的大小旅行箱和装书的行李一起运到了动坂。旅行箱里应该有她没装进啤酒箱的一些文学书。正当伸子把这些行李卸下车，放到玄关的横隔板上的时候，阿保从屋里走了出来。伸子招呼他："哎呀，太巧了。"

她用平时的天真口气，有些自顾自地说："这些行李就由阿保来替我保管吧。这里面说不定会有我以后要用的书，到时候就得麻烦你帮我寄过去啦。拜托了哦。"

不知道为什么，阿保并没有马上答应。伸子又说了一遍："好不好呀？拜托你啦！"

听到她这么说，阿保直接用手抓住捆行李的绳子，弯下身子提起来，像是在估算重量似的。

"……好吧，我已经了解了。即使我不在，也会把这件事交给别人去办，姐姐你不用担心。"

不知怎么的，伸子突然就想起来他说的这句话——即使我不在，也会把这件事交给别人去办……这么说起来，阿保也会出门旅行。他是担心到时候姐姐会写信来说想要行李中的哪本书，那就不好办了。但是他为什么要特意那样强调一下呢？尽管阿保一直都是个非常认真严谨的孩子——这时候，出租车一不小心开过了那棵非常醒目的米槠树。素子急忙大喊道："就停那里！那里！"

伸子也害怕会错过她们的下车地点，在倒车的出租车座位上挺身而起。

后　记

　　为《逃走的伸子》[1]写续篇的想法，在我心中隐藏了许久。

　　一九三〇年末，我从莫斯科回到日本，于一九三一年初投身到了无产阶级文学运动中。那时候，我认为自己曾经的代表作《逃走的伸子》只是过去的一部作品而已，希望把它彻底抛在脑后，并想将其作为一个跳板，更加义无反顾地向前迈进。

　　从一九三二年的春天开始，检举和投狱行动开始屡见不鲜。这期间，作为一个人、一个女人，我不得不审视自己的人生。我认为，人的生活应该有比现在更加合乎道理的运转方式，我憧憬着人与人之间能够相互理解、共享成果，在这样的社会中，人们会更加幸福。我想知道，阻碍这种趋势的邪恶因素到底是什么。我的目标是追求更加开阔和充实的人性，而强权压制了自由，禁锢人性，完全剥夺个人对于时间和自身定位的观念，还用一个个编号代替，将人们置于法律的制裁之下——这样的状态是野蛮的，充斥着资本主义权力上的非理性。一个人要着眼于历史，是历史

1　该小说原名为《伸子》。

316

现实本身使一个人向社会主义展望开去，这样的成长过程关乎人性的根本问题。思想检察官在法庭上的检举词"在此认定被告信奉马克思主义思想"完全就是本末倒置。

构思《逃走的伸子》的续篇，就是从这时候开始的。可惜，这个想法直到一九四五年八月十五日[1]那天才得以实现。继《逃走的伸子》的故事之后，在伸子的世界里，困扰她的不再仅仅是一个家庭的内部纠纷，也不再只是以恋爱和婚姻为中心的各类后续事件。一九二七、一九二八年之后的日本社会，强行鼓吹战争、剥夺人权，人民生活水平急转直下。这段时期产生的激烈摩擦、对抗，以及胜败形势的错综复杂，才是《逃走的伸子》续篇的真正主题。当然，这个主题的本质在当时的社会状态下是不可能被表达出来的。

在动笔写《逃走的伸子》续篇之前，我尝试创作了《面影》和《广场》等一两篇未完成的小说，遗憾反响甚微。

《小径分岔的庭院》[2]的故事中，伸子已经二十七岁了，此时的她终于逐渐开始对社会有了清晰的认识。在这种日趋客观而朦胧的意识中，各种情绪和观念不断涌现，围绕在伸子身边的矛盾和独断层出不穷，这一切都在她的生活中激荡着，从而引发了更多的故事。

在《逃走的伸子》中告一段落的季节，继续在《小径分岔的

1　日本无条件投降日。

2　该小说原名为《两个院子》。

庭院》中开启了新的篇章。在这里，有各种复杂混乱的爱恨情仇，以及由此而来的哀愁和悲悯。但是，这一切都并非因为伸子的存在才会出现，而是当时社会形势下的必然产物，它们相互纠缠着一齐涌入了伸子的生活。而伸子以自己独有的方式面对旋涡般的现实，开始尝试脱离自身的好恶和利益进行审视批判。在当时的日本社会，无论哪个阶层的女性都有着各自的艰辛和无奈，对生活心怀热忱的伸子身处于一九二七年的战争气氛中，便逐渐开始亲近社会主义。在《小径分岔的庭院》中，伸子将迄今为止身为一个人、一个女人自然具备的善良和理性，投射到人类的社会活动中，揭示了社会主义存在的合理性。不过，《小径分岔的庭院》中的伸子还未将自己投身到由个人善意出发的社会行动里去。此时的伸子尚未了解组织的意义，也并不从属于任何社会主义团体。

《逃走的伸子》终于也从《小径分岔的庭院》出走了。在《路标》[1] 那段百折不挠的时期，伸子身处崭新的社会觉知和陈腐的社会常识之间，从中发现了一个又一个让她惊异的差别，而伸子自身的欲望和感情也在这个暴风雨一般的时代上下浮沉。

如果说《逃走的伸子》最初只是在一条线上演奏的咏叹调，《小径分岔的庭院》则汇聚成了一支小小的四重奏，最后在《路标》里逐渐变成了一首协奏曲。

1　《路标》被认为是宫本百合子"人生三部曲"继《逃走的伸子》《小径分岔的庭院》之后的第三部作品。小说内容从 1927 年佐佐伸子和吉见素子到达莫斯科开始，描写了她们在苏联的生活，以及伸子同家人在欧洲会合之后发生的种种。宫本百合子"人生三部曲"不仅是一位知性、叛逆的无产阶级文学女作家的成长史，也生动展现了日本近代女性自我解放意识的变化。

伸子如此的转变，在现代怀揣善意的人们看来，应该是再正常不过的事情了。因为如今的社会中，崇尚理智、和平和尊重人性发展的人们，也一定会在人性、人道的课题上自觉追求个人的幸福。

正因如此，这部长篇小说中倾注了我的欣慰和愿景。一个人的善意渐渐从个人环境的局限、孤立与自我冲撞中解放出来，最终与现代历史的进程趋于统一——《小径分岔的庭院》正是一部讲述这段岁月起点的作品。

宫本百合子

宫本百合子
年表

● 1899 年，2 月生于东京市一中产家庭，父亲为大正时期著名建筑师；10 个月大时搬至北海道，在札幌生活到 3 岁。

● 1905 年，就读东京市驹込的驹本寻常小学（现为文京区立驹本小学），后转入名校诚之寻常小学（现为文京区立诚之小学）；父亲前往英国留学。

● 1907 年，6 月父亲回国。

● 1911 年，就读东京女子师范学校附属高等女校（现为御茶水女子大学附属中学）；暑假开始尝试写小说，模仿与谢野晶子的《口语译源氏物语》，撰写长篇小说《锦木》。

● 1916 年，就读日本女子大学英文科；根据历年去福岛县乡村祖母家的经历，创作了《贫穷的人们》并刊于《中央公论》。

● 1917 年，陆续发表《阳光灿烂》《三郎爷》《大地丰饶》等作品，《贫穷的人们》出版单行本。

● 1918 年，9 月和父亲去美国纽约留学。

● 1919 年，成为哥伦比亚大学旁听生，与语言学者荒木茂结婚；11 月在《中央公论》上发表《美丽的月夜》；12 月回国。

● 1924 年，在夏目漱石女弟子野上弥生子的介绍下，与俄罗斯文学翻译家汤浅芳子认识，开始创作长篇小说《伸子》（《逃走的伸子》原名）；夏天与荒木茂离婚，后与汤浅芳子同居；《伸子》于《改造》杂志上连载。

● 1926 年，《伸子》连载完结。

● 1927 年，继续创作发表了如《高台寺》《帆》《未开拓的风景》等短篇小说；12 月与汤浅芳子前往苏联旅行。

● 1928 年，《伸子》出版单行本；8 月，二弟英男自杀。

● 1929 年，5 月前往柏林、维也纳、巴黎、伦敦等地旅行。

● 1930 年，11 月回国；12 月加入日本无产阶级作家同盟，积极参与无产阶级文学运动。

● 1931 年，9 月组织妇人委员会，倡导女性阅读、参与文学创作和社会活动；10 月加入日本共产党，成为反法西斯斗争的文艺中坚力量。

● 1932 年，2 月与左翼文艺评论家宫本显治结婚；10 月《职业妇女》《无产阶级文学》等杂志被日本当局勒令停刊，无产阶级文化运动受到压制，相关文学活动被迫中止。

● 1933 年，丈夫宫本显治遭检举入狱。

● 1934 年，1 月遭检举入狱；2 月日本无产阶级作家同盟解散；6 月因母亲病危而被释放。

● 1935 年，4 月发表短篇小说《乳房》；5 月再遭检举，并于次年被判入狱。

● 1937—1942 年，虽断断续续受到日本当局限制禁令，但仍笔耕不辍，坚持创作小说、撰写评论文章；1942 年 7 月在狱中晕厥，停止拘留并出狱。

● 1944 年，丈夫宫本显治被判无期徒刑。

● 1945 年，10 月丈夫宫本显治被释放；12 月，与宫本显治前往日本多地进行演讲。

● 1946 年，1 月，为《新日本文学》杂志撰写创刊文；3 月，与壶井荣等人共同组织的妇女民主俱乐部正式成立；7 月起执笔创作中篇小说《播州平野》《风知草》等。

● 1947—1950 年，创作长篇小说《两个院子》（《小径分岔的庭院》原名）和《路标》。

● 1951 年，1 月因败血症去世。

图书在版编目(CIP)数据

小径分岔的庭院 / (日) 宫本百合子著；唐楠译
. — 贵阳 : 贵州人民出版社, 2023.9
　　ISBN 978-7-221-17717-9

　　Ⅰ. ①小… Ⅱ. ①宫… ②唐… Ⅲ. ①长篇小说—日
本—现代 Ⅳ. ①I313.45

　　中国国家版本馆CIP数据核字(2023)第131051号

XIAOJING FENCHA DE TINGYUAN

小径分岔的庭院

[日] 宫本百合子　著

唐　楠　译

出 版 人	朱文迅
选题策划	后浪出版公司
出版统筹	吴兴元
编辑统筹	尚　飞
策划编辑	王潇潇　　陈怡萍
责任编辑	陈丽梅
特约编辑	陈怡萍
装帧制造	墨白空间
封面设计	昆　词
责任印制	常会杰
出版发行	贵州出版集团　贵州人民出版社
地　　址	贵阳市观山湖区会展东路SOHO办公区A座
印　　刷	嘉业印刷(天津)有限公司
经　　销	全国新华书店
版　　次	2023年9月第1版
印　　次	2023年9月第1次印刷
开　　本	889毫米×1194毫米　1/32
印　　张	10.25
字　　数	220千字
书　　号	ISBN 978-7-221-17717-9
定　　价	68.00元

读者服务：reader@hinabook.com 188-1142-1266
投稿服务：onebook@hinabook.com 133-6631-2326
直销服务：buy@hinabook.com 133-6657-3072
官方微博：@后浪图书

贵州人民出版社微信